天籟吟社百年紀念叢書

天籟吟社百年紀念
學術研討會論文集

李知灝 主編

「天籟吟社百年紀念叢書」出版緣起

　　大正 11 年（1922）10 月 22 日，林述三先生在大稻埕礪心齋書房創立天籟吟社，到今年（2022）正好是一百年的歷史。期間歷經林述三先生、林錫麟先生、林錫牙先生、高墀元先生、張國裕先生、歐陽開代先生六任社長，民國 100 年（2011）歐陽社長任內登記立案為「臺北市天籟吟社」，歐陽開代先生榮任第一屆、第二屆理事長，姚啟甲先生榮膺第三屆、第四屆理事長，繼由維仁承乏第五屆、第六屆理事長。今年維仁與全體社員迎接一百週年大慶，我們深刻體認到，因為歷任社長、前任理事長的貢獻，以及為數眾多的先賢和前輩奠定基礎，天籟的薪火才能傳承至今，光耀百年。

　　悠悠百年，的確是一段漫長的時光。一百年間物換星移，政權更迭，科技日新，社會環境急遽變遷，生活方式更有極其巨大的改變，但是我們的天籟吟社依舊舉辦擊缽的例會，依舊寫作傳統的詩詞，依舊傳唱古老的吟調──猶如一百年前。但是，我們不僅是承接前賢的遺緒而已，張國裕故社長任內發行《大雅天籟》、《天籟元音》、《天籟吟風》詩詞吟唱專輯唱片，發揚天籟吟調；歐陽開代理事長任內開始每月舉辦「古典詩詞講座」，迄今已歷經十一年，辦理一百多場的演講；姚啟甲理事長任內創辦「天籟詩獎」，每年獎勵推動古典詩風，今年堂堂邁入第五年。天籟吟社不僅繼承傳統詩社的精神，近十幾年來更是積極創新突破，寫下歷史的新篇。

　　今年本社欣迎一百週年大慶，除了舉辦全國詩人聯吟大會之外，並辦理學術研討會，而且委由萬卷樓圖書公司出版「天籟吟社百年紀念叢書」一套四冊，分別是《天籟吟社先賢詩選》、《天籟吟社舊籍復刻》、《天籟吟社百年紀念學術研討會論文集》、《天籟詩獎得獎作品

集2018~2022》，希望能以這四本書籍的出版，作為天籟百年大慶的賀禮。

本社歷史悠久，詩人輩出，但是諸多先賢之中，有專集行世者屈指可數，為不使先賢詩作湮沒在故紙之中，我們決定編印《天籟吟社先賢詩選》。此書由張家菀女史、莊岳璘先生與維仁合編，選錄林述三先生、林笑岩先生、曾笑雲先生、陳鐵厚先生、黃笑園先生、鄞威鳳女史、林錫麟先生、林錫牙先生、凌淨嫆女史、傅秋鏞先生、姚敏瑄女史、高墀元先生、林安邦先生、張國裕先生、莫月娥女史十五位先賢詩作，並附小傳。這本詩選可以作為古典詩欣賞與吟唱的讀本，也可以從先賢的生平與作品之中，看見天籟吟社與臺灣古典詩壇的吉光片羽。

除了選輯先賢作品之外，我們也復刻本社舊籍，委請本社社員、臺灣師範大學國文學系何維剛教授主編，讓這些刊本以原有的面貌，重新與世人見面。感謝本社耆老葉世榮先生提供《天籟》第七期到第二卷第二期（約1950至1953），國家圖書館提供《藻香文藝》第一到五期（1931），中華民國傳統詩學會副理事長黃哲永先生提供《天籟吟社集》（1951），付梓之前又很榮幸由臺灣大學臺灣文學研究所黃美娥教授提供珍貴文獻《天籟新報》創刊號（1925）。從這四種天籟舊籍的復刻版本，我們可以看到日治時期以及戰後初期的天籟吟社剪影，也可以窺見當時詩壇與社會的概況。期望《天籟吟社舊籍復刻》的出版，對於研究天籟社史或臺灣詩史，能夠有所貢獻。

天籟吟社傳承百年，是臺灣少數超過百年歷史的文學社團，這在臺灣文學史上，應該有其獨特的地位，可惜迄今只有潘玉蘭女史的《天籟吟社研究》（2005）是唯一研究天籟吟社的學位論文，其他有關天籟吟社相關之單篇論文也極為稀少。我們藉著慶祝百年社慶的機緣，委請中正大學台灣文學與創意應用研究所所長李知灝教授辦理「天籟吟社百年

紀念學術研討會」，邀請學者專家專題演講、發表論文、與談講評，並
由李知灝所長編輯成為《天籟吟社百年紀念學術研討會論文集》，以彰
顯諸位專家學者對於天籟吟社相關研究的成果，並使臺灣文學的研究者
和愛好者更能進一步認識天籟吟社。

　　天籟吟社名譽理事長姚啟甲先生在 2018 年本社理事長任內創辦「天
籟詩獎」，推動社會大眾與青年詩友創作古典詩的風氣與水準。「天籟
詩獎」由姚理事長獨自贊助所有的經費，天籟吟社全體社員共同辦理，
迄今已經連續舉辦五年，放眼臺灣詩壇，這是民間人士與詩社推動古典
詩風難能可貴的壯舉！五年以來積稿成帙，於是委由本社總幹事張富鈞
博士主持編務，輯為《天籟詩獎得獎作品集 2018~2022》，以典藏天籟詩
獎歷年得獎詩作，並作為當代臺灣古典詩創作之記錄。

　　今年我們天籟吟社全體社員極其榮幸、無比歡欣迎接一百週年社慶，
維仁忝任理事長，臨深履薄，戰戰兢兢，惟恐自己能力不足，有負師長
與先進諸多的期許，幸賴葉世榮老師、歐陽開代前理事長、姚啟甲名譽
理事長指導，各位理監事與社員同仁群策群力，所有活動都在順利籌辦
之中。感謝萬卷樓圖書公司合作出版「天籟吟社百年紀念叢書」一套四
冊：《天籟吟社先賢詩選》、《天籟吟社舊籍復刻》即將在今年 11 月發
行，《天籟吟社百年紀念學術研討會論文集》、《天籟詩獎得獎作品集
2018~2022》也預計在明年出版。謹在本叢書印行之前，記敘出版緣由如
上，並對負責編輯事務的李知灝先生、張富鈞先生、何維剛先生、張家
菀女史、莊岳璘先生獻上最深的謝忱。

臺北市天籟吟社理事長 **楊維仁** 謹誌

2022 年 8 月

天籟吟社百年紀念學術研討會論文集序

　　日治時期臺灣傳統詩社非常盛行，其中以臺北瀛社（1909）、臺中櫟社（1901）、臺南南社（1906），成立時間較早、規模較大，被合稱為「臺灣三大詩社」。這三大詩社，目前僅有臺北瀛社仍持續活動。換個角度觀察，1922 年成立的天籟吟社，雖不在上述「三大詩社」之列，卻是當今臺灣最有活力，最具影響力的傳統詩社之一，堪稱是臺灣詩社中的異數。學界分別曾在 2001、2009 年舉辦櫟社與瀛社成立百年的學術研討會。2022 年也欣逢天籟吟社創社百年，該社乃結合學界力量，盛大舉行百年學術研討會，這本論文集就是研討會的成果。

　　筆者很榮幸受邀，以「天籟吟社的百年回顧」為題在會中發表演講，指出天籟吟社具有以下幾點鮮明特色：

　　其一、創社以林述三的「礪心齋書房」為中心，重視傳承，師生情誼深厚，具有強大的凝聚力，代代相傳已逾百年。

　　其二、林述三夫子有教無類，學生來自社會基層，遍及各行各業，庶民性強，反映詩社深入臺灣民間的社會現象。而女社員中，也包括藝妲出身凌淨嫆、奎府治等人，見證大稻埕的藝妲文化。

　　其三、創作與吟唱並重，從創社之初便是如此，「天籟調」於是風靡全台，從民間到大學校園，影響非常深遠。而近年更與學院菁英密切結合，培養新血輪，帶動社員知識視野的開拓，成效顯著。

　　其四、近年由於榮譽社長姚啟甲的大力支持，提供固定集會地點，固定集會切磋吟唱與創作，活動力極強。另外，定期舉辦講座，迄今超過百場，又提供高額獎金舉辦「天籟詩獎」獎勵創作，堪稱民間詩社絕

無僅有的特例。

以這次慶祝成立百年的系列活動觀察，不僅委託學者蒐集散佚史料、出版系列叢書、舉辦學術研討會，也擴大舉辦天籟詩獎頒獎典禮與聯吟大會，串連各界詩友壯大聲勢，展現振興詩運的企圖心。

就學術研討會而言，共有學界中生代與青年世代學者發表 8 篇論文，議題涵蓋以下三大部分。

其一，關於林述三先生的研究，共有翁聖峰〈論林述三應世與宗教的詩文展現〉、莊怡文〈林述三與天籟吟社的傳統性與現代性——以孔道宣講會與臺灣博覽會為例〉、梁鈞筌〈林述三與日治時期儒教活動——以孔教宣講團、《臺灣聖教報》為核心〉等三篇論文。

其二，關於天籟吟社與傳統詩詞吟調的研究，共有林仁昱〈臺灣傳統吟詩調的現代傳播與應用探究——以「天籟調」為探究的核心〉、施瑞樓〈試論天籟吟社與文開詩社傳統古典詩吟唱特色與比較——以許志呈、莫月娥為例〉兩篇論文。

其三，天籟詩人與相關雜誌的研究，計有賴恆毅〈平生慣寫雲山趣——李神義《襟天樓詩集》中的地景詩初探〉、何維剛〈詩壇脈絡與文化意義：論《藻香文藝》的接受、傳播與編纂〉、魏亦均〈自成一「家」之言——林錫牙《讀父書樓詩集》的建制與天籟吟社之承衍與定位〉三篇論文。

本次研討會已初步展現幾個豐富的研究面向，其中以創辦人林述三的研究，數量最多，成為發表人關注的焦點。而兩篇關於天籟吟調的探討，是台灣詩社研究較少涉及的議題，討論詩詞吟唱曲調在民間如何傳

播，從而保持旺盛的生命力，別開生面。另外，也有三位研究者注意到李神義、林錫牙兩位社員及傳播媒體《藻香文藝》的議題。

不過由於這是學界針對天籟吟社進行研究的開創性研討會，自不可能面面俱到，因此仍留下不少有待探究的議題，例如關於該社核心人物林述三的研究，多集中在他的宗教觀與孔教宣講，至於天籟吟社的發展，或是林述三的詩歌成就，相關研究仍有待展開。其他尚待開展的議題，諸如社員的文學表現，該社與社會脈動的關係，女性社員的參與狀況與作品特色，乃至天籟吟社與大稻埕地區的互動與地緣特質，戰後迄今的發展概況，尤其是近年的蓬勃發展意義與挑戰何在？以上議題，都值得深入探討。

所幸，本論文集另附有七篇社員文章，包括榮譽社長姚啟甲〈天籟吟社的蛻變〉、何維剛〈天籟吟社一百週年考辨〉、林立智〈天籟先賢詩人剪影〉、張家菀〈天籟當代詩人剪影〉、張富鈞〈天籟吟社的詩詞教育〉、莊岳璘〈天籟之藝文活動：介紹天籟詩獎、近年出版品〉、社長楊維仁〈天籟調與天籟吟社〉，提供不少豐富資訊，展現近年發展的傑出成果，稍可彌補上述之不足，也可視為珍貴的史料整理。

第一篇可看出姚啟甲如何展現大公無私的精神，慷慨挹注各項活動經費、長期提供活動場地。何維剛〈天籟吟社一百週年考辨〉討論創社年代，言之有據。林立智與張家菀，則分別簡要介紹該社先賢與當代代表詩人，莊岳璘介紹天籟詩獎、近年出版品。張富鈞一文，詳細列出 108 場演講之演講者與題目洋洋大觀，讓人讚嘆！而這些演講人的背景與關注主題，也是值得深入探討。楊維仁社長所論天籟調的傳衍，則可與研討會的兩篇論文對照閱讀。

　　期待這個起步，能帶動學界進行更深入、更全面的天籟吟社研究，進而針對臺灣近代詩社與漢詩發展史複雜而多元的面向，提出更多元、更細緻的探討，為學界與當代漢詩壇，提供更深刻的鑑照。

　　　　國立中興大學台灣文學與跨國文化研究所兼任教授　廖振富

目次

第一部份：論文

【林述三先生與天籟吟社的發展】

林述三應世與宗教的詩文展現

翁聖峰 [*]

摘要

　　林述三（1887～1956）大正十一年（1922）創設「天籟吟社」，從日治時期創立橫跨到戰後，至 1956 年逝世，為第一任社長，林述三的研究對於探討天籟吟社早期的發展甚具重要性。宗教反應人們的思想觀念，藉由探究林述三詩文反映在戰前及戰後的宗教可以看到不同世代的特殊文化，如林述三與《南瀛佛教會會報》前後的變化，可對比林述三詩文特色與臺灣佛教的重大變異，又如《鳴鼓集》的學術文化特色，對照戰前往往被視為宗教的儒教，與戰後儒教往往不再被認為是宗教的思想文化變異。探討林述三的古典詩文如何去反應這些複雜面向有助於我們認識臺灣文化的發展，對於天籟吟社發展軌跡可提供不同的對話。「論林述三應世與宗教的詩文展現」以宗教為核心的論述主題，進一步釐清宗教在應世當中所居的位置，有助我們深化臺灣文學與宗教、思想、文化的內涵。

關鍵詞：林述三、天籟吟社、日治時期佛教、三教、鸞堂

---

*　翁聖峰，臺北教育大學台灣文化研究所教授兼圖書館館長，weng1256@gmail.com。

**　本論文撰寫中承楊維仁理事長主動傳送〈林述三和鸞詩〉、〈覺修錄序與執事名單〉罕見文獻，對於本論文的研究裨益良多，特此感謝。

***　本論文原發表於天籟吟社、中正大學台灣文學與創意應用研究所主辦的「天籟吟社百年紀念學術研討會」，2022 年 11 月 19 日，承逢甲大學中文系余美鈴教授評論，特此致謝。專書刊出前承兩名匿名審查委員寶貴的審查意見，特此致謝。

一、前言

林述三（1887～1956）大正11年（1922）10月22日在臺北市普願街林述三的勵心齋創設「天籟吟社」總會，[1] 社則有12則，第1條為「以維持漢學及修養詩學為目的」。2022年適逢天籟吟社創立100週年，對於首任社長林述三研究，有助於我們對天籟吟社的認識。宗教反應人們的思想觀念，藉由探究林述三詩文反應在戰前及戰後的宗教可以看到不同世代的特殊文化。探討林述三的古典詩文如何去反應這些複雜面向有助於我們認識臺灣文化的發展，對於天籟吟社發展軌跡亦可提供不同的對話。

從林述三的詩文可以看到不少作品與宗教的互動，[2] 這當中最具衝擊性的可能是環繞在1927年12月「中教事件」的《鳴鼓集》，前後共有第1集至第5集，[3] 可以看到其爭議性，才會陸續結集出各種論爭。這些文獻原來多發表在臺中出刊的《臺灣新聞》日報，不過《臺灣新聞》多已散佚，還好有《鳴鼓集》的結集才能讓「中教事件」的樣貌有較清楚的學術研究。

黃麗娟的〈「鳴鼓集」及中教事件再考察〉是以「中教事件」為名的較早學術研究，[4]「中教事件」最新的研究成果有2021年郭貞孜

---

1 〈新組織吟社將出現〉，《臺灣日日新報》，1922年10月21日六版。普願街今為台北市迪化街一段的一部份。

2 本論文除特別注明之外，林述三詩作的引述均出自施懿琳主編，《全臺詩》第40冊，（臺南：臺灣文學館），2015，不另特別注明。

3 黃臥松編，《鳴鼓集‧初續集合編》，嘉義：蘭記書局，1928年。黃臥松編，《鳴鼓集‧三集》，嘉義：蘭記書局，1928年。黃臥松編，《鳴鼓集‧四五集合編》，嘉義：蘭記書局，1930年。王見川、李世偉等主編，《鳴鼓集初續集初集、二至五集、精神錄、生死關、皇民奉公經》，「民間私藏臺灣宗教資料彙編：民間信仰‧民間文化」第一輯第25冊，臺北縣蘆洲市：博揚文化，2009。

4 黃麗娟，〈「鳴鼓集」及中教事件再考察〉，《臺灣史料研究》22期，2004年2月。

的〈林述三暨《南瀛佛教》相關作品研究〉，[5]該博士論文大致總結了當前的研究成果，並且將林述三在《南瀛佛教會會報》的詩文及小說一併討論，研究面向是較廣的，雖然該論文遺漏了林述三與齋教的關係性研究，但在學術研究成果的累積上仍有積極的貢獻。江燦騰環繞林德林系列研究對於中教事件有詳細的闡釋，[6]江燦騰的研究對於林德林為角度的臺灣佛教甚有貢獻，但對於從傳統文化的儒學、儒教為核心的詩學創作有些可能是誤解或較缺乏同情理解，這在研究者的〈《鳴鼓集》反佛教破戒文學的創作與儒釋知識社群的衝突〉、〈《鳴鼓集》反佛教破戒詩歌的意識與內涵〉論文有所對話與不同詮釋。[7]

二、林述三與中教事件、儒佛關係

　　「中教事件」是指 1927 年爆發於林德林（1890~1951）創立的「臺

5　郭貞孜，〈林述三暨《南瀛佛教》相關作品研究〉，淡江大學中文系博士論文，2021。《南瀛佛教》的正式名稱是《南瀛佛教會會報》，《南瀛佛教》是簡稱，本文如引用時則依原文的使用名稱而引用，其他則以正式名稱《南瀛佛教會會報》稱之。

6　江燦騰，〈日據時代臺灣反佛教色情文學的創作與儒釋知識社群的衝突——以《鳴鼓集》的各集作品為中心〉，收入《第二屆臺灣儒學國際學術研討會論文集》，臺南：成大中文系，1999 年 6 月。江燦騰，〈日據時代臺灣反佛教色情文學的創作〉，《當代》149 期，2000 年 1 月。江燦騰，〈臺灣近代新佛教運動的先驅者——林德林的新佛教事業及其困境（上）〉，《臺灣文獻》，53 卷 2 期，2002 年 6 月。江燦騰，〈日據時期臺灣新佛教運動的開展與儒釋知識社群的衝突——以「臺灣馬丁路德」林德林的新佛教事業為中心〉，《臺灣文獻》51 卷 3 期，2000 年 9 月。江燦騰，〈臺灣近代新佛教運動的先驅者——林德林的新佛教事業及其困境（下）〉，《臺灣文獻》，53 卷 3 期，2002 年 9 月。江燦騰，〈日據時期臺灣新佛教運動的先驅——「臺灣佛教馬丁路德」林德林的個案研究〉，《中華佛學學報》，第 15 期，2002 年 7 月。

7　翁聖峰，〈《鳴鼓集》反佛教破戒文學的創作與儒釋知識社群的衝突〉，政治大學臺灣文學研究所，《臺灣文學學報》第 9 期（2006/12），頁 83-104。翁聖峰，〈《鳴鼓集》反佛教破戒詩歌的意識與內涵〉，《臺灣古典文學研究集刊》第 2 號（2009/12），頁 307-332。

中佛教會館」的桃色疑雲，林德林被指和張淑子（1881~1946）的妻
子有染，經當事人張淑子於所服務的報紙《臺灣新聞》揭發此消息：

> 數日前臺中驛頭。有一妙齡少婦。似尼非尼。紅潮渾頰。類頗
> 可人。欲乘南下列車。突有二三婦女。尾後追至。欲挽其回。
> 當驛前牽來挽去。幾演出天女散花一活劇。據一邊深知者所談。
> 彼婦為後壠子某持齋檀髮妻。曾與某寺受持僧禪心相印。卻尋
> 該僧同證佛性。故於前晚藉言外出。隔夜不歸。其小叔素知其
> 嫂與其僧有入定盟。於翌早黎明。走到南臺中某寺覓之。果寂
> 寂空門。禪關緊閉。急扣禪房。乃見其嫂猶與某僧同臥禪床談
> 風月。忽聞杖扣聲。恍如霹靂天降。驚得珠澤毛倒插。金色花
> 無光。雙雙由帳裡翻出。其弟急歸告乃兄。其兄幾修到三乘。
> 而毒龍未服。觸面即展金剛怒目。揪住其妻。痛打一場。故今
> 早欲乘車歸其外家。追挽者乃其姑及小姑也。事已傳播滿市。
> 老少聞知。莫不痛罵該少婦之無恥。及野僧之無行也。[8]

此事件引起以崇文社為核心的儒生對佛門群起批評，出現擁林與倒
林的不同聲音。臺中佛教會會長林澄枝、顧問鄭松筠即投書〈取消一
則〉，並稱：「余等細查後。始知全部有錯誤也。」[9] 林、鄭兩人以實
際行動支持林德林，然而社會上批判林德林的聲音則更為強烈，而且
綿亙多年。一時之間，市民紛紛欲糾合團體以驅逐之，批判「清淨禪
林。變為淫亂之舍。」[10]

8　見〈檀越髮妻大悟佛理與某寺僧禪心相印　空門寂寂忽來扣關之人　怒目金剛驚破巫
山之夢〉，《臺灣新聞》，1927 年 12 月 2 日，漢文朝刊 8869 號，引自《鳴鼓集•二集》，
《鳴鼓集•初續集合編》，（嘉義：蘭記書局，1928 年），頁 10。

9　《鳴鼓集•二集》，頁 11。

10　火燒攻德林，〈大冶一爐〉，《臺灣新聞》漢文欄，引自《鳴鼓集•二集》，頁
11，以上關於「中教事件」詳見翁聖峰，〈《鳴鼓集》反佛教破戒文學的創作與

　　「中教事件」是直接及間接促使《鳴鼓集》先後結集出版第 1 集至第 5 集的重要因素，以當今思想領域來看，佛教與儒學、儒教各有不同的領域各安其本務似可井水不犯河水，從學術上各管各的思想領域，然而傳統三教合一或儒釋同源的思想使得佛教與儒學、儒教是可相互會通及交融的，所以對於佛教戒律的改變，或是因日本統治臺灣而鬆動戒律，允許佛教徒娶妻及葷食，這對傳統儒教徒來說許多是不可接受的，而且日治時期許多佛教事業是必須地方士紳的支持才能維持或是發揚光大，倘佛教事業遭到儒教士紳的排斥或抵制則可能遭致嚴重打擊。

　　1927 年的「中教事件」，林耀亭、王了庵辭臺中佛教會的顧問，林載釗辭退臺中佛教會的理事，1932 年林德林乘日本內地的禪學權威忽滑谷快天來臺的機會，公然於佛前燃華燭，與傭人張月舉行結婚大典，固然實踐了林德林的佛教理念，卻遭致信徒的不諒解，雖然李添春稱頌林德林「隱忍自重，以便渡過風波」，然而事實上，「事情的嚴重性，遠超預期，信徒紛紛離去，導致館內人蹤稀少。……只有過去的幾成，昔日的盛況，始終未能再現。」[11] 可見，因社會反佛教破戒的運動，使得林德林的佛教事業受到很大的打擊。

儒釋知識社群的衝突〉，政治大學臺灣文學研究所，《臺灣文學學報》第 9 期（2006/12），頁 83-104。

11 李添春，〈寺廟をたづねて〉，頁 62~63。又日治時期林幼春曾提倡「非孝論」，挑戰傳統規範，引起王學潛等人的嚴厲批判（見翁聖峰，〈日據時期臺灣新舊文學論爭新探〉第 7 章第 4 節，國立編譯館主編，臺北：五南出版公司印，2007 年。）但當僧尼破戒，傳統文人則大團結，林幼春、林耀亭、傅錫祺、陳懷澄、林幼春、張棟梁、吳子瑜等人，深感：「近來世道人心。日趨澆薄。愚夫愚婦無論。即素稱宗教家。以社會教育為己任者。亦多背道而馳。金玉其外。敗絮其中。黑幕重重。居心殊有不可問者矣……或對目下臺中某僧。發生不祥之事。緘貶或就陋風敗俗。力言矯正。各逞舌鋒。議論不一。」結局則由林幼春發議，設一風俗匡正會，見《鳴鼓集‧二集》，頁 15。

　　郭貞孜博士論文〈林述三暨《南瀛佛教》相關作品研究〉第 7 章
「林述三與林德林的糾葛」專門論述「中教事件」當中林述三的角色
與所佔的歷史位置，如由論文架構的專門章節來看林述三似乎佔了「中
教事件」非常重要的位置，不過，倘翻查《鳴鼓集》第 1 集至第 5 集，
僅能發現林述三只出現 1 次在〈編輯餘墨〉當中，[12] 所以這個文獻特
別值得注意，其原始發表樣式如下：

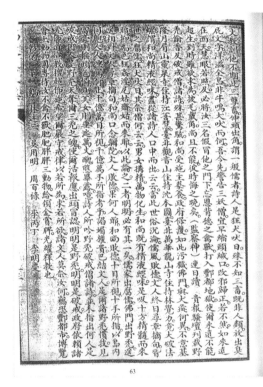

63　　　　　　　　　　62

　　由上文獻林述三僅出現在篇末最末行的 6 位共同署名當中，林述
三排名第 2 位。本文獻的次頁（第 64 頁）尚交待「敝社編輯斯編為鳴
鼓集續編附錄王一鶴來社要求將登報之文字增減茲從其請特此聲明」，
即以上《鳴鼓集》的內容是經修訂過，並不是發表於報紙的原始內容，

12　黃臥松編，《鳴鼓集・初續集合編》，頁 63。

一方面可以看到王一鶴對於這段文字的看重，所以會再去編輯部要求修訂文字，不過由於主要的論爭園地《臺灣新聞》已佚失，目前僅能由這文獻去推敲林述三對「中教事件」的觀點。

上面〈編輯餘墨〉的排版似是 2 組文字，不是單一署名，即第 63 頁第 4 行有署名「監察神」者，則署名以上的文字應該是「監察神」的意見：

> ……近日儒者詩人。忽怒此僧不思念當時所出精液經味。養他肥肥胖胖。竟敢忘恩負義。肆志橫行。暗中作幾首詩文教訓他。……。尚且不能。彼時悔之晚矣。（監察神）

〈編輯餘墨〉後半段文字應當才是王一鶴、林述三等 6 人共同連署的內容：

> 連日讀 貴報騷壇刊載野禿偷香及破戒僧諸詩。殊甚驚駭。和尚受施主豢養。政府保護。如此污穢佛門。與犬彘何異。不意基隆月眉山靈泉寺住持江善慧。臺北觀音山住持沈本圓。臺北萬華龍山寺住持林覺力。竟大破法螺。謂和尚精液經味。盡從諸詩人口中而出。云云。當此世俗沉淪。儒風敗德。文人終日尋章摘句。皆世之腐儒。狂犬吠日。其奈僧何云云。男女媾精。萬物化生。和尚既有精液經味。是吸十方精髓而來耶。抑為色狂姦淫尼姑齋姑而來耶。以此論之。二者明明。必有其一矣。儒家出腐儒。佛門出野禿。遙遙相對。文人尋章摘句。和尚口念彌陀。文人敗德。果何人耶。和尚敗德。十目所視。十手所指。以島內同胞。人人唾罵。何止千億萬目所視。千億萬手所指者乎。諂媚權貴。巴結文人。是爾諸野禿慣技。見富豪則搖

頭乞憐。見美女則垂涎萬丈。醜態畢露。憶詩人所吟野禿破戒
僧諸詩。並未指出何人是破戒。何人是野禿。天奪爾三禿之魄。
使爾活報應。出頭冒認。明明是野禿。明明是破戒。政府依賴
諸禿。佈道宣教。檀越佈施。希望爾嚴守戒律。以若所為。求
若所欲。諸文人莫奈汝何。竊恐鄓都市。博覽會上動物園專待
汝不禽不獸肥肥胖胖三動物。給領金賞牌。光耀釋教也。

彰化 王一鶴 **林述三** 吳用明 周百祿 李丙丁 李明慶 [13]

這段引文所謂的「貴報騷壇刊載野禿偷香及破戒僧」可能是指《臺灣
新聞》，這6位連署人批判靈泉寺住持江善慧、觀音山住持沈本圓、
萬華龍山寺住持林覺力甚為用力，呈現非常嚴屬的人身攻擊，以犬豕
動物來形容失德的佛門，並且對於政府支持主流佛教門派甚為不滿，
顯現傳統儒教徒對於佛門違反戒律完全無法接受，如同水火難以並存。
而整個《鳴鼓集》各集內容一覽表：

《鳴鼓集》各集內容一覽表

刊名／刊行時間	內容概要	徵募或收錄時間
《鳴鼓集‧初集》／ 1928.7.12（1929.6.30 再版）	〈序〉3 篇	1926.4
	徵文〈風紀肅正並嚴重社會制裁議〉10 篇	未注明
	徵文〈驅除蟊賊檄〉10 篇	1926.6

---

13 林述三「字體加粗」、「底線」為研究者所加。上面已引用了〈編輯餘墨〉的原始
文獻，再列出打字稿，係因郭貞孜〈林述三暨《南瀛佛教》相關作品研究〉的相關
章節並未引述這原文獻，僅轉述部份的概要，其他《鳴鼓集》及中教事件的研究亦
未完全引述，然而這文獻是林述三在中教事件宗教觀的問題核心，研究者認為應明
確揭櫫出來才更能凸顯林述三在中教事件的儒佛論爭當中的完整面向。

	〈感言〉1 篇、〈序〉3 篇	1928.3
	徵文〈矯正佛寺齋堂弊習論〉10 篇	未注明
	徵文〈風俗匡正促進文明論〉2 篇	1928.2
《鳴鼓集•續集》/ 1928.7.12（1929.6.30 再版）	徵詩〈野禿歌〉13 首	1928
	報載新聞 58 篇	1927.12.2~1928.3.13
	徵詩〈野禿偷香〉9 首	1927.12.27 前
	怡園擊鉢吟〈破戒僧〉13 首	1927.12.27 前
	其他刊載報紙詩歌 56 首	1927.12~
《鳴鼓集•三集》/ 1929.2.20	〈序〉2 篇	未注明
	徵文〈官吏受賄與破戒僧罪惡孰重論〉10 篇	未注明
	徵詩〈禪床春夢〉32 首	1928
	附錄各報對佛門穢亂事件之揭載 35 篇	1928.4~1928.10
《鳴鼓集•四集》/ 1930.10.5	〈序〉4 篇	1929.1~1929.8
	徵文〈天下何者最毒論〉10 篇	未注明
	徵文〈戲擬驅除蚤蝨蚊蠅屬賊僧〉12 篇	1928.10
	各報記載雜文 24 篇	1928.11~1929.3

《鳴鼓集・五集》／ 1930.10.5	〈序〉2 篇	1930.5
	徵文〈孔方兄勢力論〉10 篇	未注明
	各報記載雜文 44 篇	1929.3~1930.2
	新滑稽吟社第一期至第十三期 337 首並第一期臨時課題徵詩（并序）61 首	1928.1~1929.12 1930.1

由上表可以發現中教事件之前後儒教徒對佛門未遵守傳統戒律已有微辭，故有〈風紀肅正並嚴重社會制裁議〉、〈驅除蟊賊檄〉、〈矯正佛寺齋堂弊習論〉等專題徵文的彙整，《鳴鼓集・續集》的〈野禿偷香〉有 9 首、〈破戒僧〉有 13 首，這是直接促成林德林及佛門三個重要寺廟住持聯合署名反彈，但這也激起以傳統知識份子為核心的儒教徒的強烈反擊，於是《鳴鼓集》三、四、五集出現〈官吏受賄與破戒僧罪惡孰重論〉、〈禪床春夢〉、〈戲擬驅除蚤蝨蚊蠅屬賊僧〉、「附錄各報對佛門穢亂事件」等詩文或專輯。《鳴鼓集》多數彙整自中部的日報《臺灣新聞》，由彰化黃臥松所編輯，反映中部士紳（如吳子瑜、林幼春、陳懷澄、傅錫祺等儒教徒）對傳統價值觀、思想文化維繫的關心，《鳴鼓集》彙整的詩文張達修也是頻率甚高的文人之一。

前面林述三參與的〈編輯餘墨〉連署的第一位領銜人王一鶴即是彰化人，不過，這是林述三於《鳴鼓集》僅見的連署，〈編輯餘墨〉用辭非常辛辣，其他並未再看到他對中教事件佛教徒的批判詩文，所以程度上來說林述三是參與了《鳴鼓集》中教事件的儒佛論爭，但僅止於低度參與，並未深度投入論爭當中。這個原因除了是個人性情，在其現存的許多詩歌與佛門有互動，論爭期間他負責主編《南瀛佛教會會報》、《亞光新報》等佛教刊物可能也是重要的原因。

目前殘存的《亞光新報》有 2 年 2 號至 2 年 6 號，共 5 期，發行於 1928 年 3 月至 7 月間，[14] 這段期間與《鳴鼓集》的刊行期重疊，《亞光新報》版權頁標示編輯人是「林（述三）纘」，刊物所支持的本社是「法雲禪寺」。「林述三擔任《南瀛佛教》的主編，是從第一卷第二號開始至第七卷第四號止；隨後《南瀛佛教》的編輯事務即轉移到臺中佛教會繼續經營，而接手的人正常林德林。」[15]《南瀛佛教會會報》第 1 卷第 2 號至第 7 卷第 4 號起於 1923 年 9 月至 1929 年 8 月期間，《鳴鼓集》的發行亦與這期間部份重疊。除了個人情性，編輯佛教刊物，擔任私塾教師可能都需與人為善，不似地方士紳的儒教徒有豐厚的固定資產，無工作及人際關係的後顧之憂，也可能是林述三在中教事件當中僅連署聲援〈編輯餘墨〉，並無進一步的申論或創作。

《南瀛佛教會會報》第 7 卷第 5 號〈會告！！（請一讀）〉：「此次因為事務取扱等的關係、得會長及副會長的許允、便宜上將會々誌『南瀛佛教』編輯部——編輯、印刷、發行——委托臺中佛教會營辦。」[16] 臺中佛教會營辦即轉由林德林編輯《南瀛佛教會會報》，第 7 卷第 5 號及第 6 號的《南瀛佛教會會報》在林述三交棒林德林之後則出現帶風向的專題論述：〈僧侶可以帶妻嗎？〉專論雖以問號為題目，開頭且有「打倒流毒社會的和尚！／打倒多妻邪淫的齋友／打倒輕別佛教的惡習」，內容實則是想打破傳統佛教禁婚的戒律，專論分別出現了重要標題要來帶動讀者對佛教徒結婚的認同：「從原始佛教來觀帶妻可不可、從一般佛教來觀帶妻可不可、古來有人帶妻嗎？古來有人帶妻嗎？關係這問題的參考材料、龍華派的在家修行說」。由傳統儒教

14　王見川、李世偉等主編，《亞光新報（另名：亞の光）》，「民間私藏臺灣宗教資料彙編：民間信仰・民間文化」第一輯第 23 冊。

15　郭貞孜，〈林述三暨《南瀛佛教》相關作品研究〉，頁 157。

16　（文章的書寫時間）昭和 4 年（1929）10 月 1 日，《南瀛佛教會會報》第 7 卷第 5 號，頁 4。（缺出版頁，時間缺，但由撰稿時間可推測出版於 1929 年 10 月至 11 月間）

徒林述三編輯的《南瀛佛教會會報》移轉到支持帶妻論的林德林，在佛教戒律的編輯上也有明顯差異。

雖然自《南瀛佛教會會報》第 7 卷第 5 號之後林述三退出了主編，在他主編期間亦有詩作與僧家的互動，如〈仿僧家詩作〉4 首即是中教事件前的作品：

> 著了袈裟百慮空，晨鐘暮鼓一庵同。我生倘有原來果，底事堂前懺悔中。
> 隔年當日不關懷，坐破蒲團未有涯。中夜自搔頭似鐵，佛燈影裡認遺骸。
> 一聲清磬夢魂醒，老衲無端仗佛靈。笑自苦參三昧諦，也將明月照空庭。
> 半串牟尼手自將，工夫怎得脫無常。愛河今已淪諸子，願把長篙一葦航。[17]

描寫佛教徒生活情狀，求道歷程，並且藉由現實的刻繪去體現僧家的生命。[18]1922 年他尚未擔任《南瀛佛教會會報》的主編，由〈尋僧〉藉著訪友的歷程、大自然的感受，可看到他對佛教的深刻互動，生命的追求，這首詩雖源自「白雲寺擊缽吟」，但對佛教亦需有一定的領略與修維才能有此情境的書寫。

> 獨入深山訪白雲，塵心我欲斷知聞。一經未得玄中悟，半偈思從座下分。勝地香花常護法，空山猿鶴自成群。鐘聲動處開迷

---

17 此詩錄自怪星〈詩話〉，《南瀛佛教會會報》第 4 卷第 4 號，「想華」欄，1926 年 7 月。原無詩題，今題為《全臺詩》編者所擬。

18 1924 年的〈遊佛頌〉8 首（如第 1 首「寶相莊嚴見一時，著來二十五條衣。手持四大天王缽，舍衛城中乞食歸。」）描繪印度佛教的情境與讀者交流。怪星，〈詩話〉，《南瀛佛教會會報》第 2 卷第 5 號，「想華」欄，1924 年 9 月。

徑，藜杖來時日未曛。[19]

〈禪門〉係 1924 年面對新興現代電影媒體的支持值得特別注意：
「以活動寫真佈教，是亦一道也。七月二日夜，真宗本願寺派大稻埕
佈教所主催之，在江山樓前開劇。其次第之齣目，乃頗為觀眾博美評。
有人曰：此與諸位影戲館不同。影戲館之作，實增人起不良之心、助
膽量、好殺人；而此則專在勸惡從善，向佛皈戒，此可令觀者覺悟。
予有感，作七絕一首，口號以紀之。」[20] 林述三原本以此段話為詩作
題目，反應與時俱進的思惟，詩作為：「禪門回首換蓬萊，荊棘開時
佛徑開。渾世勸君觀實景，方知佈教有由來。」可以看到林述三面對
科技的進化與佛教傳播連結的支持。

1921 年的〈還俗尼〉3 首可以看到他對女性情慾的肯定，面對佛
教禁慾的同情，如第 1 首：「春風鴉鬢掠新時，真個娉婷絕世姿。回
首蒲團枯寂日，好堪辜負好花枝。」[21] 對照楊熾昌的〈尼姑〉：

> 年輕的尼姑、端端打開了窗戶。／夜氣粘纏地磅礴著。端端伸
> 出白白的胳臂抱緊胸懷／。可怖的夜氣中，神壇的佛像有嚴然
> 的微笑／⋯⋯我底乳房何以不像別的女人一樣美呢。／我的眼
> 窩下何以僅只映照著被忘記的色彩。⋯⋯／紅玻璃的如意燈繼
> 續燃燒著。青銅色的鐘漾著寒冷的心。／尼姑庵的正廳像停車
> 場一樣寒森森⋯⋯ 端端將年輕的尼姑的處女性獻給神了。[22]

---

19 《臺灣日日新報》，「詩壇」欄，1922 年 12 月 3 日，第六版，又載王炳南《南瀛
詩選》，在白雲寺擊缽吟。

20 此詩收於《南瀛佛教會會報》第 2 卷第 4 號，「想華」欄，1924 年 7 月。原題甚長，
移作詩序，今題為《全臺詩》編者所擬。

21 此詩收於《臺灣日日新報》，「瀛桃竹吟壇」欄，1921 年 8 月 18 日，第五版，又
載顏雲年《陋園吟集·擊缽吟詩·陋園第三次瀛桃竹聯合擊缽吟》。

22 楊熾昌的〈尼姑〉原文日文，葉笛譯，1934/12。

林述三的〈還俗尼〉為古典詩，楊熾昌的〈尼姑〉是日語散文詩，文學表現的方式雖然不同，但共同的主題都是對於女性青春生命的同情與重視。1938 年，林述三的〈賣肉行〉可以看到林述三戒殺生的創作主軸與對肉弱強食的憂心：

> 日吹螺響賺金錢，屠人生計具翩翩。管城子無食肉相，只言放生佛自然。坡翁且明內外人，別是婆心有性真。五行星學為刃殺，刀下情難饒劫身。物理體天好生德，文弱由來輕武力。孔聖孟子君子仁，我感斯道相牂賊。吁嗟率獸是何心，獅子撲兔悲不禁。願汝虎狼各食土，天年終有望徽音。[23]

「管城子無食肉相」原句出自出黃山谷〈戲呈孔毅父〉，詩中「坡翁且明內外人，別是婆心有性真 」則是指蘇東坡雖不吃素，但卻不忍好友為招待他而殺生，曾作詩勸陳季常。[24] 希望生命各安其性命，但這只是他的高度的期待，在現時當中佛教、儒教的理想並不易落實，只能透過詩歌表達他的生命態度。

以上引述都是日治時期與佛教的互動，1950 年所寫的〈祝佛教道友會報一週年紀念賦呈學周宗先生〉、[25]〈喜臺灣佛教紀念號發刊有感呈宗學周〉則是戰後佛教的時代感應：

> 近世人心藐諸古，智巧極端相鼛鼓。負嶹奇疆欲噬愚，殺機遍地伏草莽。欽鴉符拔非鳳麟，無數生靈命靡鹽。可憐君子無所爭，門前拒狼後拒虎。遂令治化不暇文，士農工商齊用武。孔

---

23 此詩收於《詩報》第一百七十三號，「詩壇」欄，1938 年 3 月 18 日，又載《臺灣藝術》，「蓬萊詩壇」，1940 年 3 月 4 日的《礪心齋詩集》。

24 引自匿名審查委員的意見。

25 《臺灣佛教月刊》第 4 卷第 4 期，1950 年 12 月 20 日。

道雖存若未行，慈悲佛心空出剖。側看萬報復生來，此為釋氏
存一部。改惡從善助國家，能順聖人規與矩。中華自古是神州，
頭上有天天可侮。眼底瘡痍未盡收，羈魂餓鬼誰超撫。晉明以
後年復年，娑婆度眾同尼父。吾宗學周囑有詞，感詩碩人歌俣
俣。[26]

開頭四句「近世人心藐諸古，智巧極端相礜鼓。負嶹奇疆欲噬愚，殺
機遍地伏草莽。欽鵶符拔非鳳麟，無數生靈命靡鹽。」有可能有是隱
喻1950年代兩岸與韓戰武力對峙，而臺灣處在白色恐怖政治充滿肅殺
之時代，全詩藉由宗教批判世局。「孔道雖存若未行，慈悲佛心空出
剖。側看萬報復生來，此為釋氏存一部。」則是對佛教可以拯救世亂
人心的高度期待。[27]這是對於大時代變動與紛亂之下，孔道雖存卻未
行的感慨，或可藉由《臺灣佛教》的刊行來教化人心，移風易俗，可
以看到林述三對佛教與孔道在此時空下是認為不相互衝突，可以互通
的。

三、林述三與儒學、鸞堂、三教

今日學術分科觀念之下儒、釋、道各有不同畛域，不過傳統學術
脈絡當中儒、釋、道的交融與互攝是十分普遍的現象。「林述三與中
教事件的儒佛論爭」可看到林述三與佛教及論爭的複雜面向，不過在
日常生涯互動當中也有較為以儒學為主題的詩作。1919年的〈喜稻江
學會成立有感呈家學周〉，當中的「有心世道扶文學」的「文學」是
廣義的意義：

---

26 《臺灣佛教月刊》第4卷第4期，1950年12月20日。
27 引自匿名審查委員的意見。

有心世道扶文學，模範般般井井開。十二科程躬整理，三千桃李手親栽。始知素志兼宗教，不負平生抱異才。學會自今稱鼎足，檽輝照徹稻江來。[28]

據 1919 年 8 月 3 日《臺灣日日新報》載，除日常生活與德育相關外，強調「和漢之文雙兼，新舊兩學並修」，「十二科程」可能指國語、漢文、算法、地理、保甲法規、習字、理科、簿記、修身（男子），另圖畫、家事、刺繡（女子），[29]可見所學的十二科程與「世道」、「文學」並列是「文化之學」，不是當今的「純文學」概念，由「素志兼宗教」可看到連結入世的宗教意識，並可瞭解早年林述三的人生志向。1924 年〈謁孔聖廟〉當中的「文章」同樣是採廣義的文化之學概念：

吾道未全異，通衢謁至尊。文章自可聞，性理若為言。下拜大成殿，方知入德門。儼然如在望，垂淚感師恩。[30]

1935 年的〈湯島聖堂再建落成遙賦〉是對東京湯島孔廟重建的肯定，相對於歐風美雨，東方儒學有其普遍性，特別是在日本統治之下的一種反思，儒學文化的認同與肯定。

東洋洙泗水長流，湯島宮牆萬仞修。此日斯文昭舊典，當年大道溯源頭。禮門義路重新在，美雨歐風一笑休。籩豆早知崇盛世，樂聲恭聽到瀛洲。[31]

---

28 〈喜稻江學會成立有感呈家學周〉（作者註：大正 8 年（1919）2 月），收於《臺灣佛教月刊》第 4 卷 4 期，1950/12/20。

29 引自匿名審查委員的意見。

30 此詩收於《南瀛佛教會會報》第三卷第五號，「想華」欄，1925 年 9 月，又載林述三《礪心齋詩集》。

31 此詩收於《臺灣日日新報》，鷺洲吟社擊缽錄，1935 年 5 月 7 日，第八版，又載林述三《礪心齋詩集》。

至於戰後的 1948 年的〈礪心齋同學會席上示諸生〉是面對解殖民之後的感慨與反思：

> 吾道吾臺自不淪，會將風雅會同人。篯今二代朋簪洽，重古千
> 秋師弟親。復禮書生猶有魯，坑儒皇帝再無秦。冊年磨礪心齋
> 坐，硎刃光時入眼新。[32]

此詩「復禮書生猶有魯，坑儒皇帝再無秦」這兩句似乎是以秦始皇焚書坑儒，暗喻對日本殖民統治的感慨，若此詩為解殖反思之作，則與上述〈湯島聖堂再建落成遙賦〉似有所矛盾，這是面臨大時代的鉅變知識分子與時俱變的例子，面對兩個相互對立的統治者在前後 13 年間有強烈的差異性認同，可以看到林述三因時勢的變異，認同也必需大幅改變的具體面向。

　　以上 4 例都是林述三面對傳統儒學、文學的生命反思，是一般我們在傳統知識份子較為常見的治學與應世模式，而參與「覺修錄」、「鸞稿拾遺」的活動與編輯則是林述三研究未曾被觸及的，這在學術上有其特別意義。《覺修錄》紀錄鸞堂覺修宮的活動，共有 39 人參與，林述三也是其中之一，他的職務是「奉派專理校正」，如下引述文獻的倒數第 4 人：[33]

32　此詩收於《天籟》第一期，1948 年 8 月 27 日，又載林述三《礪心齋詩集》。

33　蘇潭編輯暨發行，《覺修錄鸞稿拾遺合冊》，覺修宮出版，1938，頁 11。

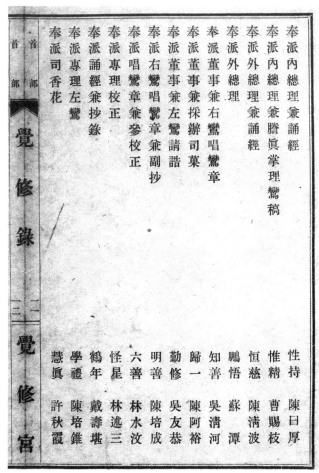

林述三不僅實際參與了鸞堂覺修宮的活動，而且為《覺修錄》題字「煉道堪師」，由道與師來看，可以理解鸞堂活動也追求正道之途：

至於林述三為《覺修錄鸞稿拾遺合冊》所寫的〈跋〉文更可看到宗教觀的不同面向：

夫人爲萬物之靈。其奉法順流。自是體天行道。故儒道釋著焉。
而士農工賈僧道。遵持三教。儒以三綱五常立世。安國家。而
育群生。懲惡勸善。和平調變。奕世無窮。道釋以清淨出世。
賴儒教以全貞。護休老以救窮。解脫羈纏。消除孽障。得自安
閒修養。蓋古以來。已成鼎立。前朝開合一家。有漢相乘。則
易繫。中庸。道德。逍遙。金剛。妙法蓮之旨相同也。然爲道
釋者易。爲儒行者難。儒以荷擔家國之勤。且欲修身率性之事。
每在煩忙之內。得以向晦宴息。鷄鳴而起。孳孳爲善。乃其爲
神爲聖。師弟相傳。太覺其亡其亡。幸而朝聞夕死可矣者。賴
有此耳。良知良能。虛靈不昧。具象理應萬事。吁。卓矣哉。
聖神仙佛。行立者成之。憶陳希夷先生對宋太祖云。白日飛昇。
亦益於人世。是于聖神仙佛。宜於持修時。種下德業。庶幾克

副。今聖神仙佛。能登鸞木筆。垂婆心而著書。解頑覺迷。冥
冥中光顯。舉頭三尺如在者。又可感也。覺修宮著作第三回。
教爲校正。書名覺修錄并鸞稿拾遺。敢不勉體神心乎。其間略
有抄寫之誤。援依 神意。恭爲校酌。詩文兼盛。允爲寶法於後
援同人勞焉。且承囑跋。謹奉誌數俚。表寸誠也。後援諸君。
其於 神前爲許言爲是乎。

戊寅年梅月

怪星林述三拜跋

〈跋〉文分析三教的關係，儒以三綱五常立世，安國家、育群生，道
釋以清淨出世，賴儒教以全貞。雖然說到「中庸。道德。逍遙。金剛。
妙法蓮之旨相同也。」但對於儒教是更加的肯定，是社會安定的主要
動力，聖人神道設教，藉鸞堂「登鸞木筆。垂婆心而著書。解頑覺迷。」
在殖民統治之下，依儒教民間化的鸞堂活動，讓傳統的道德規範得以
延續下來。王見川在《臺灣的齋教與鸞堂》特別闡釋鸞堂活動的時代
意義：

> 對鸞堂而言，在鸞書中主張傳統倫理道德，只不過是鸞堂信仰
> 宗旨的一貫申明，不僅不保守，還更凸顯它們維護中華文化的
> 孤臣孽子性格。就研究者的立場來說，與其說他們「保守」，
> 倒不如追問這些教派為何如此堅持傳統倫理道德？[34]

　　傳統儒教、儒學、道學、文學、民間宗教融合為一的生命體現值
得我們留意，惟有如此才不致將傳統學術割裂，而有整體的理解與體
現。林述三參與鸞堂覺修宮的傳統知識份子的事例並非孤例，與他共

---

34 王見川，《臺灣的齋教與鸞堂》，（臺北市：南天），1996，頁 207。

同參與覺修宮事務的就有 37 人以上，又如振文書院的〈西螺義孚社之沿革〉，日治時期義孚社的倡議人有西螺街蕭化雨、廖漢棟、江香蕚、李品三、陳光輝、王占偉、許金等人，莿桐巷陳宏文、謝振方，油車庄李謀番、崙背庄李捷元和永定厝李錦等 20 人，藉由神道設教，扶鸞以戒煙，定期焚棄煙具，發揮宗教教化的功能，王世慶〈日據初期臺灣之降筆會與戒煙運動〉的研究即闡釋儒教世俗化的時代現象。[35] 當年義孚社曾置有田地一甲多，並收取租金作為慶典之用，1954 年因耕者有其田的制度施行，義孚社的田地轉換成股票，股息也交由爐主辦理祭典之事宜，可見從日治時期到戰後地方自發性組織與社會教化的連結。[36]

四、結語

儒釋道的三教觀對林述三有深遠的影響，所以在其詩文當中可以發現不少的相關作品，不過，面對現代文明的發展，他同樣有驚嘆的歌詠，如 1917 年的兩首七言絕句〈電話〉可見其端倪：

> 不須縮地授壺公，愛汝西洋德律風。安得天河牽一線，好教牛女話情衷。

> 神機巧妙奪天工，客思閨情好互通。兩地一時相對語，可人無異在家中。[37]

---

35 王世慶，〈日據初期臺灣之降筆會與戒煙運動〉，《臺灣文獻》第 37 卷第 4 期，頁 111-151，1986。

36 詳見翁聖峰，〈禮失求諸野？——論儒學、儒教宗教性與臺灣文學研究的學術整合〉，許素蘭編，《回眸凝望‧開新頁——臺灣文學史料集刊》第 7 輯（臺文館叢刊 48），頁 112-131（臺南：國立臺灣文學館），2017/8。

37 此詩收於《臺灣日日新報》，「詩壇」欄，1917 年 7 月 5 日，第六版。

電話是新興的文明工具，傳統民俗當中只有順風耳、千里眼有類似的超能力，但在 1917 年的新文明就能打破窠臼，有「妙奪天工」千里一線牽的能力，這是林述三上一代人所難想像的。類似之例，1926 年的〈電戲〉亦如此：「化機動處影全窺，閃爍神光即若離。個裡別留真面目，春燈一幕最傳奇。」[38] 同樣藉由電影，當時多稱活動寫真的新文明帶來難以想像的新傳奇。

　　傳統與現代都不斷衝擊著我們，林述三如此，我們也是如此。研究者 2009 年 8 月走訪今臺南市白河區關子嶺大仙寺，看到建於 1918 年的廊柱聯文：「佛何稱士儒釋同源」，反映了佛教寺廟主張儒佛同源的事例：

這聯文於 1918 年塑立，仍然存在當今臺灣的佛教廟宇，「儒釋同源」的宗教觀與當今宗教分立的觀念差異甚大，而且儒教在當今常不被視為宗教，這點更有甚大的時代差異性。[39]

38　此詩收於《臺灣日日新報》，全臺聯合擊缽吟，1926 年 4 月 15 日，第四版。
39　詳見翁聖峰，〈禮失求諸野？——論儒學、儒教宗教性與臺灣文學研究的學術整合〉。

關於近代儒教是否為宗教之爭，黃進興認為皆執「基督教」作為宗教的基型，以此裁度儒教，[40] 然而這種觀念與傳統宗教觀差異甚大，與東漢以來儒、釋、道三教鼎立，可以成為獨立的宗教個體不同。明代以來「三教合一」，因與釋、道二教結成有機體，遂蛻變成民間宗教。日治時代 1910 年刊行的「臺灣舊慣調查會」報告書把儒教定位為宗教，記道：「儒教是孔子及孟子所祖述的古代聖王教義，內容包括宗教、道德及政治，三者渾然融合成為一大教系。」[41]《臺灣私法》引《臺灣府誌》，列舉玉皇上帝、東岳大帝、北極大帝、天后、五谷先帝、保生大帝、三山國王、水仙尊王、開漳聖王、廣澤尊王、註生娘娘及臨水夫人、五顯大帝、元帥爺、王爺、大眾爺、義民、城隍爺、福德正神、灶君、文昌帝君及魁星諸神皆屬儒教，[42] 後來增田福太郎認為臺灣人的宗教是「道、儒、佛三教互相混合而成的一大民間宗教」，就忠實反映傳統的宗教觀念。傳統社會儒教往往置於參照座標的原點，其他各教無不悉心揣度與儒教的對應與聯繫，在「宗教」（religion）的概念入主後，陳熙遠認為：

> 儒教竟謫配到「宗教」的邊緣，不僅「儒教」在「宗教」的論域裡逐漸邊緣化，……而且由於避諱傳統「教」字的稱謂有誤導為「宗教」的可能，在現代語彙中，「儒教」更幾乎為「儒學」、「儒家」、「儒道」所取代。[43]

---

40 黃進興〈作為宗教的儒教──一個比較宗教的初步探討〉，《亞洲研究》23 期，（1997 年 7 月），頁 188。

41 李世偉、王見川，《臺灣的宗教與文化》，（臺北：博揚文化公司，1999），頁 155。

42 《臺灣私法（二卷上）》，（臺北：臨時臺灣舊慣調查會，1911），頁 246。

43 陳熙遠，〈「宗教」──一個中國近代文化史上的關鍵詞〉，《新史學》13 卷 4 期，（2002 年 12 月），頁 37-66。

由黃進興、陳熙遠的分析，有助於我們理解儒教是否為宗教之爭，論辯者有的將儒教定位在禮教層次。林述三透過 1924 年〈謁（臺北）孔聖廟〉「吾道」、「至尊」的詩句反應了儒教的思想與宗教情懷。1935 年〈湯島聖堂再建落成遙賦〉對東京湯島孔廟重建的肯定，對東方儒學的普遍性，儒學思想文化的認同，是生命哲學甚或昇華對儒教宗教超越性的支持。1938 年參與覺修宮鸞務與書寫反應了儒教、儒學、道學、文學、民間宗教的融合性。

除了儒釋道的三教關係，1916 年林述三的〈共進會竹枝辭就純甫兄題〉：「佛教門鄰是耶穌，牧師和尚各分途。任人聽講不同道，善意歡迎坐位鋪。」詩中「佛教、耶穌」、「和尚、牧師」分別代表東方及西方的重要宗教符碼，詩中「任人聽講不同道」反應了傳統「和而不同」的精神，這點在當今世界仍有許多對立、紛亂的現象，100多年前林述三的〈共進會竹枝辭就純甫兄題〉詩作仍有其時代意義，雖然不代表林述三的時代就沒有宗教或思想論爭，但他所揭示的宗教對話與包容精神是值得我們再去反思的。

林述三與日治時期儒教活動
——以孔道宣講團、《臺灣聖教報》為核心

梁鈞筌 *

摘要

日治時期許多傳統文人將漢學與儒學等而視之，他們基於文化淪亡的焦慮感，致力於挽救漢文化的行動，從書房、詩社、文社、祭孔委員會的設置，乃至舉辦宣講會、雜誌、徵文等，都有他們努力不懈的身影。台灣首善之區的台北，其孔廟相關活動頗為曲折，台北文廟落成於 1884 年，隨後因乙未割台而被充為衛戍病院，1907 年則完全拆除，興建高等女學校、擴建國語學校，因此孔廟重建、儒教復興，一直是台北文人的重大使命。

1917 年瀛社與大正協會合作，組織崇聖會，專責祀孔典禮，1925年成台北士紳立臺北聖廟建設籌備處，綜理募款重建事宜，並組織「孔道宣講團」，於台灣中北部舉辦宣講會，以推行孔教。在諸多文化活動中，屢屢能看見林述三的身影，或為宣講會講師、或擔任《臺灣聖教報》的編輯，是以本文就「孔道宣講團」及《臺灣聖教報》為核心，一探彼時傳統文人對延續儒學的理念與實踐狀況。

關鍵詞：林述三、儒教、孔道宣講團、孔廟

---

* 國立中正大學台灣文學與創意應用研究所兼任助理教授。

一、前言

　　日治時期是臺灣傳統文化、儒學、儒教遭受強烈衝擊的年代，作為臺灣首善之都的台北，相較於島內其他都會，其儒教活動更為曲折。1895 年日本接收臺灣，甫於 1884 年落成的台北文廟就被充作衛戍病院，祭孔活動被改至艋舺龍山寺舉辦，雖有總督府出面參與，但仍屬因陋就簡，1900 年兒玉源太郎、後藤新平於台北淡水館舉辦揚文會時，現場徵求策議文字，議題包括〈修保廟宇議〉、〈旌表節孝議〉、〈救濟賑恤議〉，其〈修保廟宇議〉就包含了台北文廟、城隍廟、天后宮等之重修倡議，[1] 然而謹停留於倡議，衛戍病院遷出後，台北文廟仍日漸荒廢，於 1907 年遭到拆除，原址則興建等女學校、擴建國語學校，這對台北的文人來說，不可謂儒教的一次挫敗。孔廟之外，日本引進的新式教育體制，以及相對應對傳統書房／私塾的管理、收編，莫不導致傳統文化的式微，1920 年代啟蒙新知識份子興起，競相西化之下，傳統文化更被批判為過時、落伍的糟粕，這對傳統文人來說，是另一大打擊。因此，台北的儒教活動及文人對其復興的努力，則顯的更為豐富精彩。

　　本論以林述三為觀察核心，旁及台北文人群暨儒教振興的活動為核心，聚焦於台北孔道宣講團、《臺灣聖教報》，一探一探彼時傳統文人對延續儒學的理念與實踐狀況。

二、儒教與傳統文人的時代焦慮

　　儒教有兩重意含，一為儒家的教化，亦即廣義的「儒學」，如臺灣文社曾徵文「孔教論」，入選者黃孜業言：

1　佚名，〈揚文會〉，《臺灣日日新報》，1900.03.01，02 版。梯雲樓主，〈擬修保廟宇議〉，1900.03.23，03 版。

教化之設。由來尚矣。……前聖有教。非孔子無以明。後聖有教。非孔子無以法。所謂集群聖之大成。為百王之大法。作萬世之師表。此孔教所由名也。[2]

很明確的將孔教定義為「教化」，甚者，有結合儒家經典並強調個人道德修為、連結於為漢人文化的根基，如《臺灣聖教報》徵文「孔教為東洋文化之源英如何復興策」，林維朝即言「漢學者、聖道之淵源也。漢學廢而後聖道衰。其來漸矣。今欲振興聖道。非先興漢學不為功。」[3] 皆可見傳統文人對於孔教的重視。

另一方面，文人則透過每年的祭祀儀式（每年釋奠、學生入學時須先致祭先師）、對孔子／聖人、經典、道德修行的推崇，而將儒學／孔教賦予宗教的性質，如1911年日本「臨時舊慣調查會」所編寫《臺灣私法》一書，即將儒教列為宗教之首，並定義：「儒教是孔子及孟子所祖述的古代聖王教義，內容包括宗教、道德、政治，三者渾然融合成為一大教系。」[4] 當然，傳統文人有直言其屬於宗教者、有言其遠勝於宗教者，如黃欣〈孔教論〉指出：

凡有崇高偉大之真理。超越於人生。使人敬畏之。崇拜之。信仰之。又能使人於敬畏崇拜信仰。而得其慰藉安心幸福者。名為宗教。孔教則非宗教比也。…大成之殿巍然獨存。無傳道之牧師。無說教之和尚。無讚美之歌。無唵之咒。而人之敬畏之。崇拜之。信仰之。……所謂集群聖之大成。其人格之偉大。教義之崇高。溥博如天。淵泉如淵。見而民莫不敬。言而民莫不

---

2 黃孜業，〈孔教論〉，《臺灣文藝叢誌》1年1號（1919.01），頁71-72

3 林翰堂，〈孔教為東洋文化之源英如何復興策〉，《臺灣聖教報》卷1（1926.08），頁20-23。

4 轉引自李世偉，〈日據時期臺灣臺灣儒教結社與活動〉，頁6。

> 信。行而民莫不說。又何只敬畏之。崇拜之。信仰之而已哉。[5]

黃欣認為較之耶教、佛教、拜火教、回回教，孔教具有教化、促人身體力行、懲惡揚善之能，遠勝宗教。[6]關於宗教與否的定位，當然也有持反對意見者，如梅鐵生〈讀孔教論書後〉：

> 今之談孔教者，往往與他教相提並論，甚至誤宗教為國教，指鹿為馬，不知人道與神道之別，嗚呼謬矣！……孔教者，國教也，人道主義也，退可以獨善其身，進可以兼善天下。……夫所謂宗教者，神道也，神道設教，古聖王萬不得已之苦衷，若孔教則重人道，人道正則鬼神不能束縛之，故子不語怪力亂神，則孔教之非宗教也明矣。[7]

梅鐵生從鬼神之說切入，指出儒家的人本思想，然而也強調道德修行，這是持孔教作為教化、或作為宗教者，所共同持論。

　　將儒學／孔教提升到宗教或漢文化核心的地位，也是漢文人面對西學衝擊的一種反擊，他們將二○年代所面臨的時代困境歸因於西風東漸、新學者崇尚功利而拋棄道德，孔教淪胥之所致。[8]因此，救傳統

5　黃茂笙，〈孔教論〉，《臺灣文藝叢誌》1 年 1 號（1919.08），頁 50-52。

6　梅鐵生，〈讀孔教論書後〉，《臺灣文藝叢誌》2 年 1 號（1920.01），頁 1。

7　如「方今異說倡狂，彝倫攸斁，讀書之士，且唱非孝之說，以鼓惑童蒙。受其毒者，至不知有父母，是誠禽獸之不如矣！」連橫〈書何水昌〉，《雅堂文集》（南投：台灣省文獻委員會，1991），頁 69-70。

8　「夫百姓佻薄匪一朝夕之故也。自由平等。有以漸漬其心也。台灣漢學久已不行。聖教漸即廢弛。人倫大變。」王則修，〈表彰忠孝節烈議〉，崇文社第 41 期徵題（1921.005），《崇文社文集》（臺北：龍文，2009），頁 436-438。
　　「改隸而後。聖道中衰。天良盡棄。假言自治。竟爾自反其所言。說非孝。倡平等。重自由。迷戀愛。鼓吹亂休明。吸盡無知頭腦。簧言煽邪說。敗壞當用倫常。故有時為財產計。子訟其父者有之。為色慾迷。媳害其姑者有之。甚至身為議員。竟有毆父殺弟之事。手執教鞭。慣作偷漢淫奔之舉。」何半，〈驅除蟊賊檄〉《鳴鼓集初續集合編》（彰化：崇文社，1928），頁 6-7。

文化於危亡，就須振起孔教。當時最為人詬病者，有非孝論、平等、自由、自由戀愛、同姓結婚、共產主義[9]等，皆是文人口之筆伐的對象。漢學、孔教何以衰微至此呢？除了西學東漸、年輕人倡學西方（如五四運動倡議全盤西化、「打倒孔家店」，而留學中國的台灣人亦仿此論述）的時代潮流外，就臺灣本身的環境，略可歸因為二，一是傳統教育的失落，一是儒教精神象徵─孔廟─的毀損。

　　就前者而言，自1895年日本領台之後，台灣原有的儒學教育機構，官方的縣府儒學、書院、義塾，一概廢棄，民間自主設置的書房、私塾，則在日本同化政策的漸廢手段下，逐漸走向末路：1895年總督府成立學務部，依循伊澤修二的教育方針，在建立現代教育體制（如設置國語傳習所、國語學校、師範學，編輯教科書）的同時，對既有書房書房採取逐步管制的措施，1898年頒布「關於書院義塾規程」，將民間書房、私塾納入官方控制，包含書房基本資料（教師資訊、授課教材、授課時間地點）、學生人數、學生家庭背景等進行登錄管理；另一方面則推動「改良書房」，要求加授國語（日語）科、改善教室環境等，

9　如「獨怪世之醉心西說者。謂西學為萬能。鄙東學為舊腐。襲歐化之皮毛。滅聖化之精粹。誤會自由。而效淫奔之行。錯會平等。而貽犯上之譏。智識巧於詐欺。而乏格致之才力。學問不期深造。而鮮器物之發明。甚至倡排非孝之說。而啟殺親之漸。倡共產之說。而開劫奪之端。」韓承澤〈尊重東洋文化勿偏西洋學說論〉，崇文社第231期徵題（1937），頁2。
　「自由非孝。作詖行之屬階。共產公妻。為邪說之作俑。神人之所共嫉。天地之所不容。猶復舞文弄墨。播穢語以欺人。玩古非今。盜虛名以毒世。嗚呼。尼父不作。正卯莫誅。王衍稱才。終為蒼生之禍。」陳文石，〈驅除蟊賊檄（仿討武照體）〉，《崇文社文集》（臺北：龍文，2009），頁819-820。
　「不意近世以來。歐風東至。異學繁興。聖道中微。人心惡化。說非孝。倡平等。重自由。迷戀愛。鼓吹亂休明。吸盡無知頭腦。簧口煽邪說。敗壞日用倫常。故有時為財產計。子訟其父者有之。為色慾迷。媳害其姑者有之。甚至身為議員。竟有毆父殺弟之事。手執教鞭。慣作偷漢淫奔之舉。」何半惺，〈驅除蟊賊檄〉，崇文社第102期徵題（1926.06），《崇文社文集》（臺北：龍文，2009），頁817-819

由地方政府（廳）進行監管，其成果如 1916 年的這則報導〈廳下書房認可〉：

> 臺北廳下去十五日廳報發■認可廳下書房六十五間。
> ■■■■■及設立者姓名■■。…同（案：艋舺）靜修齋陳澄
> 秋。…大稻埕同文齋李悌欽。同漢文惜餘齋陳進卿。同聚養齋
> 林港。同味道學堂張希袞。…同應竹齋杜冠文。…同漢文研究
> 所陳廷植。…同補習學堂蔡宜甫。…同礪心齋林攢（纘）。…
> 以上大稻埕計認可二十間。艋舺認可七間。基隆認可五間。其
> 餘則散處於村落。自來書房純用舊式。今茲別聘用國語受持教
> 師。於漢文而外。兼授國語。並多少改良新式之教授法云。[10]

上述報導將臺北廳內已開設國語課程、符合資格的改良書房列出，其
中已可看到諸多臺北孔道宣講會的成員，陳澄秋、李悌欽、林港、張
希袞、杜冠文、陳廷植、蔡宜甫、林述三，既是書房教師、更是日後
維繫孔道的中堅之力；1922 年總督府頒布「私立學校規則」，替代「關
於書院義塾規程」以管理民間書房，要求書房「均加設日語、算術、
修身等科，漢文教材採用公學校用漢文讀本、尺牘文、四書等，日語
採用國民讀本，教學方法亦與公學校相同。」[11] 總督府實企圖利用列
管、改良書房的方式，將書房作為「代用公學校」，以應付公學校長
期不敷學童入學的困境[12]，因此我們可看到 1925 年的這則〈漢學教育
及書房〉報導：

---

10 佚名，〈廳下書房認可〉，《臺灣日日新報》，1916.06.20，06 版。

11 吳文星，〈日據時代台灣書房之研究〉，《思與言》16 卷 3 期（1978.09），頁71。

12 公學校不足的問題，總督府僅以加強入學篩選條件，淘汰過剩的學童，直到 1930
   年代初期，公學校的入學率仍不過 30%。見吳文星〈日據時代台灣書房之研究〉，
   《思與言》16 卷 3 期（1978.09），頁 70。

各階級家庭兒童。而入學校前。多先使之就學漢文。試觀大稻
埕方面。漢文書房。受許可者。計有十一處。大都兼授國語。
以為他日入校之基礎。此等書房受持教師。因兒童日日出入。
於衛生上。漸有觀念。雖教室便所窗戶。不無缺點。然較已往。
何啻天壤之判。以上在學總數。合夜學生。其他未受許可書房。
約二千名。…補習書房。主持教授蔡義甫氏。國語教授蔡茂盛。
柯氏紫薇二氏。在學生男七十五。女十二。…同文書房。主持
教授李悌欽氏。國語教授陳根泉氏。在學生男八十名。女二十
名。…映竹齋。主持教授杜冠文氏。在學生約七十名。…培德
書房。主持教授陳廷植氏。國語教授李初吉。陳氏阿葉二氏。
在學生六七十名。…聚養書房。主持教授林港氏。在學生約
七十名。…據某書房教授云。本年因四月初學期。兒童多入學
校。且新設大橋公學校。亦先收容學生。開始授業。其他各校。
富有收容力。不如往年不足。一部弗得入校。仍學漢文。故書
房在學生數。至少減三成。然傭於諸官衙學校。會社其他。勉
強時間外或夜學者。則益有增加之勢也云。[13]

從上文可知符合改良書房資格的塾師，蔡宜甫、李悌欽、杜冠文、陳
廷植、林港等人依然在列（但沒有林述三的礪心齋書房），報導詳細
指出書房的教師名冊、學生人數，可見政府掌控力的深入，末段「（公
學校）不如往年不足。一部弗得入校。仍學漢文。故書房在學生數。
至少減三成。」點出了書房沒落的時代趨勢，總督府持續增設公學校，
到了1932年則完全禁止新設書房，1933年則開始取締書房，企圖撲
滅漢文教育，1943年確定實施義務教育方針，已加強公學校的教育，
至此，傳統漢文、儒學教育已難挽頹勢。

13　佚名，〈漢學教育及書房〉，《臺灣日日新報》，1925.04.22，n04 版。

　　從上列符合改良書房標準的塾師名單來看，林述三的礪心齋書房雖未列名於〈漢學教育及書房〉報導，但後續仍有礪心齋開設英語課程、支那白話文課程的報導，指出報名學生踴躍，頗獲好評；這些塾師既堅持傳統、又與現實妥協，且大多加入 1925 年 10 月創立的臺北孔道宣講團，以演講的方式宣揚儒學、弭補書房教育之不足，不可謂一個有效的突圍方式。

　　書房教育之外，儒教的精神象徵，孔廟[14]與祭孔典禮，向來是具有年度「紀念日」性質、以凝聚（漢文）想像共同體的重要意含，然而臺北文廟在 1895 年日軍進城時被徵用為衛戍病院，孔子與先賢牌位、禮器、樂器、衣冠皆遭毀棄[15]，1896 起年祭孔典禮便暫移至艋舺龍山寺舉辦[16]，雖有總督府的補助，1897 年權宜傳著常服[17]，儒學的精神已遭到嚴重衝擊，衛戍醫院遷出之後，孔廟日漸頹壞，「**不禁有故宮禾黍之悲。現屆丁期。馨香誰獻。不知何日或有五份歌詩再見春秋之禮乎。**」[18]可見孔廟之壞不僅是建築的損失，其所提供的整套祀孔儀典規制，更是文化的斷傷。1907 年孔廟建物拆除，改建為第一高等女學校，無疑是另一次的打擊。直到大正年間殖民政策改由文官擔任

14 「孔子之道。蕩蕩則天。微聖廟則無以表高山仰止。景行行止之意。」佚名，〈臺北文廟之籌建〉，《臺灣日日新報》，1925.02.10，n04 版。

15 「臺北　孔聖文廟禮器樂器祭器衣冠等件自乙未兵燹以來。零落遺失。刻下雖極力搜尋。僅存十之一二。」佚名，〈廟器購求〉，《臺灣新報》，1897.09.16，01 版。

16 「權以艋舺龍山寺為祭場云。」佚名，〈龍山祭聖〉，《台灣新報》，1896.10.14，01 版。
「茲者於前奉乃木督爵飭令。年年照舊舉行。以崇式禮而重明禋。並給金二百元以助祭菜。…文廟現未修整。暫在艋舺龍山寺內權設祭壇。」佚名，〈釋奠盛典〉，《台灣新報》，1897.09.09，01 版。

17 「本月臺北補行秋丁祭典。議各紳士改用便衣長衫加服天青馬褂。不用靴帽頂戴。而眾生徒亦一律用平常衣服。雖如此穿別。究屬款色不齊。然遵一王之大經。故宜如是也。」佚名，〈衣冠易制〉，《臺灣新報》，1897.09.16，01 版。

18 佚名，〈文廟就荒〉，《台灣日日新報》，1902.09.07，06 版。

總督，日臺官民關係趨於和諧，全台各地開始恢復祭孔，臺北士紳則更提出重修孔廟的倡議，1925 年初重建之議起，以陳培根、辜顯榮為首，邀集各方士紳相繼成立聖廟籌建磋商會、董事會（以制定會則、確立聖廟建設籌備處會址）[19]，以向各地募款、處理興建事宜。此外，籌備會發出兩次的徵文，「孔教為東洋文化之源應如何復興策」、「重四教以敦風化論」[20]，第一期徵文作品後續則刊登於林述三主編的《臺灣聖教報》第一、二期。同時，籌備會也多管齊下，組織「臺北孔道宣講團」，定期於臺北市內（大稻埕、萬華、大龍峒）演講，其活動樣態，詳後段；而聖廟籌備處為募款與建築進度，「諸董事理事。每週間會議一次。宣講團則到處演講。俱各發揮精神以其成功（但目的仍須二十餘萬圓）。」[21]可推測宣講團的活動，應在宣揚孔教的同時，具有募款的性質。

三、台北孔道宣講團暨其活動

臺灣的「宣講」活動可追溯至清代，朱一貴事件（1722）後，治臺官員感受到社會教化的必要，藍鼎元即在〈與吳觀察論治臺灣事宜〉，建議宣講《聖諭廣訓》及古今善惡故事，但這種官樣形式的宣講很快就失去聽眾，士紳遂自行組織善社或鸞堂作為宣講之所，宣講善書、鸞書，同時辦理各種社會事業[22]，宗教與非宗教的宣講活動[23]，

---

19 佚名，〈聖廟籌建磋商會〉，《臺灣日日新報》，1925.01.08，n04 版。佚名，〈聖廟建設董事會〉，《臺灣日日新報》，1925.02.17，04 版。

20 佚名，〈聖廟建設籌備處　徵文展期〉，《臺灣日日新報》，1926.03.29，n04 版。佚名，〈聖廟建築籌備處　第二期徵文〉，《臺灣日日新報》，1926.06.02，n04

21 佚名，〈建築聖廟事由〉，《臺灣聖教報》1 期（1926.08），頁 9。

22 參李世偉，〈日據時期臺灣臺灣儒教結社與活動〉，頁 93-96。

23 如大稻埕士紳黃玉階在陳滾記店前宣講，該報導評為「則重善士輪講。津津樂道。大有鼎匡說詩風味。其一片婆心。直可與宗教並立。」佚名，〈宣講大興〉，《臺灣新報》，1987.03.23，01 版。另外，善書宣講、教育敕語宣講，也普遍存在。

一直延續到日治時期。

「臺北孔道宣講團」成立於 1925 年 10 月 21 日[24]，為「臺灣崇聖會」的附屬組織，崇聖會則又附屬於「大正協會」，後者成立於 1912 年，由日人木村匡倡議，創會宗旨在促進日人與臺人的交流與相互理解，促進「內臺融合」[25]。臺人成員多數與瀛社會員重疊，如謝雪漁、魏清德、洪以南、劉克明、顏雲年等，亦囊括士紳巨賈如李延禧、辜顯榮、許丙等人。大正協會主要活動是每月舉辦演講一次，活動方向由木村匡主導；1916 年，大正協會決議聯絡瀛社舉行祀孔典禮，此後積極參與祀孔典禮、文廟重建等活動，木村匡亦持續扮演主導角色。[26]1918 年大正協會會員組織「崇聖會」，制定〈崇聖會章程〉，主張「崇聖會以施行釋典經營文廟為宗旨」[27]，將祀孔之組織制度化，木村匡仍任會長。1926 年木村匡離臺，大正協會由小松吉久接任，辜顯榮接長崇聖會，此時大正協會已算是名存實亡。[28]

崇聖會初期由木村匡擔任會長、祀孔典禮亦由日人主祭，但臺人成員也有所爭取，如 1921 年林佛國在崇聖會的協議會上提出「加入宣傳聖教。鼓吹道德。」訴求，而眾人「均表贊成」[29]。1922 年的協議會決議增設「附屬事業。開孔教之講演會。擬囑內地學者數名。登壇

---

24 「臺北老儒諸氏。為闡揚聖教。組織孔道宣講團。昨舊曆九月十五日。已屆創立一週年。」佚名，〈臺北孔道宣講團 一週年紀念會〉，1926.10.22，n04 版。

25 佚名，〈大正協會成立〉，《台灣日日新報》，1912.10.09，6 版。

26 高野史惠，〈日據時期日台官紳的另外交流方式——以木村匡為例（1895-1925）〉，頁 48。

27 佚名，〈崇聖會章程〉，《臺灣日日新報》，1918.12.24，03 版。

28 參高野史惠，〈日據時期日台官紳的另外交流方式——以木村匡為例（1895-1925）〉。

29 佚名，〈崇聖會協議狀況〉，《臺灣日日新報》，1921.11.22，05 版。

講演。藉以闡明聖教。」[30] 隨即在同年的祭孔典禮後，舉辦夜間的孔教演講，其過程為：

> 首由木村崇聖會長。起述開會詞。其次則顏雲年、連雅堂、葉鍊金、趙鴻蟠諸氏。相繼起演。聽眾身為感動。輓近功利之念。著為發達。仁義之道久荒。得崇聖會此番提倡。確信於人心世道。多有大之禆益也。[31]

這次活動可視為日後孔道宣講會之雛型，崇聖會又於 1924 年 10 月 27 日邀請東京名士矢野恒太演講「內地尊崇孔教原委及其他」，仍由木村匡主持[32]；至 1925 年 10 月 21 日，崇聖會員另組織「臺北孔道宣講團」，成員則為大稻埕、萬華兩地的士紳、塾師為主，其宗旨為：

> 非孝之論。共產之延。自由戀愛之談。異說朋興。蠱惑童稺。人心昏亂。失其指歸。苟非以孔子大中至正之道道之。示之以忠孝悌信。申之以禮義廉恥。則東洋純美之風。將為崇拜西洋者所壞矣。……因於日前會於（孔廟建設）籌備處。議定簡章十條。分市內為大稻埕、艋舺、大龍峒三部。每月宣講四回。則大稻埕二回。艋舺大龍峒個一回。竝舉張希袞氏為主任。李種玉、張思達二氏為顧問。林述三、杜冠文、蔡宜甫、李悌欽、倪炳煌、顏笏山、陳培根、黃贊鈞八氏為主事。而宣講員由主事物色。以備照期宣講。為今日社會之木鐸。其責任可謂大矣。[33]

30　佚名，〈協議祀孔典禮〉，《臺灣日日新報》，1922.09.25，04 版。

31　佚名，〈祀孔典禮紀盛　夜間孔教之講演亦盛〉，《臺灣日日新報》，1922.10.19，06 版。

32　佚名，〈崇聖會主催講演會〉，《臺灣日日新報》，1924.10.29，n04 版。

33　佚名，〈孔道宣講團之責任〉，《臺灣日日新報》，1925.12.13，n04 版。

相較於大正協會以日人主導孔教言說的情境，孔道宣講團轉由臺人
主導，上述成員中，張希袞、李種玉獲有紳章、倪炳煌任公職，陳培
根屬於大龍峒陳悅記家族、且為清代名儒陳維英族孫，其餘成員則多
於大稻埕、艋舺開設改良書房[34]，且具有科舉功名（參後活躍成員介
紹），而演講以台語為主，如1926年4月18日應苗栗人士邀請演
說，「而該地係皆粵籍。少解福老之語。爰介黃運源氏。以流暢客語。
一一通譯之。台下聽者幾無立錐之地。無慮二千人左右。直至深夜。
然後鍾建英氏講閉會詞而散。」[35]又1926年6月20日，基隆孔教會邀
請演講，出講者為林凌霜、莊贊勳，該場庄司基隆視學演說「孔子以
何方鑑人」，由基隆公學校訓導蔡慶濤進行通譯。[36]可見宣講會所具
有的民間特質。

　　宣講會多舉辦於公共場所或商家，大稻埕使用的場地有：真人廟、
普化堂、媽祖宮、建成茶行、建泰茶行、原春風得意樓等，萬華為龍
山寺、祖師廟，大龍峒則為保安宮，臺北孔廟初步落成後，亦曾以大
成殿為會場。應外地團體之邀約，多舉辦於該地宮廟、公會堂或公學
校，如大台北地區的淡水龍山寺、汐止街媽祖宮、汐止街役場、板橋
媽祖宮、內湖公學校、新莊媽祖宮、新莊街文昌祠，臺北以外則有基
隆王田奠濟宮、基隆慶安宮，桃園公學校、桃園公會堂、大溪公學校、
中壢公學校、苗栗街媽祖宮、宜蘭街天后宮、礁溪庄公學校等處。活
動受歡迎的程度，除了報載參與者動輒百人外，更有報導講會後聽眾
反應，宣講團於1926年4月18日應苗栗街人士邀約演講後，回程火
車上巧遇粉絲一節：

---

34 改良書房，指遵從書房義塾規則，在漢文之外，加開設國語（日文）科的書房。
35 佚名，〈苗栗宣講孔教〉，《臺灣日日新報》，1926.04.22，04 版。
36 佚名，〈基隆孔道　講演會〉，《臺灣日日新報》，1926.07.01，n04 版。

宣講團李種玉氏等。於十九日午前十時二十五分列車。由苗栗
人士。送至車站。別謝歸北。甫抵北勢驛。忽有一中年粵籍人。
不諳泉語。以鉛筆書日誌簿。向車窗前鞠躬。呈于該團員。其
內云。吾乃農人。適在車中。聞眾稱頌諸位先生高德。主唱孔
孟之道。昨夜在敝地熱誠講演。希挽狂瀾。希乎我不在家。本
曉方歸。末由拜聽。德教嘉言。曷勝報憾。茲敢恭詢諸先生之
芳名。以資紀念。於是劉得三氏笑寫各氏之名以答之。[37]

以此可知宣講團的熱門程度。在臺北宣講團成功之後，各地陸續仿效，
如桃園以文吟社亦創設宣講團[38]，宜蘭、新竹亦各自籌組崇聖會，進
行宣講。[39]

　　臺北孔道宣講團的經費，由臺北崇聖會支出，並謝絕邀約者之津貼
費用[40]；宣講活動主要集中在 1926、1927 年，演講超過百場，1928 年
活動銳減，1930 年曾一度中斷[41]，官方說法是經濟拮据之故，後 1935
年因應臺灣始政四十年博覽會之盛事，短暫恢復宣講[42]，但亦為絕響。

37　佚名，〈孔道感人捷於影響〉，《臺灣日日新報》，1926.04.22，04 版。

38　「以文吟社。去二十日。在吳氏漱芳書室。開擊鉢吟會。…席中協議修正社
　　則。而孔教宣講團於此成立焉。」佚名，〈翰墨因緣〉，《臺灣日日新報》，
　　1927.02.24，n04 版。

39　佚名，〈宜蘭孔廟祭典　廿四日嚴肅舉行　竝擬組織宜蘭崇聖會〉，《臺灣日日新
　　報》，1930.09.28，n04 版。佚名，〈竹市孔子祭　崇聖會將成〉，《臺灣日日新報》，
　　1931.10.17，08 版。

40　「附記開宣講團。從來應用經費。概由崇聖會支出。故此後若繼續在彼勸善堂
　　（案：稻江太平町普化堂勸善壇）講演。因擬籌貼其費用。而開善壇諸董事。則具
　　滿腔熱切。決不受其津貼也。」佚名，〈孔道定期宣講〉，《臺灣日日新報》，
　　1926.07.29，n04 版。

41　「而組織是團。發刊月報。矯正狂瀾。闡揚聖道。奈何未幾。而間斷者。竊為孔
　　道宣講團諸同仁傷已。」佚名，〈孔道宣講團停止感想〉，《臺灣日日新報》，
　　1930.11.05，08 版

42　佚名，〈臺北孔道宣講團　假媽祖宮宣講聖道　五六七三日間繼續講演〉，《臺灣
　　日日新報》，1935.11.05，08 版

　　宣講的活動流程，大多開始於晚上七點半，有開場、數個主講者 /
講題，散場則多在 10 點至 11 點間，如第八回宣講會之記載：

> 臺北孔道宣講團。以本月二十日午後七時假太平町建泰茶行。
> 開第八回宣講。先由張希袞氏。起述開會辭。次楊仲佐氏。講
> 婚姻喪祭之改良。陳子挺氏。講孔道源流。林浩然氏。講八行。
> 林述三氏。講孔子三大願。李悌欽氏。講忠恕。林凌霜氏。講
> 厚孝。余逢時氏。講道德遵行之變遷。時已十時。張思達氏。
> 乃述閉會辭。眾始散去。是夜微雨奇寒。來聽者尚有四百餘人。
> 可見孔道之感人深矣。[43]

此回有 7 個講題，每位講者平均在 30 分鐘左右，應是深入淺出、講
究演講方法，比之書房授課，應更為活潑，受聽眾歡迎。宣講團講者、
講題眾多，此僅臚列、簡介活動超過 10 次者，詳見附錄。

　　除了報載孔道宣講團的受歡迎程度，日人小野西洲亦曾為文評價，
略謂臺灣當下（1926）有五大思潮，1、急思想（期許文化提昇、高喊
自由平等，如文化協會），2、穩健思想（藉由實踐孔孟之道為主的東
洋道德，以挽救世道人心，如公益會、崇聖會、孔道宣傳會員），3、
舊思想（避世在家、崇尚古風舊教而正心修身的保守腐儒學者），4、
宗教思想（耶穌教徒及「食菜人」等），5、迷信思想（島內佔絕大多
數的無知識階級），而若想理解新思想，可去參與文化協會的演講、
讀《臺灣民報》，若想了解穩健思想，可參與孔道宣講團的演講，若
想了解舊思想，可請教「讀書人」或書房老師，若想了解宗教、迷信
思想，可以去聽他們的說教演說。[44] 可見日人眼中，宣講團屬於符合

43　佚名，〈孔道宣講之成績〉，《臺灣日日新報》，1925.12.26，n04 版。

44　小野西洲，〈全島に流る、　清濁相交はる　五大思潮　闡明は容易な業でない〉，
　　《臺灣日日新報》，1926.05.20，n03 版。轉引自臺灣日誌資料庫，「黃旺成先生

統治穩定、不墨守成規，又具有改善社會的行動力的一群。

四、《臺灣聖教報》的刊行與內容

《臺灣聖教報》亦是臺北崇聖會、孔道宣講團的相關成果，創刊之初即已見報：

> 聖教衰微。文風廢弛。識者共嘆。臺北有志之士。冀所以補救之。既興聖廟之籌建。又開孔道之宣講。設課徵文。懸賞立論。謀所以扶翼大道。挽回澆風者矣。茲又圖創聖教報社。發表成立。文教之興。指日可待。[45]

開宗明義，孔廟籌建、宣講會、徵文，乃至於成立聖教報社、發刊《臺灣聖教報》，彼此關聯、相互扶持，而以復興孔教、發揚文教為目的。此外，則有俾補宣講之不足，化為文字以廣流傳之意，廣向四方徵稿，則有集結同志、塑造想像共同體的效益。[46]

《聖教報》的組織，社長辜顯榮、編輯兼收稿人林述三、發行人歐劍窗，發行處臺灣聖教報設事所（聖廟籌備處），通信處則為天籟吟社事務所。可見林述三與天籟吟社同人將是《聖教報》的核心團隊。又顏笏山的〈聖教報發刊序〉可見林述三負擔之重：

日記」，〈大正十五年（民國十五年，一九二六年）五月二十日〉，註腳。

45 佚名，〈聖教報社新成立　初試呱啼墜地之聲　早具岐嶷成人之象〉，《臺灣日日新報》，1926.03.29，n04 版。

46 「夫道以文傳。設文報則筆諸書。設宣講則傳諸口。傳諸口恐難遍及。筆諸書則無遠弗居。此蓋兩相助而相成也。」「祈惠函而來。以匡本報之不逮。庶衛道友人。同聲相應。與孔子興道東方之願望。隱然相符也。豈不懿哉。」張希袞，〈臺北聖教報序〉，《臺灣日日新報》，1926.04.02，n04 版

> 林子。述三。衛道士也。願作中流之抵柱。思挽既倒之狂瀾。
> 爰邀二三同志。創設聖教報。聞贊成者惟辜顯榮君。其一切措
> 施。均由林子全任掌理。[47]

「其一切措施。均由林子全任掌理。」但顯然林述三分身乏術，以至
於《聖教報》的旋起旋沒，第 2 期〈編輯賸錄〉即指：

> 本社之筆政。凡於崇聖會者皆可荷擔。為孔子徒者亦可共擔。
> 所謂滔滔者天下皆是也。豈特全臺共可荷擔而已哉。
> 辜顯榮氏社長擬定寄附金參百六拾圓。
> 首期第一卷並諸費之百貳拾七圓。及次期百貳拾圓。先由林述
> 三氏支出。
> 本會之負職諸人。皆為義務。不有什麼月修車費。[48]

「本社之筆政。凡於崇聖會者皆可荷擔。為孔子徒者亦可共擔。」似
乎暗示了林述三分身乏術，需要其他會員或有志之士的加入；而兩期
出刊的費用皆由林述三墊支，雖有辜顯榮的捐助，但編務諸人「皆為
義務。不有什麼月修車費。」在財政的規劃上，顯然有所不足。

　　《聖教報》預計發行為月刊，但目前僅見 2 期，第 1 期出刊於
1926 年 8 月 13 日，第 2 期出刊於 1926 年 11 月 12 日，延期原因是「因
擬加搜材料。竝略增紙頁。故擬稍緩旬日。待諸稿彙齊。而後付梓。
廣頒各界觀閱云。」[49] 第 1 期計 44 頁，第 2 期增加到 64 頁。

---

47 夢覺山莊　顏笏山，〈聖教報發刊序〉，《臺灣聖教報》卷 1（1926.08），頁 3-4。
48 佚名，〈編輯賸錄〉，《臺灣聖教報》卷 2（1926.11），頁 46
49 佚名，〈聖教報　發刊展期〉，《臺灣日日新報》，1926.09.12，04 版。

　　第 1 期內容依序為「發刊序」與文友的賀詞，「孔子肖像」、倪炳煌〈曲阜聖蹟記〉（簡介曲阜孔廟），臺北聖廟建築原圖，〈曲阜聖蹟記〉可視為提供修築臺北孔廟的建議，而「建築原圖」則是設計圖，如下：

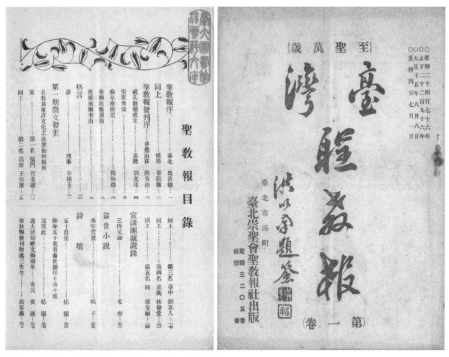

圖左：第一卷目錄；圖右：第一卷封面

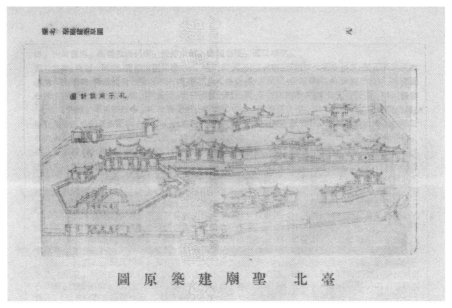

上圖：第一卷 台北孔廟設計圖

　　卷首附圖後為為「格言」、「贊」、「第一期徵文發表」（孔教為東洋文化之源英如何復興策）、「論說」7 篇、宣講團演說錄 1 篇，益世小說〈水牢鴛鴦〉，最後是詩壇、廣告頁、版權頁。值得注意的是「詩壇」所載陳懷澄的〈余年五十矣看盡世態怪怪奇奇感而賦此〉：

> 負義忘恩爾勿羞。學趨時勢順潮流。尊親我輩皆平等。戀愛人妻可自由。世事有錢能使鬼。人情竊國竟封侯。便宜年少生斯幸。老子頹唐卻甚憂。
>
> 世間噩噩又渾渾。文野無分太始猿。貧富異家謀共產。夫妻同姓話通婚。憎人庾亮須遮扇。會客伶勉著□禈。怪底猩猩與鸚鵡。能言便沐大同恩。[50]

50　沁園，〈余年五十矣看盡世態怪怪奇奇感而賦此〉，《臺灣聖教報》卷 1（1926.08），頁 37。

將時下新學、趨利、提倡平等、自由、同姓結婚、甚至共產主義，全都批判一輪，可謂是這群「衛道人士」的共同憂慮吧。

　　第 2 期卷首刊出「殿外樂器禮器總圖」「殿內樂器總圖」、〈釋奠考〉、「大成殿祀位圖」「兩廡先賢祀位圖」「兩廡先儒祀位圖」「崇聖祠祀位圖」、〈孔林聖蹟序〉（附照片），都可看出《聖道報》對於重修臺北孔廟的苦心，臺北文廟在日治初期就被破壞，孔子像、先賢先儒祀位、樂器禮器幾乎蕩然無存，刊出上面諸圖，不僅提供重建的按圖索驥，亦可留存文化記憶。後續為第一期徵文作品、詞林（僅有吳子瑜〈將之大陸留別知友〉）、「講演錄」8 篇，〈傳孝子傳〉、讀者投書、星社詩壇、益世小說〈水牢鴛鴦〉、藝苑、鶯社課題、陳善錄（5 篇關於臺灣島內孔道推廣之事蹟）、編輯謄錄、本社啟事、「其儀注順序」（祭孔典禮的活動流程）、廣告頁、版權頁。

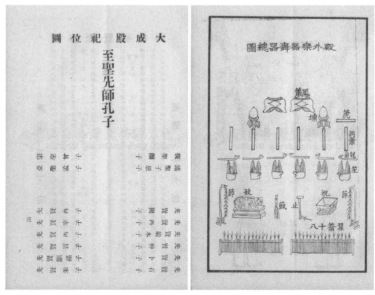

圖左：孔廟先聖祀位；圖右：殿外樂器舞器總圖

綜觀這二期的內容，可知《聖教報》著重的是孔教思想暨其文物的留存與發揚，文學（詩）的部份相當少，而發刊適逢臺北孔廟預備興工，刊物遂提供曲阜孔廟介紹、臺北孔廟設計圖、殿內外樂器禮器圖、先聖先賢祀位圖，俾補臺北孔廟的興築，儘管後繼無力，但或可視為「階段性任務」告一段落，而彼時的臺灣其實不乏發表園地，《聖教報》也可就此終結。

五、結語

傳統文人在儒學／儒教遭受重大打擊的日治時期，擔負起文化保存的任務，其中以台北最為精彩，相關活動包含台北孔廟的重建倡議、祭孔活動的推動、孔教文化的宣講、徵文與雜誌的舉辦等。台北文廟在 1895 年被日軍徵用起，隨之荒廢、拆除，是傳統文人的精神斲傷，直到二〇年代，台北士紳與傳統文人發起重建孔廟的倡議，設置籌備委員會，積極奔走宣傳、勸募，最終促成大龍峒台北孔廟的修築，期間的活動如台北孔道宣講團的成立，以例行宣講發揚孔教，講者多為大稻埕、艋舺的書房教師，他們一改傳統書房的教學方式，將傳統思想融入當代情境，獲得臺灣民眾的普遍好評，另一方面，林述三主持《臺灣聖教報》的創刊與編務，雖然只發行 2 期，但從雜誌內容可推測《臺灣聖教報》的發行目的，亦為台北孔廟倡建活動的一環，刊物大量刊登孔廟文物、建築配置，提供了台北孔廟的修築藍圖，而孔廟既已動工，林述三在人力物力吃緊的條件下，便悄然身退。

回應時代焦慮的傳統文人們，結合祭孔典禮、籌建孔廟、宣講活動（順便募款）、辦理徵文、發行刊物，可謂立體的結合了各種可用資源以傳續理念，或許孔教必須跟統治者妥協、合作，或許傳統詩文終將衰退於歷史的長河，但我們看到傳統文人靈活睿智的一面。

參考文獻

一、文獻

《臺灣聖教報》，台大楊雲萍文庫館藏。

《臺灣日日新報》，漢珍資訊資料庫。

二、專書

《臺北孔子廟釋奠歷史 & 文物專刊》（臺北：臺北孔子廟管理委員會，2003）。

王國璠，《臺北市志・卷九・人物志賢德篇》（臺北：台北市文獻委員會，1991）。

林述三，《礪心齋詩集》（臺北：龍文，2001）。

連橫，《雅堂文集》（南投：台灣省文獻委員會，1991）。

廉永英，《臺北市志・卷八・文化志文學篇》（臺北：台北市文獻委員會，1991）。

楊維仁主編，《天籟吟社九十週年紀念集》（臺北：萬卷樓，2010）。

黎民敏，《臺北市志・卷八・文化志勝蹟篇》（臺北：台北市文獻委員會，1979）。

三、期刊論文

王釗芬，〈林述三與「天籟吟社」活動之初探〉，《北臺灣科技學院通識學報 4 期（2008.06），頁 141-174。

何維剛，〈臺北天籟吟社創社年考辨〉，《東亞漢學研究》10 期（2020.09），頁 169-179。

吳文星，〈日據時代台灣書房之研究〉，《思與言》16 卷 3 期
　　（1978.09），頁 62-89。

宋光宇，〈書房、書院與鸞堂——試探清末和日據時代臺灣的宗教演
　　變〉，《國家科學委員會研究彙刊‧人文及社會科學》8 卷 3
　　期（1998.07），頁 373-395。

翁聖峯，〈1930 年代儒學、墨學論戰〉，《國立臺北教育大學學報》
　　19 卷 1 期（2006.030），頁 1-22。

謝崇耀，〈《崇聖道德報》及其時代意義研究〉，《臺灣文學研究學報》
　　5 期（2007.10），頁 141-186。

四、學位論文

吳鈺瑾，〈島民、新民與國民——日治臺籍教師劉克明（1884～
　　1967）的同化之道〉（台南：成功大學台文所博士論文，
　　2012）。

李世偉，〈日據時期台灣儒教結社與活動〉（臺北：文化大學史學所
　　博士論文，1998）。

高野史惠，〈日據時期日台官紳的另外交流方式——以木村匡為例
　　（1895-1925）〉（台南：成功大學台文所碩士論文，
　　2008）。

陳令洋，〈殖民地書法家的多重跨越：曹秋圃的書業經營與思想探析〉
　　（新竹：清華大學台文所碩士論文，2017）。

潘玉蘭，〈天籟吟社研究〉（臺北：臺灣師範大學國文所碩士論文，
　　2004）。

五、網路資源

臺灣文藝叢誌資料庫，http://www.literaturetaiwan.com.tw/wenyi/main.html，2022.11.01 查詢。

臺灣記憶，https://tm.ncl.edu.tw/index，2022.11.01 查詢。

智慧型全台詩資料庫，https://db.nmtl.gov.tw/site5/querytwp，2022.11.01 查詢。

臺灣漢詩數位典藏資料庫，http://www.literaturetaiwan.com.tw/poetry/，2022.11.01 查詢。

附錄：臺北孔道宣講團講者簡介

臺北孔道宣講團，活動次數超過 10 次以上講者簡介暨講題。

一、林凌霜

林永楷（1888-1970），又名凌霜，字節知，號藿園，別號海濱居士，晚號退藏居士，道號覺宇生。能詩，日治初期曾西渡泉州，畢業鼇江書院，後與西來庵事件主事者羅俊相識；1908 年返台，於大稻埕開設洋服店[51]，累積巨資，1913 年因為人作保，致財產盡失，遂對日人產生憤懣[52]，1915 年參與西來庵事件被捕，1924 年即已回歸社會，[53] 參與臺北孔廟與崇社會之運作，擔任宣講員孔道宣講團理事，戰後曾任教於台灣大學。著作有《素王本紀》、《存養山莊吟草》、《覺宇文存》等。[54]

林凌霜是宣講活動中最積極活躍者，共 60 次，講題可考者有 54 次，有大哉孔子盛德光輝、大道之行從何始、川防則氾濫、不伐、五倫之效果、勿多言、勿忘八、孔子世家、孔子世家、孔子因人道以設教、孔子歷史、孔子歷史、孔道能醫無形病、孔教之四德、文化之發源、日用四大德、四道實立身之本、四維實社會之魂、四維實國之魂、用人善否禍福隨之、先師系統、自由要守道德範圍、至聖世系、何謂國

---

51 「近來剪髮膨脹。洋服製造店。十分發達。」佚名，〈洋服製造發達〉，《臺灣日日新報》，1912.03.20，05 版。

52 「一萬圓位の資產を有する大稻埕中街の儒者たり」佚名，〈第二陰謀事件顛末黨員六十二名〉，《臺灣日日新報》，1915.08.13，03 版。

53 1924 年底，林凌霜已為林述三侄子錫慶、倪炳煌次女雲娟促成婚事。佚名，〈林倪聯婚〉，《臺灣日日新報》，1924.12.16，04 版。

54 參謝崇耀〈《崇聖道德報》及其時代意義研究〉，《臺灣文學研究學報》5 期（2007.10）。

之本、君子之道四豈真不能、吾道八大綱、吾道之急務惡乎在、孝之感想、忠孝為人之急務、忠言逆耳利於行、厚孝、宣聖世家、謙為德之基、耐苦實成功之基、家庭社會之要道、國家之盛衰關於務本與逐末、喚醒國魂鳴木鐸、聖蹟考、道德能涵養精神、禍福相因惟人自招、聞道、誰醫無形精神病、論自由之利害、駕馭英雄之術、謙受益滿招損、驕傲伏失敗之基。另擔任開會詞、閉會詞數次。

二、李種玉

　　李種玉（1856-1942），字稼農。臺北三重埔人。1891 年獲取生員、1894 年列選優貢生。日治後，1895 年出任保良局幫辦事務囑託，1897年獲總督府佩授紳章，並擔任三重埔保良局局長。[55]1899 年任教於大稻埕公學校[56]，1900 年任臺灣總督府國語學校囑託，1919 年轉任教於臺北師範學校、1920 年昇任助教授，1922 年辭職[57]。1918 年祀孔典禮會改組為崇聖會，任銓衡委員[58]，1922 年底李種玉與謝雪漁、台南許廷光被推為代表，前往日本東京參列湯島聖堂祭孔儀式[59]，1923 年裕仁皇太子（即位前的昭和天皇）行啟臺灣，頒贈菓子予臺北州之學者、孝子、節婦，種玉與謝雪漁、魏清德、連雅堂並列為代表。1934 年，與李聲元、林子會籌組鷺洲吟社，任社長[60]。除參積極參與孔道宣講

55　參智慧型全台詩資料庫。

56　佚名，〈講席復增〉，《臺灣日日新報》，1899.10.22，05 版。

57　「助教授李種玉先生。此回以年老告退。」佚名，〈李先生送別盛況〉，《臺灣日日新報》，1922.06.06，066 版。但即可能是本年頒布「新臺灣教育令」將公學校的漢文改為「隨意科」（選修課）所致。

58　佚名，〈祀孔子典禮會創立〉，《臺灣日日新報》，1918.12.23，04 版。

59　「匆匆奉命赴京師。追遠趨陪釋奠儀。」李種玉，〈參列東京孔聖追遠紀念祭〉，《臺灣日日新報》，1923.01.29，04 版。〈參列祭聖者啟程〉，《臺灣日日新報》，1922.10.19，06 版。

60　佚名，〈鷺洲吟社　開組織磋商會〉，《臺灣日日新報》，1934.09.12，n04 版。

活動，李種玉亦活躍於祭孔典禮、孔廟籌建事宜。

　　李種玉是孔道宣講團最活躍的耆秀，目前可考者，參與 46 次，講題可徵者有 40 次：三自反、倫理、德育、論今人宜學親親、君子有三戒、道德、開會辭、東亞之發明、道統相傳、知恥、德育、閉會詞、孝、孔教之應用、孔子之教育順序、道德與藝能之比較、人生日用當行之道、新舊學之比較、三省、東亞之發明、孔子以道德設教、開會詞、孔子相魯、親親之道、大同之道、齊家、倫道為人生之必要、論戶主之關係、孔子觀人之法、齊家、善惡受報、奏樂、閉會詞、告往知來、開會詞、因論學而知詩、君子無所爭。另擔任開會詞、閉會詞數次。

三、顏笏山

　　顏笏山（1872-1944），號覺叟、夢覺老人、丏叟，臺北萬華人。日治初期曾從事實業，未有成，1912 年任職於顏雲年「雲泉商會」，後於萬華開設「夢覺書房」，1925 年任《實業之臺灣》編輯，1926 受汐止周再思之聘，任西席。為瀛社創社社員，1922 年再創「高山文社」，任社長，常於「夢覺山房」聚會吟詠，1925 年詩會活動改至龍山寺。喜詩文燈謎，其次子子顏艮昌輯為《夢覺山莊古稀紀念集》。[61]

　　顏笏山參與臺北孔道宣講團計 41 次，題目可徵者有 36 次，如下：人人有貴于己者、大勇、今之孝者、天爵、孔子一大維新家、孔子之平等主義、孔子之所謂孝、孔子之所謂學、孔子之個性教育、孔子之道在人心、孔子聖之時也、孔教實平等之真理、孔道之真自由、心田為苗秀爭長之區、心地為天人交戰之場、文明之程度、毋好小勇、父慈子孝、古今學者之異趣、自由之界限、恥之于人大矣、浩然之氣、

<hr>

61　參智慧型全台詩資料庫。

真平等、教育始於家庭、惡似而非者、惡莠恐其亂苗也、無好小勇、無所禱、無所禱也、慈孝、敬鬼神而遠之。另擔任開會詞、閉會詞數次。

四、蔡宜甫

蔡宜甫，一作義甫，生卒年不詳，臺北大稻埕人，1902 到 1904年間任大稻埕公學校雇員，後主持「補習學堂」（又作「補習書房」）[62]，獲臺北廳認可，1922 年增設國語課程，教師為其子蔡茂盛、媳柯紫薇。[63] 好吟詠、書畫，為萃英吟社成員。

蔡宜甫參與臺北孔道宣講團 36 次活動，題目可考者 36 次：遵道而行、說廉、三省、命、君子不黨、知恥、孔教與佛教孰重、孔子大同之道、善惡之間界在難易、無信不立、自立、不求安飽、和氣、正直、衣食住之相關、兄友弟恭、智者不失人亦不失言、忠恕為人之本性、孔門視聽言動之新法、閉會辭、戒驕、慎疾、孝順、忍而能安、修身齊家、仁人心也、敬其所遵、孔子為世界公益、開會詞、謹言、不因人而熱、開會詞、子所慎（齊）、苟完苟美、子之所慎（疾），另擔任開會詞、閉會詞數次。

五、林述三

林纘（1887-1956），字述三，號怪癡、怪星，以字行，福建同安人。其父林修於臺北大稻埕設帳授徒，述三於 1900 年來台，入其塾，1913

---

62 「補習學堂蔡宜甫。」佚名，〈廳下書房認可〉，《臺灣日日新報》，1916.06.20，06 版。

63 「大稻埕蔡義甫氏家嗣蔡茂盛。此次由媒說合，與柯紫薇女士聯婚。於來十四日過門。蔡氏于和漢學有心得。現佐其父為書房教師。閨女乃高等普通學校畢業生。堪稱佳耦云。」佚名，〈一對新人〉，《臺灣日日新報》，1922.05.11，06 版。

年父歿，遂紹父之業，設礪心齋書房，1916 年獲臺北廳之認可[64]，後可能因礪心齋未配合書房相關規定，短暫沈寂[65]，直至 1925 年聘請公學校教諭為國語教師，重新招生[66]，隨即增設「普通支那語」科、專門英語科，頗獲好評。[67]1915 年與張純甫、李騰嶽、歐劍窗等人創立研社，1921 年研社改組為星社，1922 年則創立天籟吟社，述三任社長，社員多為礪心齋書房學員。1926 年 3 月，臺灣聖教報社成立[68]，發行《臺灣聖教報》月刊[69]，歐劍窗任發行人，述三任編輯，惜目前僅見二期。1935 年《風月》創刊，述三擔任副主筆兼會計部長，又曾任《臺灣詩報》、《南瀛佛教會會報》《亞光新報》編輯，《臺灣詩壇》、《詩文之友》顧問。1950 年礪心齋同學會裒輯述三詩作，刻為《礪心齋詩集》。[70]

林述三參與臺北孔道宣講壇活動計 38 次，講題可考者有 34 次：、

64　佚名，〈廳下書房認可〉，《臺灣日日新報》，1916.06.20，06 版。

65　1925 年官方認可的書房，大稻埕有十一處，不含礪心齋。參佚名，〈漢學教育及書房〉，《臺灣日日新報》，1925.04.22，n04 版。「試觀大稻埕方面。漢文書房。受許可者。計有十一處。大都兼授國語。以為他日入校之基礎。此等書房受持教師。因兒童日日出入。於衛生上。漸有觀念。雖教室便所窗戶。不無缺點。然較已往。何啻天壤之判。」

66　「林述三氏所社礪心齋漢學書房。者番聘公學校教育為國語教師。訂於舊正月廿二日開學。現正招募新生云。」佚名，〈礪心齋招生〉，《臺灣日日新報》，1927.02.14，n04 版。

67　「市內林祖廟林纘氏私設之礪心齋。者番有陳一鴻氏。欲出為教授支那普通語。分甲乙二組。每日自午後二時起至四時止。學期限四箇月。希望者可速報名云。」佚名，〈礪心齋募生〉，《臺灣日日新報》，1925.10.26，04 版。「林述三氏所社立之書房。其專門英語科。俱好成績。有遠自高雄及中南部留學者。以林姓祖廟內為宿舍。而漢文國語亦生徒甚多云。」佚名，〈礪心齋書房成績〉，《臺灣日日新報》，1925.07.19，06 版。

68　佚名，〈聖教報社新成立〉，《臺灣日日新報》，1926.03.29，n04 版。

69　雖說是月刊，第一期於 1926 年 8 月發刊，第二期則展期到同年 11 月。

70　參智慧型全台詩資料庫。

三畏、子以四教、子帥以正、中庸之道為德也、孔子三大願、孔子所謂均和安、孔教之四勿、仲尼不可毀也、有恆產者有恆心、有為者亦若是、老吾老以及人之老、君子固窮、吾道一、吾道一以貫之、迅雷風烈必變、益者三友、從吾所好、貪之利害、子之所慎（戰）、道不遠人、德潤身、樂之真理、親喪固所自盡、勵志、戀愛何調神聖，另擔任開會詞、閉會詞數次。

六、周鍾華

周鍾華，生平不詳。福建泉州安溪人，有生員銜。推測為 1926 到 27 年間期短暫來台。[71] 參與孔道宣講活動 25 次，講題皆可考：不忮不求、中、仁者不急功利、仁者無敵、仁道、說禮、友于兄弟、當權之於義、天將以夫子為木鐸、孔子亦注重後生、孔教為末劫之良醫、孔道予人以簡易故為古今所共由、古之愚也直、好仁不好學之蔽、存心、孝道、改過自新、身不修不可以齊其家、性本善、治國在齊其家、法久必弊道積彌光、溫故而知心、義利之辯、聖人不違道干譽、聖人制於未亂、聖賢千言萬語只是教人盡分、學者不以辭害意。

七、劉得三

劉育英（1857-1938），字得三，臺北枋橋人。光緒年間獲生員，食廩餼。1897 年任教於板橋林本源家族的大觀義塾，1902 年任枋橋公學校雇員，1913 年遷居大稻埕，歷任臺灣總督府國語學校囑託、臺北師範學校囑託、助教授、教諭，臺北第二師範學校教諭等，1932 年獲選教科書調查會臨時委員等。好吟詠，參與瀛社活動，1922 年與張晴

---

71 「安溪周鍾華茂才適來臺北。亦延請講兩夜。其演題一為仁道。一為說理。」佚名，〈孔道宣講盛況〉，《臺灣日日新報》，1926.03.07，04 版。

川、李神義等人組織淡北吟社，任社長，每月擊鉢四次。

劉得三參與的宣講活動共計 24 次，講題可考者 23 次：不負人、公益、孔子大道為公、孔子之道德無新舊、孔教之益人、四勿、犯而不校、忍、和而不同、知足不辱、信、務本、習字、習俗移人說、廉、廉恥、聖人人倫之至也、萬世師表、察言、說孝、說孝、讓。

八、陳培根

陳培根（1876-1930），淡水人，乙未時曾謀西渡，未果，後僅旅遊閩廈以為觀光。好詩文、植蘭花，為瀛社、婆娑會成員，仿其曾叔祖陳維英築太古巢別業舉辦詩文會事，於大龍峒之東築別墅「素園」（內有偷逸園、自得居），時與詩友唱和其間。樂善好施，曾捐助盲啞學校、仁濟院、愛愛寮，並倡修大龍峒保安宮、劍潭寺、陳姓祠堂，恢復樹人書院文昌帝君之祀典；1924 年與臺北士紳籌募重建臺北孔廟，成立「台北聖廟建設籌備會」，竝捐地二千於坪以為基址。曾任大龍峒公學校學務委員、土地委員、町委員，臺北興殖會社長、大龍峒信用組合長、大龍峒陳悅記祭祀公會管理人，又為公益會、大龍峒同風會成員。[72]

陳培根屬於臺北孔道會的核心成員，共參與宣講會 22 次，期中講題可考者 21 次：自生民以未來有盛於孔子也、建設聖廟之必要、建設

---

72 黃贊鈞，〈弔故陳培根氏〉，《臺灣日日新報》，1930.05.22，n04 版。〈大龍峒陳悅記決定獎學　自新年度起給資〉，《臺灣日日新報》，1927.03.01，04 版。佚名，〈婆娑會之興趣〉，《臺灣日日新報》，1926.03.07，04 版。佚名，〈公益會創立會議〉，《臺灣日日新報》，1923.07.19，06 版。《臺灣實業家名鑑》（1912）載為「三十六歲」，推算應生於 1877 年。又大龍峒保安宮網頁資訊，為 1876 年生。https://www.baoan.org.tw/article.php?id=60&lang=tw。

聖廟之必要、建築聖廟之必要、後義而先利、不奪不壓、尊崇孔子之必要、尊崇孔子之必要、遵孔教之必要，開會詞、閉會詞共佔了 13 次，正式演講為 9 次，主題集中在勸建孔廟、尊崇孔道，又曾作詩〈祭聖宜用拜跪禮〉[73]，在當時趨向改跪拜為鞠躬禮的社會氛圍下，可見其對孔教的堅持。

九、莊贊勳

莊贊勳（1875-1944），字仁閣，號卞廷、雲舫，臺北府宜蘭縣人。其父、兄皆於清代有勳職，贊勳則於 1894 年伐匪寇、賑濟山東有功，賞授同知五品銜。日治後，1895 年擔任司令部陸軍通譯，1897 年任救民局主幹，1899 年擔任揚文會幹事，1904 年任學務委員，1905 授佩紳章，1909 年起擔任宜蘭廳參事，1915 年任宜蘭敦風會副會長，1920 年任宜蘭壯圍庄長。好吟詠，參與宜蘭仰山吟社，曾任副社長；亦常與蘭陽地區登瀛吟社、東明吟社唱和往來。[74]

莊贊勳居於宜蘭，故居位於宜蘭市城隍街一帶[75]，仍頻繁參與臺北孔道宣講活動，計 20 次，題目可考者 19 次，如下：■讓、大哉孔子、天縱將聖、生民未有、生民未有之孔子、好學、至尊無對之孔子、忠孝、祀孔■報、惟善以為寶、教孝弟以重人倫、移忠作孝、敬老、萬世師表、漢學振興之必要、與天地參、獨一無二之孔子、禮讓、黌宮建設之必要。

---

73 陳培根，〈祭聖宜用拜跪禮〉，《臺灣日日新報》，1925.10.14，n04 版。

74 參智慧型全台詩資料庫。

75 「莊贊勳故居」，國家文化記憶庫，
　　https://memory.culture.tw/Home/Detail?Id=615393&IndexCode=Culture_Place。

十、杜冠文

杜冠文（？-1934），於大稻埕開設映竹齋書房。[76] 曾參與汐止灘音吟社，亦善治燈謎。參與臺北孔道宣講會活動 18 次，講題可考者 17 次，如下表：人無信不立、友、友道、孔道之仁、先王之要道、忍、周急、忠、能忍、說仁、說信、說誠、儉、勸孝歌，另擔任開會詞、閉會詞數次。

十一、張希袞

張希袞（約 1847-？），字補臣，臺北大稻埕人。同治年間獲廩生銜。1895 年任保良局長，1897 年佩授紳章、任大稻埕街長，1898 年與李春生、李炳鈞、洪以南獲選擔任兒玉源太郎的響老典籌備委員 [77]，1902 年任大稻埕公學校雇員，後辭去公職，於大稻埕開設「味道學堂」，致力於書房教育與孔道宣講。[78]

張希袞參與孔道宣講活動 18 次，講題可考者 17 次：勿棄舊寶、戒貪、背道者亡、性善、得不忘失、讀書會通、道、道在務本、道會通，另擔任開會詞、閉會詞數次。

十二、歐陽朝煌

歐陽朝煌（1869-1934），一名兆璜、珧璜，字蓮槎，福建晉江人。

---

76 佚名，〈漢學教育及書房〉，《臺灣日日新報》，1925.04.22，n04 版。佚名，〈臺北市大橋町映竹齋書房社冠文氏〉，《臺灣日日新報》，1934.08.12，n04 版

77 佚名，〈敬老盛典〉，《臺灣日日新報》，1898.06.0，04 版。

78 佚名，〈盛大之八秩老儒　張希袞氏祝壽會　尊師敬老之美　風未墜於地〉，《臺灣日日新報》，1926.11.18，n04 版。佚名，〈廳下書房認可〉，《臺灣日日新報》，1916.06.20，06 版。

1904 年來臺,寓居艋舺,與人合營三吉錫箔廠。1908 年師事王受福,後參與瀛社、高山文社活動、婆娑會。1911 年歐陽朝煌與林摶秋捐監福州,官章「歐陽鈞」。1929 年歸里[79],於泉州晉江任教職,後病卒於此。[80]

歐陽朝煌於孔道宣講會的活動,計 16 次,講題皆可考:夫婦之道、孔子之謂集大成、父父子子、正心修身、行天下之大道、君子有三戒、君子固窮、孝悌、見得思義、言思忠、朋友有信、恆產與恆心比較、恥、慎交、說孝,另擔任開會詞、閉會詞數次。

十三、陳廷植

陳廷植(1869-1957),字培三,又字槐三,號祐槐,臺北大稻埕人。1889 取中秀才,不久乙未割臺,廷植隨侍父親西渡泉州,未幾父逝,遂歸臺,於大稻埕設「退一齋」書房授徒。1900 年獲頒紳章,1909 年「培德書房」,遵循當相關管理辦法,並延聘國語(日語)教師,獲當局核可[81];又創設「漢文研究所」,亦為臺北廳認可之書房[82]。廷植為瀛社創社社員,1923 年應門生黃師樵建議,另組「聚奎吟社」,再創「養性齋詩學研究會」,以其門生為主要成員,時於陳氏宅中舉辦詩會,亦與天籟吟社、淡北吟社、鷗社(旅北同仁)、萃英吟社聯吟。[83]

---

79 林摶秋,〈送朝煌社弟歸梓〉,《臺灣日日新報》,1929.05.08,04 版。

80 參智慧型全台詩資料庫。顏笏山,〈輓歐陽朝煌詞兄捐館於泉州故里〉,《臺灣日日新報》,1934.03.14,08 版。

81 「培德書房。主持教授陳廷植氏。國語教授李初吉。陳氏阿葉二氏。在學生六七十名。」佚名,〈漢學教育及書房〉,《臺灣日日新報》,1925.04.22,n04 版。*

82 「漢文研究所陳廷植」佚名,〈廳下書房認可〉,《臺灣日日新報》,1916.06.20,06 版。

83 參智慧型全台詩資料庫、王國璠,《臺北市志卷九·人物志·賢德篇》(臺北:臺北市政府,1988)。

陳廷植參與臺北孔道宣講會共計 16 次，其中 2 次署名陳培三，如下：人之正路、人貴務本、出言必慎、因時制宜、里仁為美、信不可失、恕、敏事慎言、儉以養廉、窮達安於所遇、論德、學古有獲、擇友、孝悌為仁之本、慎言，另擔任開會詞一次。

十四、連雅堂

台南人連雅堂，亦於旅北時參與臺北孔道宣講團，可考者 14 次，有講題者 13 次：孔子歷史、孔子之教育、孔子之人格、孔教之智仁勇、孔子歷史、孔教之將來、何故建設聖廟、入世法與出世法、孔子之智仁勇、讀書與人格、春秋之民族精神、人之初、孔子之人生觀。

十五、陳澄秋

陳澄秋（約 1856-1935），臺北萬華人，在萬華開設「靜修齋」書房任塾師，獲臺北廳認可。[84] 參與臺北孔道宣講會計 14 次，講題可考者 12 次：說恥、慎言、過則勿憚改、戒之在色、小不忍則亂大謀、婦人之四德、人無遠慮必有近憂、愛之能勿勞乎、言不可不慎也、愛之能勿勞乎、古者言之不出，另擔任閉會詞一次。

十六、曹秋圃

曹容（1895-1993），字秋圃，號老嫌，原籍七星郡芝蘭，後移居大稻埕，設帳授徒，並參加瀛社、孔道宣講團的活動。約 1930 年組織「澹廬書會」，積極參與日、臺兩地書展，頗獲佳績，此後四處辦理

84　參佚名，〈廳下書房認可〉，《臺灣日日新報》，1916.06.20，06 版。〈萬華陳金萬氏令尊澄秋翁〉，《臺灣日日新報》，1935.04.23，n04 版。

展覽、演講，曾三度赴日本、三度赴廈門、兩度遊花東，並留下大量的詩作，誌其遊歷經驗，1940 年獲頭山滿之聘赴日，擔任頭山書塾書法講師、日本大藏省附屬書道振成會講師 1946 年才返台。戰後仍推動臺灣書法風氣，曾獲第十二屆國家文藝特別貢獻獎（1986）。[85]

曹秋圃於臺北孔道宣講團活動中，參與 14 次演講活動，講題可考者有 13 題：人、聖訓之可寶、聖道之鍼砭、養志、孔子之教澤、同化、孔子尚靜、何莫由斯道也、吾人之基礎、新舊真理之比較、我之範圍、道德與法律、故曰配天。

十七、黃贊鈞

黃贊鈞（1874-1952），字石衡，號立三居士，臺北大龍峒人。師事宿儒黃覺民、周鳴鏘，曾赴宜蘭應童子試，因越籍而不錄取。1904 年於大龍峒公學校任雇員，後轉任《臺灣日日新報》記者。1936 年與辜顯榮、陳培根等紳商邀集各界領袖，籌謀重組臺北文廟，又與陳培根籌建樹人書院、舉辦文昌祭典[86]，另又助修保安宮、指南宮、福德祠等處。1933 年籌設臺灣道德報社，發刊《感應錄》月刊以推廣孔教，1937 年停刊[87]，1939 年黃贊鈞將臺灣道德報社納入崇聖會下，發刊《崇聖道德報》，1945 年停刊。贊鈞喜好吟詠，籌設崇聖會猗蘭吟社，每月會集，拈韻賦詩，延續孔道詩教。戰後任中華聖道會、中國文化學

---

85 詳參陳令洋，〈殖民地書法家的多重跨越：曹秋圃的書業經營與思想探析〉（新竹：清華大學台文所碩士論文，2017）。黃瀛豹，《現代臺灣書畫大觀》（新竹：現代臺灣書畫大觀刊行會，1930）。

86 佚名，〈文昌祭典〉，《臺灣日日新報》，1912.03.07，05 版。

87 佚名，〈籌設臺灣道德報社　發刊感應錄雜誌　廣頒全島同志不取料金〉，《臺灣日日新報》，1933.10.02，08 版。佚名，〈感應錄停刊〉，《臺灣日日新報》，1937.03.331，n04 版。佚名，〈祝道德報重刊〉，《臺灣日日新報》，1939.07.03，08 版。

會、萬國道德會理監事，並重刊《人海回瀾》。著有《大同要素》、詩文集《海鶴樓詩鈔》。[88]

黃贊鈞參與孔道宣講活動 14 次，講題可考者 12 題：子不語、孔子之論言行、孔門好學、孔道之難易、君子之道、求孔子之道于淺易、修身、祭神如神在、說忍，另擔任開會詞、閉會詞數次。

十八、歐劍窗

歐劍窗（？-1944），原名陳歐陽藤（父歐陽德入贅陳家，遂祧兩姓），或署陳藤[89]，字劍窗。臺北大稻埕人，少從宿儒趙一山學，業成，於大稻埕設私塾「浪鷗室」授徒，又鶩中醫術，開設中醫塾。為瀛社、星社社員，1924 年與星社同人創刊《臺灣詩報》，任發行人。好戲劇，1925 年與謝春木、張維賢等人成立星光社暨鐘聲劇團，巡迴上演「文明戲」。1923 年聚集弟子創社潛社，吟詠不輟，1933 年更名為臺北吟社。1944 年劍窗倡言反對「勞務奉公」，遂為當局以違反治安警察法，下獄，遭輪番拷打，遂卒。[90]

歐劍窗參與臺北孔道宣講團活動共計 12 次，講題可考者有 10 題：里仁為美、孔道與近代、孔道之大用敬鬼神而遠之、自由平等、聽講演之知味、道與教之作用，另擔任開會詞、閉會詞數次。

---

88 參張子文，「黃贊鈞」條。國家圖書館 臺灣記憶 https://tm.ncl.edu.tw/。謝崇耀，〈《崇聖道德報》及其時代意義研究〉。

89 據《瀛洲詩集》。

90 參王國璠，《臺北市志卷九·人物志·賢德篇》（臺北：臺北市政府，1988）。「臺北夜曲 1932」，https://sites.google.com/view/cultural-tourism-2019b/ / 關於詩 / 作者介紹。佚名，〈臺灣詩報內容〉，《臺灣日日新報》，192.01.31，06 版。佚名，〈潛社開三週年 記念會〉，《臺灣日日新報》，1926.11.14，04 版。

十九、李悌欽

李悌欽（約 1871-？），於臺北市太平町（大稻埕）開設同文書房，設有國語教師。[91] 曾參與萃英吟社[92]、瀛社。參與臺北孔道宣講活動 11 次，講題可考者 9 次：友恭、天倫、孔子所謂大成至聖、君子之交重信義、忠恕、師弟之道、開會詞、道、德化。

二十、倪炳煌

倪希昶（1875-1951），字炳煌，號梅癡，臺北艋舺人。書齋名巢睫居，故又署巢睫居士，久居臺北福地街，又號福地逸叟；二次大戰期間避居於鷺洲，築別墅名肖迂廬。1896 年畢業於臺北國語傳習所。從事報業三十餘年，又歷任臺北南署保甲協會副會長、臺北聖廟董事、臺北市教化委員、信用合作社理事等職。喜詩社活動，為瀛社員，1922 年與顏笏山創設高山文社，任社長。著有《百勿吟集》、《巢睫居詩文集》。又 1915 年遊歷東京、中國東北，回台後著有〈東北京畿遊記〉、〈東北京畿紀遊吟草〉，載於報。[93]

倪炳煌參孔道宣講團活動計 11 次，講題可考者 10 次，為大多擔任開會詞、閉會詞，實際內容僅孔子聖之時者也、道德與金錢，此二次舉辦於大稻埕，其餘活動皆在萬華，可推測倪炳煌應具有地緣性和當地籌備者的身份。

---

91 李悌欽，〈七十書懷〉，《臺灣日日新報》，1940.04.12，08 版。佚名，〈廳下書房認可〉，《臺灣日日新報》，1916.06.20，06 版。「同文書房。主持教授李悌欽氏。國語教授陳根泉氏。在學生男八十名。女二十名。」佚名，〈漢學教育及書房〉，《臺灣日日新報》，1925.04.22，n04 版。

92 「交卷。臺北市太平町二丁目同文書房李悌欽處。」佚名，〈萃英吟社徵詩〉，《臺灣日日新報》，1924.08.30，04 版。

93 參智慧型全台詩資料庫。

【天籟吟調與當代傳衍】

臺灣傳統吟詩調的現代傳播與應用探究

——以「天籟調」為探究的核心

林仁昱 *

摘要

　　吟詩調是表現傳統詩作聲情之美的重要媒介，也是傳統詩社維繫文藝精神的重要象徵。然而在現代社會中，傳統吟詩調如何傳播與應用，也勢必顯示傳統詩在科技進步與多元文化衝擊中，如何面對挑戰借助各種資源力量延續、發展。其中，傳承自臺北「天籟吟社」的「天籟調」，可容納近體詩與古體詩的吟唱，從 1976 年經由邱燮友教授輯《唐詩朗誦》錄音帶以來，後歷年陸續出版多本文字與影音書冊與 CD，再加上近年網路影音平臺（如 Youtube）的上載公布，不但展現豐富、珍貴的資料價值，更具有傳統文化得於現代發展的重要意義。因此，本文將以「天籟調」作為論述核心，以其他傳統吟詩調作為對照、輔助論據，運用各種書面、影音文本與相關文獻，探討臺灣傳統吟詩調的現代傳播與應用現象。所觀察的現象與涉及的重要議題，包括傳統吟詩調的表現與傳承特色、傳統詩社團的吟詩調流動、製作吟詩調定譜的效應、吟詩調相關出版品的內容與傳播意義、大學系所社團的吟唱推廣與應用、社區大學與各類文藝團體的推廣與應用等。期盼藉由此文，不僅能使傳統吟詩調的表現特色與文化資產意義更能顯著，也對於傳統吟詩調未來傳承與發展理出可能的方向。

關鍵詞：傳統吟詩調、天籟調、天籟吟社、詩詞吟唱

---

* 　國立中興大學中文系教授。

一、前言

　　傳統的吟詩調能夠表現古典詩的音韻之美，也可以透過吟唱者的聲情表達呈現情感意蘊，所以是傳統詩社維繫文藝精神的重要象徵，也往往是展現傳承與傳播的重要載體。有關傳統吟詩調的形成，係來自於順應「語言旋律」所發展出來的聲情表現，這也就是隨著語言本身所具有的旋律性，特別是聲調所形的音高變化，以及句法所形成的節奏，從念、吟發而為唱的歷程。而且為了念、吟的平順調和，更避免因為發而為唱，產生「語言旋律」遭到破壞，甚至產生「倒字」等語音誤解的現象，則依循近體詩格律所形成的平仄、音節與押韻關係，自是其中重要的考量要素。不過，在這樣的基礎上面，每一位由唸而吟唱的人，還是會產生自己的旋律風格，若得口傳心授於他人，則可能會形成特別約定的吟詩調。進而有些吟詩調在傳承的過程中，會基於許多因緣，例如確定詩（吟）社團傳承的象徵性，甚至考量透過和之以樂的方式增加運用表現的豐富性，也可能產生記錄旋律的「定譜」，使之成為可廣泛流傳、套用的曲調，尤其是在現代社會，各種歌曲聲情表現方式紛雜於生活環境，傳統吟詩調變成一種有待特別保存、傳承與推廣的文化資產時，這種由「定譜」而套調的運用，往往就產生非常大的影響力。然而這似乎是不得不然的趨勢，卻也將使得吟詩調過往存在的個人風格特色，或者是許多隨機變化的可能性被消磨掩蓋，而被框定在統一的曲調與唱法之中。所以，如何在現代社會既能傳承傳統風格，又能借助定譜套調的便利性？且在科技進步與多元文化衝擊中，又如何在面對挑戰時，能夠借助各種資源力量延續、發展？也就成為相當重要的議題。而本文也就在這樣的問題思考之下，彙整筆者多年來的觀察現象，特別以「天籟調」為核心，旁佐其他傳統吟詩調，甚至是各種其他曲調同在「詩詞吟唱」推廣場域被運用的

情形,從傳統吟詩調的表現精神與發展、大專院校的傳揚與運用、社區團體推廣,乃至於影音出版與網路傳播等方面,就現象、經驗與可行性,依序進行分析論述。

二、臺灣傳統吟詩調的傳承與發展

　　流傳在臺灣傳統詩社的吟詩調,也往往被稱作為「文人調」,或者說是屬於讀書人才有機會學習的「讀冊調」[1]。長久以來,就是傳遞漢詩的重要媒介,也是詩人檢視自身作品是否合格的工具,而依據詩社(吟社)傳承的背景不同,也會產生許多不同的風格與面貌,不但成為詩社(吟社)教學傳承的重要項目,甚至可成為「外人」識別詩社(吟社)的重要標記[2]。所以,在文人調「有調無譜」,也就是口傳心授的時代,這些調子就已在特定的群體(詩社成員)中,形成流傳的體系,如在臺灣比較知名的吟詩調,有天籟調(天籟詩社)、鹿港調(鹿港泉州腔)、奎山調、貂山調(瑞芳、雙溪)等[3]。而歷經時代變遷與各種交流、傳播、推廣的因緣,特別是被記錄定譜、印刷出版的機會,其中的「天籟調」早已跨出「天籟詩社」,成為在臺灣眾多場域相當常用的調子,從不同的地方詩社(吟社)、大專院校詩社(吟社)到社區大學,都經常套用「天籟調」。因此,在許多關於吟詩調的觀察與論述中,「天籟調」都是不容忽視的代表性吟詩調,其淵源、流傳與發展的歷程與現象,都足以作為顯現臺灣吟詩調的重要例證。

---

1 黃宏介:〈漢詩吟唱「文人調」在台灣傳播之初探〉,《國立中興大學中文研究所第四屆碩士在職專班研究生論文集》,2005年2月,頁26。

2 潘玉蘭:〈天籟調〉,收於張國裕製作、楊維仁主編《天籟元音》(臺北:萬卷樓圖書公司,2013),頁173,指出天籟吟調、劍樓吟調、貂山吟調、灘音吟調,都是「外人」加以區分詩社的吟詩調。

3 高嘉穗:〈側耳咸傾天籟調,礪心培出玉堂梅〉,收於張國裕製作、楊維仁主編《天籟元音》,頁155-156。

　　而論及「天籟調」的淵源，當推至「天籟吟社」的創辦人林述三，由於林氏除了善於作詩亦善吟詩，早年曾經就學於廈門玉屏書院，這用來教弟子吟唱的調子，也就是被稱為「天籟調」者，應該就是其從廈門所帶來的，在以泉州人為主體的大稻埕傳唱，能兼容廈門與泉州音調特色[4]。而在 1922 年「天籟吟社」正式創立之前，林氏本已繼承父業，於「礪心齋書房」教授漢學，其詩文教育講究誦讀、吟唱、創作三者並重，其實也等於是互相搭配[5]，以成就學習的效果為主。換句話說，原先在書房傳授或詩人在創作時的吟詩，本來並非表演性質。不過，到了詩會時的吟詩，雖然是餘興節目，但就會成為一種表演，會講究演唱的效果與個人的風格，因此，目前仍有許多吟詩調的傳承人，主張傳統的吟詩調，應依照文字的平仄自然發揮，藉以產生抑揚頓挫的韻律，而反對採用五線譜來識譜演唱，畢竟一板一眼的要求，將會妨礙視詩作與吟唱者隨機心情所產生的韻味[6]。楊湘玲〈淺探臺灣傳統吟詩調的音樂結構—以「天籟吟社」莫月娥所吟七言絕句為例〉一文，作者指出其進行者老訪談時，曾聆聽張國裕先生的吟唱非常有韻味，但張先生因為在乎自己年紀大，擔心效果不佳，通常就婉拒上台演出，而張先生則回憶民國四十幾年時，曾經聽過凌淨嫆（珍珠姑）與另一位礪心齋的弟子，一人演唱、一人彈揚琴伴奏，表演〈春江花月夜〉能達到全場鴉雀無聲專注聆聽的效果[7]。而此〈春江花月夜〉既可透過楊琴伴奏，雖然仍可以在演唱、伴奏默契中，可能保留許多個人風格與即興表現，但勢必要有明確的記譜以適應伴奏需要。這其實

4　鄭垣玲、顧敏耀：〈作詩、吟詩與教唱的人生—專訪莫月娥〉，收於楊維仁製作《大雅天籟》（臺北：萬卷樓圖書公司，2002），頁 64-65。

5　楊維仁：〈天籟調淺談〉，收於姚啟甲製作、張富鈞主編《天籟清吟—天籟吟社九十五週年紀念詩集》（臺北：萬卷樓圖書公司，2015），頁 360。

6　莫月娥：〈古典詩吟唱經驗談〉，收於楊維仁製作《大雅天籟》，頁 10。

7　楊湘玲：〈淺探臺灣傳統吟詩調的音樂結構—以「天籟吟社」莫月娥所吟七言絕句為例〉，《臺灣音樂研究》第四期，2007 年 4 月，頁 87。

是一個重要的契機，尤其是後來編入《南廬詩譜》廣為傳唱，且至今不僅是大專院校詩社經常運用，許多吟詩團體與社區大學也都經常演唱，並且在其相關的介紹書冊或演出節目單中標註「天籟調」[8]。

　　而在臺灣除了傳統詩社（吟社）的吟詩調之外，1949 年之後，有多來自中國大陸的老師，也將各地的傳統吟詩調帶來，在大學校園中吟唱傳承，如臺灣師大程發軔教授的湖北調、潘重規教授的徽州調、邱燮友教授的福建流水調、陳新雄教授的江西讀書調、王更生教授的河南調，再加上賴橋本教授的元曲吟唱，都曾為眾多學子的深刻懷念[9]。而在中臺灣則有中興大學李炳南教授的山東古調[10]，也讓臺灣的傳統吟詩調更增添了幾多類型與風采[11]。

三、大專院校社團、課堂與活動的傳揚與運用

　　關於臺灣傳統吟詩調（特別是各種文人調）在大專院校的傳揚與運用。其實是淵源於 1950 年代中文系或國文系的發展之初，就有許多深厚詩詞底蘊的老師，例如在臺灣師大有李漁叔、高明[12]，在中興大

8　「天籟調」原以河洛語演唱，後在國語獨尊的環境下，各大專院校吟唱團隊據《南廬詩譜》演唱時，大多採用國語，而此語言選擇與格律、聲情變化等問題，涉及頗廣，待另文探究。

9　潘麗珠：〈臺灣師大國文系詩文吟誦的傳承與開展〉，《國文天地》第 445 期，2022 年 9 月，頁 85-90。

10　于琮：〈山東省傳統吟誦采錄現狀研究〉，《出版參考》2021 年 05 期，2021 年 5 月，頁 10-15，有專節探討「雪公吟誦由其弟子回傳齊魯大地」作為「雪公調」流傳的狀況。

11　資深教授多以其故鄉方言（或具有濃厚地方口音的國語）演唱，也具有相當明顯的個人風格，但有部分經記譜後，新生代得以透過國語傳唱，如王更生教授河南調，即相當通行。

12　林佳蓉：〈風雅長流—臺師大古典詩人群與詩社〉，《國文天地》第 445 期，2022 年 9 月，頁 61-66。

學有李炳南都善於詩文,甚至凝聚詩友成立社團,且有詩人即有吟詠,
尤其是在特殊的時代環境之下,排解鄉愁、抒發憂患,詩詞也就成為
重要的媒介。而從老師傳承至學生的詩社持續發展,詩詞吟唱也成為
當中非常重要的學習與活動項目。所以,大學古典詩社團於吟唱方面
的教學與演出、推廣,也就成為必須特別關注的重點。而 1965 年臺灣
師大成立的「南廬吟社」,顯然就是第一個將詩詞吟唱作為重要學習
項目的社團,潘麗珠〈臺灣師大國文系詩文吟誦的傳承與開展〉文中,
明確指出 1974、75 年間,「南廬吟社」聘請邱燮友老師開設吟詩班,
可以說是開臺灣各大學的風氣之先 [13]。此後各大學古典詩社或專屬的
詩詞吟唱社團,也逐漸發展起來。至今,尚經常活動的有中興大學中
興詩社及古韻重揚吟唱社、輔仁大學東籬詩社、東吳大學停雲詩社、
淡江大學驚聲詩社、實踐大學玉屑詩社、佛光大學中文吟社、文化大
學鳳鳴吟社等,而社團之間也偶有交流活動。其中,傳統近體詩的吟
唱是當中非常重要的部分,且由於整齊五、七言句式「套調」方便,
也可以說成為重要入門學習的基礎。而透過學生社團來推動詩詞吟唱
的最大利基,在於向全校公開招生,有許多非中文系的同學,也可能
加入,如中興大學古韻重揚吟唱社,歷來不乏外文、歷史、森林、園藝、
應數系的學生成為演唱「臺柱」,甚至成為社團負責人。當然,回到
正規的學系課程上,隨著許多具有吟唱素養的老師,持續在大學校園
耕耘,眾多學校「詩選及習作」、「詞曲選集習作」、「民俗曲藝」、「國
文教材與教法」等課程,也成為另一個延續、發揚詩詞吟唱的場域,
當然也包括天籟調等傳統文人調的演唱與傳承。如第十屆林榮三文學
獎之散文獎三獎作品,即是曾谷涵的〈天籟調〉,文中描述了其與「天
籟調」結緣的經歷:

---

13 潘麗珠:〈臺灣師大國文系詩文吟誦的傳承與開展〉,《國文天地》第 445 期,
2022 年 9 月,頁 85-90。

　　大學三年級有詞曲必修課，歌聲好的教授興致來時在台前教我
們唱許多歌調，隨口哼來幾句的「天籟調」，讓我倒抽了一口
氣。故作鎮定而顫抖。我想更了解天籟調，找到了天籟吟社出
版的書與專輯，聆聽揣摩父親的唱法，但現在仍哼不成調[14]。

作者依著「天籟調」聯繫著大學課堂的印象[15]，進而懷念父親吟唱詩
歌渾厚如洪鐘，又帶著悽楚的聲音。所以，不僅是社團，傳統詩詞吟
唱的具體表現，也成為中文系課堂上師生互動，特別是體會詩境的重
要橋樑。但課堂有其時間與場域的限制，如果要有效傳承詩詞吟唱，
則必須透過課外練習，必然要有系所、老師與學生的熱情，才能發起、
持續、產生影響力。所幸，詩詞吟唱的表演，以其為少數可以迅速成
軍，在眾多系所活動，例如迎新送舊、學術研討會、演講會、文學獎
頒獎典禮、校際或國際交流活動，甚至是系所評鑑時，當作迎賓或穿
插表演之用。因此，許多大學中文系仍會組織詩詞吟唱隊，或者是與
原本已經存在的詩社或吟社保持聯繫合作的關係，使之成為中文系所
的「門面」，還常常是招生簡介摺頁上不可缺乏的畫面。透過「中國
文化大學數位校史典藏平台」，可查得 1979 年 5 月 26 日《華夏導報》
第一版的頭條新聞，即是為慶祝詩人節，文化中文系特別邀請師大「南
廬吟社」與文化「華風吟會」舉辦「古詩詞吟唱之夜」，並且定名為
大雅之聲，其中吟唱的詩詞及包括以「天籟調」吟唱的〈春將花月夜〉，
而該場活動並有潘重規教授吟唱自作詩，陳新雄教授吟唱〈遣悲懷〉、
〈贈白馬王彪〉等，且據悉台視將作專題錄影[16]。

14　曾谷涵：〈天籟調〉，《第十屆林榮三文學獎得獎作品集》（新北：財團法人林榮
　　三文化公益基金會，2014），頁 64。

15　曾谷涵：〈天籟調〉，《第十屆林榮三文學獎得獎作品集》，頁 60，得獎感言，
　　特別感謝在課堂上吟唱「天籟調」的成功大學王偉勇教授。

16　「大雅之聲古詩詞吟唱　潘重規教授助陣演出」，《華夏導報》第 2076 期，1979
　　年 5 月 26 日第一版。

圖一：1979 年 5 月 26 日《華夏導報》（文化大學校刊）以頭版頭條報導文化「華風吟會」與師大「南廬吟社」舉辦「古詩詞吟唱之夜」

　　此外，筆者猶收藏具有紀念價值的錄音帶，此為 1989 年恰逢「五四」七十週年，中山大學文學院余光中院長，為了展現「五四」所形成的中西文化交流，特別邀請中文系同學表演詩詞吟唱，好與外文系的英詩朗誦合成時代氛圍，當時筆者即與系上五位學長姐及同學上台，透過「天籟調」演唱張若虛〈春江花月夜〉；另有 1995 年政大舉辦「全國大專青年聯吟大會」錄影帶，可見政大中文系特別安排了以「天籟調」演唱〈春江花月夜〉，作為揭開吟唱比賽序幕的序曲，由於各校同學大多對於此篇的吟唱不陌生，於是在那座容納了千餘名各校同學的藝文中心大禮堂，確實發揮了全場集體唱和的效果，成功營造會場氣氛。而筆者在 2018 年底負責中興大學中文系務期間，特別恢復中斷多年的「詩歌歡唱晚會」期盼傳統吟詞吟唱（包含傳統吟詩調），能成為大學生學習詩詞的重要能力，可透過聲情詮釋，充分領

會並傳揚詩詞的內涵。

圖二（左）、圖三（右）：分別為 2018 及 2019 年中興中文系「詩歌歡唱」
演出

四、大專院校吟唱比賽與交流

　　自 1983 年起至 2002 年止，共舉辦 20 屆的「全國大專青年聯吟大會」吟唱組比賽，由於是每年由各大學中文系輪流承辦，具有各大學中文系共同參與的號召力與影響力，確實曾經帶來巨大的推廣作用。尤其是這項活動有「陳逢源文教基金會」在後面鼎力支持，並有中山大學中文系簡錦松教授長期貢獻心力，使這項活動，不僅受到各大學中文系的重視，更可以說是那二十年，許多大學生參與古典詩詞吟唱的重要回憶，當然傳統吟詩調也會是許多學校選擇的表演項目，例如透過「天籟調」來吟唱張若虛〈春江花月夜〉、李白〈早發白帝城（下江陵）〉、王昌齡〈出塞〉。而這項吟唱比賽的進行，通常是在「聯吟大會」的第二天下午舉行，並且與創作組的成績宣布與頒獎典禮穿插舉行，也就是創作組七律與七絕比賽，兩項入選前八十名的名單，會在吟唱比賽進行的過程中，隨著吟唱比賽隊伍的換場，穿插在中間宣布與頒獎，可以說是更加強了比賽的緊湊度與緊張度。而每一隊上場的時間為六至八分鐘，除了演唱人員外，還可以透過各種國樂

器來伴奏，例如二胡、琵琶、古箏、鑼、大鼓、通鼓、梆子等，只有極少數學校會採用清唱或者是錄音伴唱，在第九屆（1995 年）比賽之前，各校還可以在舞台上另外安排舞蹈或短劇來強化表現效果，但容易反客為主，引起相當大的爭議，故於第十屆（1996 年）以後，就禁止非吟唱者的動作，也就是可以邊走邊吟，甚至於邊舞邊吟（如 1998 年東吳大學演唱〈江南可採蓮〉的設計），但不能有非吟唱者上台表演舞蹈或短劇。不過，為了增強舞台效果，可以設計布景，例如以大塊布，或是書面紙黏貼成大幅字的背景，書寫要吟唱的詩詞（1995 及 1996 年淡江大學；1997 年靜宜大學的設計），也可以用大扇子象徵宮廷（1998 年高雄師大的設計）、酒旗象徵村落（1996 年中正大學的設計），這些都能讓整個舞台效果更精彩，後來也增設舞台設計獎項。至於，吟唱者的服裝，乃至於手上持有道具，如小扇子、小花朵，甚至是刀劍也能增添效果（1998 年輔仁大學吟唱辛棄疾〈破陣子‧為陳同甫賦壯語以寄之〉全體同學邊吟唱邊行劍舞）。而從第九屆（1995 年）開始，還增加了「最受歡迎吟唱團隊獎」（最佳人氣獎），在各校互相送暖（如三所師大、中部四校會互投）的過程中，更炒熱會場氣氛，增加交誼的效果。

然而，回到吟唱比賽的主體「吟唱」的表現上面，由於這是全國各大學中文系共同參與的盛會，具有積極擴大參與的特性。所以，絕大多數的學校都是採取團體吟唱「套調」的模式演唱，以容納更多同學參與，進而設計各種聲情表現的效果，這也使得後面的國樂器伴奏顯得非常重要。換句話說，早期主要以 1977 年臺灣師大出版的《南廬詩譜》，作為吟唱的主要教材與吟唱依據，其中，透過各種「文人調」（如天籟調、鹿港調、河南調、江西調）來演唱古體或近體詩，或是以九宮大成譜、李勉定譜等來進行團體吟唱宋詞的情況是非常普遍的。

只是缺乏個人表現的設計，整體的表現方式很像合唱團，但除了〈關雎〉、〈蓼莪〉等詩經吟唱，為現代新訂譜，故有少屬段落分了聲部，其餘大多是齊唱，再透過男、女輪唱、接唱設計，外加部分的朗誦等方式來產生變化以增強演出的效果。只有很少數的隊伍，會考慮到傳統吟詩調屬於個人、即興的表現特色，令人印象深刻的是 1996 年臺灣師大演唱〈念奴嬌〉，雖然仍是採用團體吟唱的基本模式，卻在好幾處段落，特別安排幾位同學以獨自吟唱的方式來呈現，其餘同學則作「綠葉」襯托，果然能兼容展現傳統吟詩的表現特色，又能搭配團體表演的效果，一舉奪冠，1997 年臺灣師大又以類似的模式，且更用天籟調、鹿港調、臺灣歌仔七字調，以〈靜夜思〉為核心，串聯吟唱幾首跟「鄉愁」有關的近體詩。但是這樣的設計，後來就又很少見到了。而是各種詩詞演唱元素不斷加入，讓演出效果產生多元豐富的面貌，如臺灣師大（1995）、中正大學（1997）皆曾以席臻貫所訂敦煌琵琶譜「急曲子」，來演唱敦煌曲子詞〈儒士定風波〉；高雄師大（1996）則演唱敦煌曲子詞〈菩薩蠻（霏霏點點迴塘雨）〉；中央大學（1999）曾以南管曲藝演唱的方式，來演唱李白〈將進酒〉；南華大學（1996及 1997）則推出雅樂演唱詩經曲目。而透過歌仔調、客家小調、黃梅調來演唱近體詩的隊伍，更是經常出現，顯露更多親近於大眾文化與在地傳統的氛圍，且隨著本土化潮流與強調推廣母語的趨勢，許多學校也開始在聯吟大會著重以河洛漢語、客語演唱，顯示出政策與文化認知轉變的現象。至於少數學校透過校園民歌曲調唱〈釵頭鳳〉、用電視劇主題曲來唱〈葬花詞〉，這樣的發展方向，若從傳承傳統詩詞吟唱的角度來看，似乎有漸行漸遠的感覺，但在發揚古典詩詞意涵與增強影響表現力方面而言，這似乎又是不得不然的趨勢。但是就在這面對爭議與抉擇的關鍵點上，曾經出現盛況的「全國大專青年聯吟大會」卻因經費不濟而走入歷史。

圖四（左）：全國大專聯吟的吟唱比賽是許多學子的深刻回憶（1996 年中正大學）

圖五（右）：舞蹈詮釋詩意與器樂伴奏，曾讓比賽增加豐富性（1994 年中山大學）

圖六（左）：大幅字背景與短劇，也成為詮釋詩詞內容的方式（1994 年淡江大學）

圖七（右）：透過獨吟搭配團體吟唱，可兼顧傳統並增強效果（1996 年臺灣師大）

但或許這也給大學的吟唱重新沉澱、出發的機會，特別是許多化整為零的吟唱活動或比賽，或者是大學吟唱社團參與由地方詩社、社會吟詩團體所舉辦的活動，都能使吟唱風氣延續，例如淡江大學「蔣國樑古典詩創作獎頒獎典禮以及各校詩社吟唱表演」、輔仁大學「紀念傅試中老師古典詩詞吟唱」比賽都舉辦超過二十年。而由臺中梅川傳統文化學會舉辦的「大漢清韻河洛漢語朗誦吟唱大賽」，長期以來

也都有大專組的比賽，特別是再區分成團體與個人組的吟唱，不僅讓團體的套調演唱有表現的舞臺，也能關注個人吟唱的表現風格。而由漢光教育基金會、臺灣師大國文系支持舉辦的幾屆「舊愛新歡—詩詞歌唱比賽」，則已從大專組發展容納高中組，透過其所揭櫫的活動宗旨，則可以看出從古韻到新曲，弘揚詩詞從吟唱到歌唱的理想：

> 有古典文化的根，人的情感才會深厚博大；有新的歌曲，才能抒發屬於現代的情感。以古典詩詞曲為基礎，加以吟唱，或配以現代音樂，應是古典詩歌吟唱走向現代的一個可發展與推廣的方向。

所以，幾年下來「以鼓勵文化創意精神為經、用現代音樂元素演釋文學為緯，將古典詩詞傳統靈魂綻放新光彩。」的目標，也正在新時代中實現[17]。只是在這兼容推廣傳統與大膽新發展的過程中，也未免產生種種傳統吟唱在現代適應性的問題，例如在大專聯吟的時代，已有加進舞蹈或朗誦，乃至於古典詩詞新譜曲是否合適的爭議。而此項競賽不僅在「新歡」有了全然創新的曲風，在「舊愛」的表現上，也可能採用現代白話穿插，甚至採用 rap 等口白或饒舌歌的方式，增加節奏變化的效果，如此對於傳統吟詩調的推展是否有「變質」的疑慮，確實引起相當廣泛的討論。不過，傳統與創新並非絕對是不能並存的零和關係，縱然在傳統與新創遭遇的過程中，會有許多不能適應，甚至可能產生衝突的擔憂與疑慮，但若永遠墨守傳統，勢將與時代脫節，無法跨出延續、推展的一步，即使耗費更多心力宣傳，仍不免侷限於小眾傳承的困境。因此，類似「舊愛新歡」這樣的比賽，或許正好提供一個平台，讓所有關心傳統吟詩調傳承的人，思索如何讓傳統吟詩

---

17 「舊愛新歡 - 古典詩詞創作演唱競賽」活動網頁，https://www.hanguang.org.tw/news/post-65.html （2022.10.10 上網）

調的表現方式，在新的時代環境中延續，例如透過新舊互為包裹、連接、映襯等方式，設計出種種「引進門」的機緣與過程，藉此再導引新生代青年學子在學校或是社會詩（吟）社團接納、欣賞、學習傳統吟唱，也就可能因為曾有這段機緣與歷程所產生的熟悉感，更樂於親近傳統吟詩調，而讓其中的表現精神與特色得以傳承下去。

圖八（左）：2018 年東吳大學停雲詩社至中興大學交流演出
圖九（右）：2018 年佛光大學中文系吟唱隊至中興大學交流演出

圖十（左）：2018 年中興大學古韻重揚吟唱社在古蹟一德洋樓作社區演出
圖十一（右）：2018 年中興大學中文系吟唱隊在國立臺灣交響樂團演藝廳演出

　　另外，還值得注意校際間聯誼性質的比賽與交流，也可以說是傳統吟詩現代傳播的方式，如華梵、文化、彰師大、淡江等校合辦多年的「大專院校古典詩詞聯吟大賽」；還有中興和東吳、佛光分別曾經在臺中、惠蓀林場、宜蘭礁溪舉辦吟唱交流、觀摩會，輔仁大學東籬

詩社則跨海與中國大陸北京師範大學的南山詩社、江蘇師範大學悠然詩社、淮陰師範大學的采菊詩社等「姊妹詩社」則持續舉辦互訪、交流，即使 2020 年後疫情阻隔，仍然透過視訊進行吟唱交流。這些或許都能使大學詩詞吟唱（或者說是歌唱）能以更多元豐富的表現內涵，獲得更多演出、推廣的機會。但是，傳統吟詩調如何在這潮流，或者說是多方發展的盛況之中，仍能保有其表現上的精神特色，確實也是值得特別留意的，特別是在拋掉合唱團式大團體演唱的模式後，大部分學校吟唱社團或系隊，也大多以十人上下的小團來進行演出，如何讓傳統吟詩調的個人特色、即興風格，能在這規模下的套調，甚至新曲的整體表現設計中展現特色，或許要有更多的靈活性與方便度。再者，臺灣師大從「南廬吟社」到「沐風詩詞吟唱系隊」都因為有眾多系友在中學任教，成為將吟唱從大學推向中學校園的重要媒介，而近年來，教育部相當重視大學社會責任（USR）計畫的推動，如此一來，大學吟唱社團不僅可以跟傳統地方詩社、社會吟詩團體密切合作，也可以成為社區藝文推廣活動的尖兵，如中興大學古韻重陽吟唱社，就曾經先後在臺中市重要歷史建築「一德洋樓」和南投縣文化局，搭配中興大學「中文系友及學生書法展」進行演出，甚至加入簡單的教唱活動，也增加了傳統吟詩調與廣大社區民眾更多接觸的機會，使大學生不只成為傳承者、演出者，更能走出校園成為推廣者。

五、新興團體與傳統詩社的社區推廣

傳統詩詞的吟唱本來自傳統詩（吟）社，然而隨著社會環境的變遷，或許在組織尚需要有所變化，以利更多的人力與金錢、物資，甚至是房舍（教室）獲得穩定的支持。首先，是 1988 年中山大學簡錦松教授成立「高雄市古典詩學研究會」，這是第一個以研究、推廣古典

詩為主旨的組織，透過小額捐款累積至 1994 年得以成立「財團法人古典詩學文教基金會」，成為正式的民間團體，能夠開辦各種適應不同年齡層的推廣班隊及演講、活動，並期許古典詩能落實到民眾生活中，在簡教授號召之下，筆者於 1988 到 1994 年間曾多次與中山大學中文系（所）的同學，參與該基金會開設的兒童學詩班課程，帶領國小學童透過天籟調、江西調、黃梅調、宜蘭酒令吟唱古典詩；亦曾在該基金會舉辦於高雄市文化中心「假日廣場」的推廣活動中，透過傳統吟詩調與兒歌（如〈妹妹背著洋娃娃〉、〈捕魚歌〉、〈包青天〉等）交替套用的方式，吸引來往的家長帶著孩子來親近古典詩，此外，在各級政府的支持下，該基金會還舉辦了數十場大型活動，如筆者參與過的「兒童千人一日學詩」、「西灣一片月，萬戶詠詩聲」等，其中古典詩吟唱，自是不可缺少的助興項目，此外，該基金會還成立古典詩學圖書館，除了典藏簡教授所捐獻的所有藏書外，還有數十種專題古典文學演講錄音帶，詩詞吟唱比賽錄影帶，可以說是古典詩（包含傳統吟詩調）的資料寶庫。

而在臺中則有成立於 1994 年的「梅川詩會」，於 2000 年 12 月 9 日正式成立且定名為「中華民國梅川傳統文化學會」[18]，並揭櫫其宗旨在於：「同諳河洛漢語朗讀吟唱，承續雅頌古風之餘韻；共研詩詞歌賦禮樂典章，體認文化道統之精深。」所以，古典詩詞的吟唱傳承與推廣工作，自是該學會重要的志業，而「河洛漢語研習班」是該學會常設之進修機構，其中用來顯現「河洛漢語」聲情表現之美的最主要載體，就是古典詩詞的吟唱與朗誦，所以由學會所編的各種志工教材，往往以古典詩詞作為指導學習的核心，甚至讓學員熟悉河洛漢語的七聲調用法，可以藉此更得以掌握古典詩詞運用河洛漢語表現的聲

---

18 吳耀贇：〈梅川源流〉，《國文天地》第 451 期，2022 年 12 月，頁 12-17。

情之美[19]。而這樣的作法，在傳統語言與文化逐漸式微的現代社會，不僅對於傳統語言（河洛漢語）的振興有所助益，對於透過傳統詩吟唱來顯現文學、彰顯文化的理想來說，更是深具意義。而梅川學會已持培育眾多文化志工老師，在各級學校（從小學到大學）義務教授河洛漢語及詩詞吟唱，並且從 2002 年開始，幾乎每年都在容納千餘人的臺中市中山堂舉辦「大漢清韻詩詞雅樂」發表會，即是結合各級學校與受到梅川指導的社區吟唱班隊的聯合演出，且除了單純的吟唱之外，還結合國樂演奏、民俗舞蹈、手語表演等各種不同之演出形態，使詩詞吟唱更發展為多元化綜合表演藝術，其中吟唱的古典詩作品，不僅有知名的唐宋近體詩作，更經常吟唱臺灣（特別是臺中）在地詩人，例如林朝崧、林獻堂、林幼春、吳鸞旂、吳子瑜等人的詩作。其中，吳子瑜〈涵碧樓遠眺〉梅川還將之配上「天籟調」吟唱譜，並有設計男、女接唱的次序關係[20]。2017 年開始邀請全臺各大詩社作「全臺聯吟」[21]；2018 年 6 月由霧峰林家林義功先生策畫，梅川學會和霧峰林家林祖密協會、國立中興大學、國立臺灣交響樂團，共同舉辦得以連結中部地區重要詩詞吟唱社團，如南投玉君吟韻團、光輝詩社、草屯登瀛吟社、彰化興賢吟社、鹿谷孟宗詩社、二林社大吟社、中興大學古韻重陽吟唱社的音樂會，不僅讓傳統詩社的吟唱得以交流，也因為交響樂團的支持合作，替詩詞吟唱的發展又增添更多的期待與想像；2021 年立法院則成立「三餘吟社」，使最高民意機構的委職員工，得在公餘學習台語漢詩吟唱，而且在游錫堃院長、林志嘉秘書長的促成之下，已經舉辦兩屆的全國高中生「蔣渭水盃台語詩詞吟唱」，由民間詩社擅長吟唱的老師擔任評審，更使傳統吟詩調的傳承，有著向下

---

19 陳美玉：〈梅川系統化教材、教法、教學活動設計及推動〉第 451 期，2022 年 12 月，頁 23-27。

20 參看本文附譜（梅川傳統文化學會林姿廷老師提供）。

21 林生源：〈梅川的現在與未來〉，《國文天地》第 451 期，2022 年 12 月，頁 42。

扎根的機緣。

　　此外，各地傳統詩（吟）社所開設的各種班隊與演講活動，也讓傳統吟詩調的運用，在深化社區文化涵養的理想之上，產生延續發揚的效果。例如天籟吟社長期舉辦「古典詩詞講座」，邀請各大專院校詩學教授演講，以解析、論述古典詩詞名篇與重要詩人之創作精神；龍山吟社開辦趣談台語文初級班、詩學研究班等以傳承艋舺文風；嘉義朴子樸雅吟社則在梅嶺文教基金會協助下，於高明寺開辦台語漢文漢詩研習班；南投登瀛書院、草屯詩社有詩詞吟唱班、藍田書院則有詩學研究社等。而踏出詩社的場域，還有許多地方的社區大學開設詩詞吟唱班，透過網路搜尋可以發現眾多相關課程資訊，如台北市的內湖、松山、大安、萬華、中山；新北市的中和、永和、樹林；乃至於宜蘭、羅東、南投、鹿港、臺南等地的社區大學，而且大多數會結合閩南語（河洛漢語）的語音教學。這可以顯現透過「終身學習」的社區班隊，讓許多傳統文藝表現得有所傳承，甚至成為交流的場域。例如筆者小學時的級任導師郭啟東老師，本為仰山吟社詩人，勵行耕讀教學生活，年輕時就經常參與北臺灣眾多詩社（吟社）擊缽活動，數十年未曾中歇，2014 年尚由宜蘭社區大學錄下其 86 歲高齡，透過天籟調完整吟唱〈春江花月夜〉的影片[22]，成為地方老詩人生前最珍貴的影音記錄，也顯現透過傳統吟詩調來轉釋詩歌情感，對應於人生種種體悟的歷程，很可能在生命老耄之時，猶是樂意為之的興趣，特別是在傳統詩社同齡者多已凋零的時候，若還能夠透過社區大學這樣的場域，得以獲得來自後輩的回響，著實充滿安慰。

22　https://www.youtube.com/watch?v=-WiAEQ768mI（2015 年 1 月建置，2022 年 11 月
　　上網）。

單 元	演 出 曲 目	演出單位或人員
春華正盛	客至 虞美人 春宵 西江月	梅川學會漢語進階班
新里里讀經班	如果沒有李白	大里新里里讀經班
古韻重揚	沉醉東風 關山月 楓橋夜泊 清平樂	中興大學詩詞吟唱社
古韻清懷	醜奴兒 南鄉子 漁家傲 卜算子	孔廟古典詩詞賞析班
孟宗詩社	登鸛雀樓 孟宗山莊題壁 水調歌頭 宣州謝朓樓餞別校書叔雲	孟宗詩社詩詞吟唱班
中興古韻	送友人 水調歌頭 青玉案 臨江仙	台中市南區長青學苑
風華再現	咱臺灣 送蔡培火等三君之京 將進酒 念奴嬌	梅川學會漢語高階班
全體合唱	梅川吟	全體演出人員

圖十二、十三、十四：中興大學古韻重揚吟唱社經常與「梅川學會」合作演出

六、影音出版與網路傳播

　　1976 年臺灣師大邱燮友教授編採的錄音帶《唐詩朗誦》二片，由臺灣師大國文系監製、東大圖書公司發行，這可以說是傳統吟詩調，首次得以透過錄音技術留下真實的聲音後出版；1978 年進而出版《詩葉新聲》，由於搭配國中國文課本選篇，更成為眾多教師的輔助教材，廣泛流傳，影響深遠。2002 年之後，臺灣師大潘麗珠教授亦陸續出版《雅歌清韻—吟詩讀文一起來》（一書二 CD）、《古韻新聲—潘麗

珠吟誦教學》（附吟誦光碟），如此從利用新的聲音傳播載體 CD，
更進一步搭配實際教學設計的互動光碟，讓吟誦調不僅存留其聲，更
能展現其吟唱要領與內涵。而天籟吟社與萬樓圖書公司，自 2003 年
起合作出版了一系列吟唱專輯（圖書附 CD），如《大雅天籟—莫月
娥古典詩吟唱專輯》、《天籟元音—天籟吟社先賢吟唱專輯》、《天
籟吟風—葉世榮古典詩詞吟唱專輯》等，這對於天籟吟社古典詩吟唱
的表現與傳承，留下相當豐富珍貴的記錄，使「天籟調」於吟社耆老
傳唱的真實風貌得以顯現。此外，尚有若干傳統詩社（吟社）有著零
星的出版，如 2001 年元大工作坊出版劉珠演唱《古詩詞吟唱》（書
+CD）；2003 年五南出版社有龍山吟社張錦雲理事長編著《古典詩詞
吟唱教學》（有追尋篇、鍾情篇等分冊）等，這都也成為傳承與探索
吟詩調具體表現的珍貴資料。

　　而隨著網頁建置越來越發達，各種吟詩調的表現也會被發布在各
種影音平台上，建製成新時代傳承吟詩調的重要寶庫。首先是許多競
賽、交流場合的詩詞吟唱表現，都很可能透過不同管道被不同的人士
拍攝下來，然後上傳到 Facebook 等社群或 Youtube 等影音平台，甚至
是即時透過各種直播平台直接放送，這都會使得傳統吟詩調的傳播機
緣更多、更廣。而更穩定的網路傳播，就須仰賴專屬網頁的建立，如
國立台灣文學館之「文學影音館」網站，有「臺灣漢詩三百首」的吟
唱專題網頁，這是在推廣臺灣古典詩的目標下，配合該館出版《臺詩
三百首》上下冊、《臺詩兒童繪本》五本等書籍的網路學習建置，可
透過書籍掃描 QR code 連結，聘請各地詩社或吟社，乃至於梅川文化
學會的成員，透過傳統吟詩調來吟唱這些詩作，其中，採用「天籟調」
吟唱的作品，就有鄭成功〈復臺〉、黃贊鈞〈搶孤〉、王松〈詠五指
山〉、周定山〈冬日漫興〉（二首支一）、施家本〈過滬尾舊砲臺遺
址〉、洪以南〈過雞籠杙〉、鄭用錫〈小孫放風箏・志勖〉等篇，可

以顯示透過「天籟調」來吟唱近體詩的方式是普遍、常見的，而其適用的近體詩主題，也涵蓋歷史情境、地理環境與生活記趣[23]。

圖十五：郭啟東老師吟唱〈春江花月夜〉置於宜蘭社大 Youtube 影音平台。
圖十六：國立臺灣文學館「臺灣漢詩三百首」吟唱專題網頁，標註天籟調。

前文提及 1949 年之後，有許多來自中國大陸的前輩教師，也將其熟悉的吟詩吟詩調帶到臺灣來，而今也可能在網路上建置專屬可用的網頁。如中興大學李炳南教授善於山東調，李教授曾任大成至聖先師奉祀官府主任秘書，學通儒、佛，成立臺中佛教蓮社，據聞早年藉著講經說法之便，即於課堂上教授詩詞吟唱，後來集成《吟誦常則》以作為教學之用，如今，已有李教授錄音與相關詩作，乃至於《吟誦常則》被製成電子書，建置在網路上，可供援引習用[24]。此外，還有臺灣師大王更生教授的河南調，王教授吟誦的範圍甚廣，除了不同主題的近體詩外，甚至包括古典散文（如〈雜說四〉之類），均頗具風味。而目前網路上，有專門連連結王更生教授吟唱的網站，可以提供有意學習者上網連結，內容收羅豐富，可以見到傳統吟詩調（包括「天籟調」）的可運用情形，著實可以廣及不同文類、不同主題而表現其特色[25]。

---

23 https://imedia.culture.tw/channel/nmtl/zh_tw/media_type/1/1/?category=978 （2022 年 10 月上網）。

24 http://tclotus.net/tcbl/ebook/ebook1/mobile/index.html#p=1 （2022 年 10 月上網）。

25 http://cls.lib.ntu.edu.tw/shenhg/singmenu2.htm （2022 年 10 月上網）。

七、結語

經由本文的論述，可知傳統吟詩調（如天籟調）是古典詩詞文化傳承的重要媒介。有其依照語言旋律所形成的表現特色，也有個人傳唱的即興風格，成為定譜印行之後，則得以廣泛流傳運用，從傳統詩社（吟社）走向大專院校、社區大學，乃至於各種可能的活動演出。所以，吟詩調以其自身的表現特色，本在古典詩創作、交流、傳播上扮演重要的角色，在各種條件俱足後，得以搭配伴奏合樂，也得以傳向更廣闊的場域，讓更多人接觸學習，也讓其背後所乘載的豐厚內涵與文化力量，更得深刻發揮、詮釋，更得以遠傳。但既然跨出去，也就難免會遭遇許多面貌改變的可能性，例如因定譜所產生的制約，甚至是加進過多其他表現元素後，所產生的走味與變貌。但也可以確信，如果有心傳揚者或演出設計者，能知曉傳統吟詩調表現的特色與精神，在眾多「方便」或「創意」的調動、設計過程中，多加以留心考量，也就能在保留甚至是在強化傳統特色的基礎上，有能連結、擴大更多人群的新面貌。而在此網路自媒體的時代，傳統吟詩調也有了更方便的傳播方式，也可以說是獲得更多應用的機會，當越來越多能表現個人風格的吟唱影片，得以在各種網路公開平台上分享、傳播，於是交流機會更多、更方便，其作為情感記憶的文化連結也就更明顯，甚至是電子有聲書、互動遊戲都可以是傳統吟詩調的新載體，當更多的設計在其中，也可以看到與新世代聯繫的種種機緣與可能性，當然也意味著傳統吟詩調的現代傳播與應用，不僅有對應著傳統的特色與內涵，也將在新時代持續展現出新活力。

附譜：梅川文化協會於「天籟調」搭配吳子瑜〈涵碧樓遠眺〉與相關
設計

天籟調（C/72）　　　**涵碧樓晚眺**　　　　吳子瑜

（梅川九懋 2018.04.24.修譜）

五　城　堡隔　雙潭　闊，

獨　木　舟搖　一　槳飛。

還　有春　歌　頻　相杵，

遺音　聽罷　足忘機。

遺音　聽罷　足忘機。

註：①第一遍1、2、5、6句（藍色）男生唱。
　　②第一遍3、4、7、8句（紅色）女生唱。
　　③反覆後片，男女合唱。
　　④最後結尾以（C/52）代替 Rit。

試論天籟吟社與文開詩社傳統古典詩吟唱特色與比較

——以莫月娥、許志呈為例

施瑞樓[*]

摘要

當代台灣傳統古典詩吟唱，最具特色的是：北部的「天籟吟社」和中西部的「文開詩社」。「天籟吟社」的吟唱，人稱「天籟調」；「文開詩社」的吟唱，人稱「鹿港調」。

莫月娥（1934~2017）師事捲籟軒黃笑園，亦為天籟吟社創辦人林述三之再傳弟子，吟唱功力具得真傳，一首李白詩〈清平調〉的吟唱，更是獨步詩壇。

許志呈（1919~1998）號劍魂、綠莊老人，是鹿港名儒蔡德萱的高足，傳承漢學不遺餘力，為文開詩社的創辦人之一，在吟唱上一首李白樂府詩〈將進酒〉的吟唱最具盛名，傳唱不墜，影響深遠。

「詩」的吟唱施文炳認為，須是雅緻的，不同於「曲」的通俗，把詩套入俗曲來唱，總有無法呈現其「雅」的一面之憾。本文嘗試分析莫月娥和許志呈兩人的吟唱特色，擇取杜甫五言古體詩「贈衛八處士」，試著從詩材、語言聲腔、發聲、拍速和節奏、風格等五項來分析比較兩者其吟唱的異與同。以此研究來表示對兩位詩壇吟將的尊崇，並借著研究成果來發揚傳統古典詩的吟唱美學，亦提供學術研究上的些許資料。

關鍵詞：天籟吟社、文開詩社、莫月娥、許志呈、詩詞吟唱

---

[*] 國立成功大學台灣文學系博士，「東寧樂府」團長。

一、前言

筆者於民國 66 年 7 月（1977 年）加入鹿港南樂聚英社拜師學習南管音樂和南管戲劇，民國 70 年 1 月（1981 年）又加入「文開詩社」學習古文、詩的欣賞、寫作與吟唱，吟唱師承許志呈與施文炳兩位老師，也模仿「天籟調」經典曲目〈春江花月夜〉、〈秋風辭〉、〈金陵懷古〉的吟唱，有幸參與了台灣在 70 年代至今的傳統古典詩吟唱的推廣與傳承歷程。

「天籟吟社」自大正 11 年（1922 年）創設以來，至民國 111 年（2022 年）已有百年歷史，100 年間文采風流，詩人輩出，其詩歌吟唱人稱「天籟調」，影響深遠，具有其古典詩歌吟唱之代表性。「文開詩社」是彰顯鹿港文風、人文薈萃之表率，以「文開」為名，是紀念明末儒者沈光文，字文開，號斯庵，於荷據時期至臺灣從事教育工作，被譽為「開台文化之父」，為傳達繼承其理念精神及薪火傳承之意，故命名「文開詩社」。自民國 69 年 12 月（1980 年）創設，至今有 42 年之久，其古典詩吟唱保留了古腔和古韻，被譽稱其為「鹿港調」。

本文將先從文獻耙梳「天籟吟社」和「文開詩社」的發展概述及其影響著筆，並論及兩社的來往及互動情形，而兩社的現況也是本文關注的重點之一。

莫月娥為天籟吟調的重要傳人，其影響流播相當深遠，許志呈為文開詩社塾師，是文開詩社吟唱的代表人物：兩者的生平與事蹟研究，是對其吟唱特色養成的基本認識。

再者，先師施文炳嘗云：「詩宜雅，曲從俗，詩不宜套曲調來吟

唱。」筆者為讓更多人認識詩詞吟唱，因此就筆者現有的資料，選取兩者皆有吟唱的有聲檔案：杜甫的五言古體詩〈贈衛八處士〉一首，分析、比較兩位代表人物，在傳統古典詩的吟唱特色及聲律上運用的異同。期盼本研究成果能對傳統詩的吟唱、推廣與欣賞，有些許的幫助。

二、天籟吟社與文開詩社發展概述暨來往

天籟吟社與文開詩社兩社創社宗旨都是以「創作與吟唱」共生的傳統古典詩社，其發展概述暨來往，分述如下：

（一）天籟吟社發展概述

1、緣起：

天籟吟社係林纘（1887～1956），字述三，在日治時期（1920）於大稻埕中街設帳礪心齋書房，作育英才（台北市迪化街一段，舊稱大稻埕中街）。於大正 11 年（1922）創設「天籟吟社」，社員多為礪心齋弟子。當年社員有：

> 薛玉龍、陳鐵厚、吳紉秋、蔡奇全、林夢梅、許劍亭、洪玉明、莊于喬、李神義、施瘦鶴、黃坤堆、劉春木、歐陽春元、卓夢菴、葉田、劉夢鷗、卓周鈕、劉劍秋、石燧明、黃遠山、蔡泉奇、鄭晃炎等。[1]

林纘博學多才，精易經，擅儒學，通佛理，工書法，文學作品包含詩、詞、文、賦、小說、謎語、詩話、劇本等多種。又擅長吟詩誦詞，自

---

[1] 參考臺灣文學館線上資料平台：https://db.nmtl.gov.tw/site5/pclubinfo?id=000038，2022.9.20 搜尋。

成一格，曲調經門下弟子及再傳弟子推廣，深受傳統詩壇與多所人專院校吟詩社團所重視，譽為「天籟調」，成為臺灣地區影響最廣的吟詩曲調。[2]

潘玉蘭在其〈天籟吟社研究〉說：

> 創立於日治中期的天籟吟社與礪心齋書房關係密切，日治時期書房教育與詩社皆負有傳承漢學的使命，林述三先設立礪心齋書房教授漢文，後因書房教育被打壓，而再創立天籟吟社擊缽催詩，皆欲延一脈斯文於不墜。[3]

就潘玉蘭的研究，日治時期礪心齋書房教授漢文被打壓後，再創立天籟吟社，是為了要延續一脈斯文於不墜。

2、發展：

接續者，林錫麟（1911～1990），字爾祥，為天籟吟社首任社長林述三之長子。約於昭和 13 年（1938）起，繼父志啟導後學，主持礪心齋書房。於光復後，將礪心齋書房改稱礪心齋學院，直至民國七十年（1981）停館，執教四十餘年。門下弟子眾多，林安邦、張國裕、葉世榮、施勝隆、陳福助、鄞強等人先後成為天籟吟社暨臺灣詩壇健將。歷任社長：林述三、林錫麟、林錫牙、高墀元、張國裕、歐陽開代。[4]

2　參考臺北市天籟吟社臉書頁：https://www.facebook.com/100063862031764/posts/pfbid0Nh1VV8PhUrJu1HGVZpXfFCk4buXAVWVQoZvWgeuuuGCcaxDb4ke2zkRqBKiPa396l/，2022.9.20 搜尋。

3　潘玉蘭〈天籟吟社研究〉，台灣師範大學國文研究所（在職專班夜間班）碩士論文，2004 年，摘要。

4　參考臺北市天籟吟社臉書頁:https://www.facebook.com/100063862031764/posts/pfbid0Nh1VV8PhUrJu1HGVZpXfFCk4buXAVWVQoZvWgeuuuGCcaxDb4ke2zkRqBKiPa396l/，2022.9.20 搜尋。

3、現況：

在民國 100 年（2011）正式立案為「臺北市天籟吟社」，社址設於：台北市中山區民權西路 53 號 12 樓，由歐陽開代、姚啟甲、楊維仁任第一至六屆理事長。現任理事長楊維仁。[5]

（二）文開詩社發展概述

1、緣起：

文開詩社係許志呈（1919～1998），號劍魂，早歲讀於文開書院，是鹿港名儒蔡德萱先生高足。[6] 曾當過第三屆、四屆彰化縣議員（1955~1961）。[7] 議員任期屆滿後，深感復興漢學的重要性，於是設帳教學，常自云開：「子曰店」。[8] 門下高足如是說：

> 施文炳十五歲入許志呈門下讀漢學、學詩，除上課之外，經常偷閒到府請安，與老師聊天。……施文炳第一次聽見許志呈吟詩時，很強烈的震撼於「世界上竟然有如此美妙的樂律」，心

5　楊維仁：現任臺北市天籟吟社理事長，著有《抱樸樓吟草》等書，主編《天籟新聲》、《網雅吟選》、《捲籟軒師友集》、《張國裕先生詩集》、《邂逅古亭的 56 朵芳菲》等書，製作《大雅天籟》、《天籟吟風》、《天籟元音》等吟唱專輯。

6　蔡德萱（1872～1944），鹿港人，本名獎臣，字伯銓，號德宣。祖籍福建泉州府晉江縣坪田鄉，先祖士突於道光年間來臺。光緒 5 年（1879），18 歲起即設帳授徒。日治之初，仍於自宅設塾，教授三字經、四書、詩經、千家詩等漢文功課。而後日人打算拆除文武廟，做為學校用地，他挺身反對，倡議聯名力爭，存並重修文武廟之建築。（參考臺灣歷史人物傳記資料文庫：TBDB, http://tbdb.ntnu.edu.tw，2022.10.20 搜尋。）

7　參考施文炳著 洪惠燕編：《鹿港才子施文炳》，台中：晨星出版社，2016 年，頁 48。

8　《論語》是孔子的弟子及再傳弟子記錄孔子言行而編成的語錄文集，因此凡言必言「子曰、子曰」，許志呈開帳授課，靠著微薄的束脩辛苦度日，因此自嘲是在開「子曰店」。

中萌生嚮往，開始對詩學發生興趣。[9]

許志呈教學有成，在施文炳的提議下，[10]1980 年師生兩人共創，成立了「文開詩社」，社址設於鹿港民俗文物館，隨即對外招生，招得約 30 位青年才俊，旋於 1980 年 12 月 25 日正式開課。由許志呈、王景瑞、施文炳三人，全年無休的分擔值日並免費教學。星期一、二、日，許志呈教詩學、古文觀止與詩吟；星期三、四，施文炳教詩學、易經與詩吟；星期五、六，王景瑞初教尺牘、三字經與幼學瓊林，一年後再教楚辭。開課半年，入學有成的學員有（按筆畫順序）：

> 林美仁、吳榮鑾、施美貞、施美鐶、施貴珍、施瑞樓（筆者）、施燕雪、施嫣、施麗薰、梁俊民、莊鴻凰、許圳江、許施吉、許英棠、郭長榮、郭淑麗、陳秀鳳、陳明美、黃志呈、黃佩鐶、黃明偉、黃寶如、黃寶卿、蔡雪昭、蔡嬿嬌等。[11]

文開詩社薪傳有成，於 1981 年 6 月 2 日與 6 月 3 日，配合「慶祝中華民國建國七十年第四屆 全國民俗才藝活動」周，假借鹿港龍山寺舉辦全國性的「漢詩朗吟」兩天，地主隊文開詩社在 20 位學員輪番上台，以齊唱、獨吟的方式，兩天共發表了約 50 首詩作吟唱，推動了詩詞吟唱的風潮，文開詩社的吟調也傳播開來，獲得好評。（如下照片與剪報）

9　同註 7，頁 48～49。

10　施文炳（1931～2014）字明德，號幼樵。許志呈高足，詩文書畫民俗兼備，一生致力於文化工作，有「臺灣末代傳統文人」之稱，2008 年，《臺灣末代傳統文人─施文炳詩文集》出版。

11　以上名單係筆者依據「慶祝中華民國建國七十年第四屆 全國民俗才藝活動漢詩朗吟會手冊」所整理。）在手冊外的尚有：黃明山、吳筆勳……等。

圖左：文開詩社舉辦「漢詩朗吟」吟唱現場，左──施文炳主持節目、右──施
瑞樓吟唱，地點：鹿港龍山寺，時間：1981.6.3，筆者收藏。

圖右：台灣日報記者戴秋汝報導，1981.6.4，筆者收藏。

2、發展：

接續於 1982 年端午，文開詩社特別配合鹿港的第五屆中華民國民
俗才藝活動舉辦國際詩人聯吟大會，「第五屆中華民國民俗才藝活動
國際詩人聯吟大會」這是鹿港首次的國際性文化盛會。活動假借鹿
港國中禮堂盛開，大會節目有文開詩社漢詩朗吟、日本松堂流吟舞、
頂番國小詩歌朗吟團詩吟、日本岳澄流吟舞、韓國名歌星金鳳嬉演唱
韓國民謠、彰化縣詩學研究學會詩吟等等的國際文化交流。（筆者受
命擔任此場國際吟唱大會活動節目司儀）

1983 年 3 月 27 日又假借鹿港國中禮堂舉辦「中華民國癸亥全國暨中部四縣市詩人聯吟大會」。

後來，自民國七十七年（1988 年）因施文炳投入「台灣民俗村」的規劃，文開詩社暫停對外的大型活動。直至 2004 年六月，施文炳的詩作〈鹿港懷古〉，收錄於其弟子施瑞樓的 CD 專輯《百家春 -- 施瑞樓的詩吟世界》，此詩作在 CD 專輯裡，奪得第十六屆金曲獎傳統暨藝術音樂最佳作詞人獎，施文炳受此鼓勵，遂應了黃志農之邀，在鹿港社區大學開了「漢學管窺」課程，學生反應熱烈，因此再開啟了文開詩社的新機。

3、現況：

施文炳於 2004 年十一月，重組「文開詩社」，並正式立案於彰化縣政府，再向主管單位商借「文開書院」，作為開班授課的地方。施文炳並擔任第一屆理事長。歷任理事長有：施文炳、李秉圭、吳肇昌、吳榮鑾、張玉葉、郭淑麗、洪一平、陳岸、李政志。現任理事長為：李政志。

（三）兩社的來往與互動

天籟吟社和文開詩社兩社詩人聚會，有時寫寫詩，也會吟唱交流一番，本文旨在關注吟唱的部分，從文獻中耙梳出，在 6、70 年代至今的重要來往與吟唱互動事件，分前期、初期、近期三階段舉例分述如下：

1、前期

「傳統詩朗吟大會」：在文開詩社尚未成立之前，施文炳與許漢

卿[12]兩人，為配合「全國民俗才藝活動 鹿港觀光週」及慶祝「詩人節」，於中華民國六十八年（1979）五月二十九日，假借鹿港天后宮內，舉行下午及晚間兩場「傳統詩朗吟」，參加大會吟唱的詩人有：臺北天籟吟社社長林錫牙、[13]總幹事施勝隆，臺北詩人聯吟會會長蔡秋金，女詩人王少滄、江西籍名詩人楊向時，旅居海外詩人李景福，以及本地鹿港名詩人許志呈、施文炳、許漢卿、新生報傳統詩壇主編曾文新等。眾多詩人之外，還有「鹿港青商兒童合唱團」的吟唱，此次成功的交流示範朗吟大會，引起各界的共鳴，並有媒體的關注報導，如：【附錄一：聯合報報導】。[14]

此場吟唱示範的詩目，在文獻上有紀錄的是：林錫牙—元薩都拉〈金陵懷古〉、唐杜甫〈秋興〉，施勝隆—漢武帝〈秋風辭〉、唐李白〈清平調〉、清袁枚〈落花〉，蔡秋金—唐王翰〈涼州詞〉、清魏子安〈花月痕〉，施文炳—施文炳詩〈鹿港龍山寺題石〉、唐杜甫〈登高〉、唐駱賓王〈杜少府之任蜀州〉，許志呈—清王曇〈祭西楚霸王之墓〉、〈其二〉、〈其三〉，許漢卿—唐李白〈敬亭獨坐〉、唐岑參〈逢入京使〉、唐李白〈送友人〉、唐杜甫〈聞官軍收河南河北〉、元馬致遠〈天淨沙秋懷〉。（參考附錄二、三、四）[15]

---

12 許漢卿（1937～1988）鹿港人，鹿港國中國文科教師退休，曾獲得師鐸獎，善詩吟，為鹿港著名的漢學家。

13 林錫牙（1913～1996），字爾崇。為天籟首任社長林述三先生之次子，林錫麟之胞弟；林錫牙先生自幼受父親與兄長薰陶，其後更膺任天籟第三任社長。

14 聯合報報導剪報：〈鹿港觀光週 傳統詩朗吟〉，台北：聯合報，第3版社會新聞，68 年（1979）5 月 31 日，筆者收藏。

15 施學哲編：《全國民俗才藝活動大會 鹿港觀光週》手冊，彰化：全國民俗才藝活動委員會・鹿港國際青商會，1979 年。（附錄二：封面，附錄三：P26，附錄四：P27。）

2、初期

「爐唱」：[16] 文開詩社於 1980 年 12 月 25 日成立後，1981 年 6 月 2 日與 6 月 3 日，舉辦了全國性的「漢詩朗吟」兩天，只有印刷文開詩社朗吟詩目手冊，可惜的是沒有留下其他社團與本地、外地詩人的吟唱文獻資料，已無可考。[17]

1983 年 3 月 27 日，文開詩社又假鹿港國中禮堂舉辦「中華民國癸亥全國暨中部四縣市詩人聯吟大會」，一般「聯吟大會」是，「首唱」採會前徵詩方式，「次唱」在當天「捻題」[18]後，參加詩人現場創作，詩人們在限定的時間內完成詩作交稿，稱為「擊缽詩」。收齊稿件馬上進入密室，指派專人謄稿、詩作編號後，匿名由詞宗評審，在這謄稿、審稿的等待時間，大會就會安排詩人們吟唱交流，審稿如果順利約莫 3 小時，不然就順延，然而，這段吟唱交流是即席、即興的，所以也沒有留下吟唱文獻紀錄，唯筆者記憶深刻的是，當左右詞宗審稿完成之後（左、右詞宗各入選次唱 100 名，首唱在大會前就已經評審好了。），進入大家最期待的公布成績階段，此場「爐唱」大任，施文炳邀請遠來的天籟吟社總幹事施勝隆擔任，施勝隆從第 100 名倒數，報到前三名時，總是會邀請前三名得獎者，上台吟唱自己的得獎詩作，如果得獎者推辭，施勝隆會代吟唱。憑記憶，筆者已無法釐清施勝隆吟唱某些詩目了，只是當天在現場，經過首唱和次唱由左右詞宗各選出 100 名，總共四百人次的爐唱，能再即席吟唱多首詩作，施勝隆的體力和吟唱魄力，震撼全場！筆者也觀摩到什麼是吟詩的氣勢。

---

16 「爐唱」：公布名次。左右詞宗各選 100 名入選，通常會從第 100 名報起，前三名為：探花、榜眼、狀元。

17 在那個時代，文開詩社印刷手冊是先一個字、一個字的刻鋼板，刻滿一頁鋼板，再手作一張、一張的塗滿油墨印刷出來的，是不容易的印刷年代。

18 用抽籤的方式出題。

3、近期

自 2016 年至今 2022 年，兩社的吟唱交往和互動有以下四件：

（1）「紅樓吟宴」：2016 年 1 月 23 日，天籟詩社許澤耀和李柏桐雙雙南下鹿港攬勝，走訪詩友，文開詩社以東道主的身分，邀請於「紅樓餐廳」聚會，筆者也應總幹事吳爭言通知而出席。兩社出席詞長更於晚宴中熱切的吟唱交流一番。出席者，天籟吟社有：許澤耀、李柏桐；文開詩社有：吳肇昌、吳榮鑾、吳爭言、許圳江、張玉葉、施瑞樓、陳明信等。（另一位出席長者：不知名。）

（2）「古典詩學講座」：天籟吟社每月定期舉辦一場的古典詩學講座，曾於 2016 年 11 月 20 日，邀請文開詩社的社員施瑞樓北上，於三千教育訓練中心，主講一場：「我與詩詞吟唱的情緣」，談學習詩詞吟唱的機緣與吟唱示範。

（3）「2019 年鹿港詩人節全國詩人大會」：2019 年 6 月 12 日，文開詩社舉辦的聯吟活動，來自於全國 20 幾個團隊參加，天籟吟社也在鄞強前輩的帶領下，有幾位詩友出席參加吟唱大會。

（4）「2021 年全國詩社聯合吟唱大會」：2021 年 9 月 18 日，文開詩社舉辦全國詩社聯合吟唱大會，天籟吟社也應邀參加，出席詞家：領隊－楊維仁，吟唱社員：許澤耀、張富均、莊岳璘等參加盛會。

圖左：紅樓吟宴合影。

圖中：古典詩學講座留影－施瑞樓。

圖右：2021 年全國詩社聯合吟唱大會，天籟吟社出席詞家合影 -- 左一起：張富均、許澤耀、楊維仁、莊岳璘)[19]

三、莫月娥與許志呈推廣詩詞吟唱事蹟及影響

　　莫月娥與許志呈在推廣詩詞吟唱的方式有：傳授、舉辦活動、講座分享、吟唱示範、參加吟唱比賽、接受訪談等等，其影響深遠，分述如下：

（一）莫月娥推廣詩詞吟唱事蹟及影響

　　莫月娥（1934～2017），曾任中華民國傳統詩學會副理事長、臺北市天籟吟社顧問，長期擔任各機關、社團、媒體之詩學講座與吟唱指導，是近代臺灣古典詩壇重要代表人物之一。其吟唱傳襲事蹟及影響分述如下：

1、傳授事蹟

（1）傳授六十年的光輝

　　莫月娥學成出師之後，長年致力於古詩創作與吟唱的推廣工作，

時間長達六十餘年，曾經在電台、基金會、教師研習中心、救國團、學校等處教唱，教授對象從小學生、老師，到一般社會人士，乃至於樂齡社團，分布甚廣。[20]

（2）晚年教學依舊熱誠

2014 年 4 月 6 號，莫月娥晚年，楊維仁帶著學生詹培凱拜訪時，莫月娥興致依舊很高，吟了〈清平調〉之後，又加碼示範〈春江花月夜〉和岳飛的〈滿江紅〉，其熱誠令人敬佩。[21]

2、吟唱風采

莫月娥 60 餘年的吟唱與教學歷程，留下許許多多精彩的身影，以下擇錄三則分享之。

（1）2011.11.10：莫月娥吟唱張國裕詩作〈馬關條約一百年〉一在大直典華旗艦店。

（2）2014.09.14：天籟吟社吟宴，葉世榮、莫月娥領唱春江花月夜一在北投文物館。

（3）2015.10.25：天籟吟社 95 週年社慶，莫月娥吟詩一在天籟吟社。

---

20 引文自 2017 台灣文學年鑑 人物／辭世作家：http://activityfile.nmtl.gov.tw/nmtlhistory/almanac/almanacContent/People/Volume_2017/C20181220171992 00FO.pdf，頁 199-200，2022.8.16 搜尋。

21 楊維仁 2014.4.6 臉書貼文：
https://www.facebook.com/photo/?fbid=861329473893240&set=a.584185601607630，2022.10.10 搜尋。

圖六：2014.4.6，莫月娥（右）與詹培凱。

圖七：2011.11.10，莫月娥吟唱張國裕詩。

圖八：2014.9.14，天籟吟社吟宴，莫月娥（左二）、葉世榮（右一）領唱春江花月夜。

圖九：天籟吟社 95 週年社慶，莫月娥吟詩慶賀。[22]

3、學生感懷

莫月娥於 2017 年 5 月 7 日驚聞離世，學生楊維仁隨即在臉書頁貼出感懷文，節錄如下：

> 就在那幾年，我們這一群「網路詩友」成立了「網路古典詩詞雅集」，定期舉辦徵詩活動與聚會，莫老師總是常常參與我們的活動，不論是擔任評審詞宗，或者出席示範表演吟詩，莫老

---

22 備註：照片 5~8 共四張，皆下載於楊維仁臉書頁。

師只要有空，從不推辭，是對我們雅集非常鼓勵提攜的師長之一。莫老師完全沒有架子，和這一群比她小三十歲、四十歲、五十歲，甚至六十歲的「詩友」相處，相當親切和藹，真的讓這些晚輩如沐春風！

莫月娥完全沒有架子，對詩壇後輩總是盡力提攜、親切和藹，這個筆者也曾經受過其溫暖，是位令人敬佩，景仰學習其風範的典型大家。

4、吟唱傳人

莫月娥教過的學生非常多，比較直接的學生，現在仍在大力推廣詩詞吟唱與教導吟唱，較具知名的傳人有：洪淑珍和武麗芳，影響相當深遠。[23]

5、出版品

莫月娥的出版品，在楊維仁的製作與編輯下，已有一套有聲專輯，和一本詩集出版發行。如下：

（1）有聲專輯：楊維仁製作／莫月娥吟唱：《大雅天籟—莫月娥古典詩吟唱專輯》（一書二 CD）台北：萬卷樓，2003 年。[24]

（2）詩集：楊維仁主編／莫月娥著：《莫月娥先生詩集》，台北：萬卷樓，2021 年。

6、相關研究報導

有關莫月娥的專題研究與報導，就筆者所知，有期刊一篇，訪談

---

23 訪談：天籟吟社理事長楊維仁，2022.8.25 訪談。

24 訂正：在書中版權頁印為 2002 出版，經由楊維仁提醒是印錯，正確是 2003 年 1 月出版，2022.8.25 訪談。

報導一篇，分列如下：

（1）期刊論文

　　楊湘玲：〈淺探臺灣傳統吟詩調的音樂結構—以「天籟吟社」莫月娥所吟七言絕句為例〉，台北：臺灣音樂研究 第四期，頁 83 ～ 103，2007 年 4 月。

（2）專訪報導

　　鄭垣玲、顧敏耀：〈作詩、吟詩與教唱的人生——專訪莫月娥〉，台北：文訊月刊 第一八七期，頁 58 ～ 60，2001 年 5 月。

（二）許志呈推廣詩詞吟唱事蹟及影響

　　許志呈（1919~1998）為文開詩社創辦人之一，曾任文開詩社社長、鹿江詩書畫學會會長，擔任鹿港全國民俗才藝活動顧問等。其推廣詩詞吟唱重要事蹟及影響臚列於下：

1、傳授

（1）1980 年與施文炳師生共創，成立了「文開詩社」，隨即對外招生，並於 1980 年 12 月 25 日正式開課吟唱教席。

（2）1983 年 3 月起，於鹿港城隍廟開班講授詩學與吟唱。

2、舉辦漢詩朗吟活動

（1）於 1981 年 6 月 2 日與 6 月 3 日，配合「慶祝中華民國建國七十年第四屆 全國民俗才藝活動」周，假借鹿港龍山舉辦全國性的「漢詩朗吟」兩天，引起詩詞吟唱學習風潮。

（2）於 1982 年端午，假借鹿港國中禮堂，舉辦「第五屆中華民國民

俗才藝活動　國際詩人聯吟大會」，是一場國際性的吟唱盛會。

3、吟唱示範

許志呈的吟唱，慕名而來訪錄的學者、學子絡繹不絕，筆者所知的有：洪惟仁、施國雄、簡明勇、洪澤南、洪惟助、劉蘊芳、施鎮洋……等等。除了到府的訪客們，許志呈也接受學校組團而來的校外教學，為其專場的吟唱講習，更在 1981 到 1983 年間的寒暑假中各一場，率領學生為彰化救國團在鹿港高中所舉辦的「鹿港民俗采風活動營」，為來自四面八方的學子示範漢詩吟唱。

圖左：1983 年 3 月起，於鹿港城隍廟開班講授詩學與吟唱。施瑞樓拍攝。
圖右：1983 年暑期，彰化救國團舉辦的「鹿港民俗采風活動營」剪影。

圖左：1983 年暑期於「鹿港民俗采風活動營」吟唱示範 -- 蔡雪昭示範。
圖右：1983 年寒假於「鹿港民俗采風活動營」談詩吟並吟唱示範 -- 許志呈。

圖左：1982 年寒假於「鹿港民俗采風活動營」吟唱示範 -- 示範者由左而右：
施瑞樓、郭淑麗、待考、陳秀鳳、黃佩鐶、黃寶如。[25]

圖右：許志呈 1993 年 1 月書影。[26]

4、參加吟唱比賽

　　民國 72 年 10 月 30 日（1983 年），許志呈一早帶領學生從鹿港出發，搭公車轉火車遠赴宜蘭礁溪，參加貂山吟社主辦的「東北六縣市詩人聯吟大會暨全國詩人吟唱比賽大會」。學生獲得優異成績，團體組：以一首〈送毛伯溫南征〉獲得團體組冠軍，參加吟唱學生有：林美仁、施貴珍、施嫣、施麗薰、施瑞樓、郭淑麗、陳秀鳳、黃寶蓁（黃寶如）、黃佩鐶、蔡雪昭（按姓氏筆畫排列）等十名女將。個人組：施瑞樓以一首〈長沙過賈誼宅〉榮獲冠軍（第一名）；郭淑麗以一首〈自詠〉榮獲亞軍（第二名），成績亮眼。

　　影響：學生參賽吟唱曲目被錄音流傳，成為礁溪吟社的吟唱教材，尤其黃寶蓁（原名：黃寶如）的吟唱王維〈陽關三疊〉最受喜愛。[27]

25　照片九：筆者拍攝收藏，照片 10 ～ 13 皆由筆者收藏所有。

26　照片十四：擷取自施文炳編：《劍魂詩集》，彰化：左羊出版社，1993 年 1 月，頁 5。

27　此為比賽 10 年後（大約 1992 年，年份待查。），筆者於台北市社教館參加「十大名家吟唱會」，與一齊同台演出，初次見面的貂山吟社社員連嚴素月告之，在舞台前觀眾席中。

5、吟唱傳人

許志呈嘗說，鹿港的「司公」[28] 都是他的學生。可見拜其帳下學習漢學的學生之多，而現在仍堅守著詩詞吟唱的薪傳與推播者有：黃寶蓁、郭淑麗、施瑞樓等三位入室女弟子。

6、出版品

許志呈尚未見其有聲出版品正式發行，只有民間採訪其錄音收藏者轉傳分享有之，在其詩、書集，已發行有兩冊為：《劍魂詩集》、《劍魂先生篆聯百對》。

（1）施文炳編：《劍魂詩集》，彰化：左羊出版社，1993 年。

（2）許志呈：《劍魂先生篆聯百對》，彰化：彰化縣立文化中心，1993 年 6 月。

7、相關研究報導

關於台灣碩博士論文或期刊研究，還未見有許志呈的專題研究或報導。只有光華雜誌和邱文惠博論中有提及：

（1）光華雜誌：光華雜誌劉 芳報導的〈老詩人獨向黃昏？—傳統詩社今與昔〉，文中輕輕帶過，未有許志呈的深度報導。[29]

（2）邱文惠博論：邱文惠〈臺灣唐宋詩詞十首傳唱研究〉中有提到，許志呈的吟唱研究。[30] 頁中邱文惠在文中提到許志呈吟唱〈將

---

28 即道士。

29 台灣光華雜誌 老詩人獨向黃昏?-- 傳統詩社今與昔 劉蘊芳：https://www.taiwan-panorama.com.tw/Articles/Details?Guid=e50311e0-8857-46a9-b4e1-f9a7f58b1a7，1996.3，2022.8.20 搜尋。

30 邱文惠：〈臺灣唐宋詩詞十首傳唱研究〉，台北：臺北市立大學中國語文學系博士論文，2021 年，頁 72~75。

進酒〉的論述，筆者有三點不同的看法1、「來」字的換氣點，2、記譜的節拍，3、〈將進酒〉詩中：「岑夫子、丹丘生、將進酒、杯莫停」，論述中說此段不使用吟唱，只用強而有力，帶有節奏感的朗讀，是否為王偉勇的自創吟調，誠有討論空間。以上三點，容筆者另起篇章討論之。

四、莫月娥與許志呈〈贈衛八處士〉吟唱比較

高嘉穗在其〈台灣傳統吟詩音樂研究〉把台灣詩社的性質分為兩大類：教學性與雅集式的詩社。林述三的天籟吟社和許志呈所主持的文開詩社，被歸類為「教學性的詩社」，而教學性的詩社通常以塾師為中心，對於吟詩文化之影響，比較有可能存在學習某塾師的吟調而產生「詩社風格」。[31]

天籟吟社、文開詩社，一個在北台灣，一個在台灣中西部，兩社皆以「創作與吟唱共進」的理念，守住傳統古典詩社的經營與發展，並提倡自己寫詩自己吟唱的推動。在兩社的吟唱內容上，天籟吟社有詩、有詞的吟唱，文開詩社兩位創社者許志呈和施文炳的觀念是以詩為重，少有詞的吟唱，僅有的漢武帝〈秋風辭〉與薩都剌〈金陵懷古〉的吟唱，吟調皆沿襲於天籟調，這是兩社交往的結果。[32] 在吟唱風格上，兩社皆注重平仄的準則，依平聲拉長，仄聲短促的聲律原則來吟詩。

就筆者所認知，天籟吟社與文開詩社兩社在七言、七律近體詩的吟唱聲律，皆大同小異，然而在五言古體詩的吟唱就有明顯的差異，

---

31 參考高嘉穗：〈臺灣傳統吟詩音樂研究〉，臺北：國立臺灣師範大學音樂研究所碩士論文，1996 年，頁 37。

32 施文炳於課堂上（鹿港民俗文物館）曾經口述說，〈秋風辭〉與〈金陵懷古〉是施勝隆教他的吟調，筆者再受教於施文炳。

引起筆者的探究興緻。許志呈是文開詩社的塾師，文開詩社的吟調傳襲以許志呈為主，因此選取與天籟吟社相當有代表性的再傳弟子莫月娥，兩人有共同吟唱的五言古詩 -- 杜甫〈贈衛八處士〉，許志呈的資材，來自筆者大約於 1981 年初的錄音，[33] 莫月娥的資材來自於《大雅天籟－莫月娥古典詩吟唱專輯》，[34] 從詩材、語言聲腔、發聲、拍速和節奏、風格等五項來分析比較兩者其吟唱的異與同。

（一）詩材

許志呈吟唱的文本：

贈衛八處士　　杜甫　　（共 12 句，筆者予以編排句碼）

1. 人生不相見，動如參與商。 2. 今夕復何夕，共此燈燭光。

3. 少壯能幾時，鬢髮各已蒼。 4. 訪舊半為鬼，驚呼熱中腸。

5. 焉知二十載，重上君子堂。 6. 昔別君未婚，兒女忽成行。

7. 怡然敬父執，問我來何方。 8. 問答未及已，兒女羅酒漿。

9. 夜雨剪春韭，新炊間黃粱。 10. 主稱會面難，一舉累十觴。

11. 十觴亦不醉，感子故意長。12. 明日隔山岳，世事兩茫茫。

比較

兩者的吟唱詩材，同、異如下：

同：1 ～ 7 句，9 ～ 12 句，兩者皆相同，只有第 8 句不同。

異：第 8 句括號為不相同處：<u>問答未及已（乃未已），兒女（驅兒）羅酒漿</u>。也就是說，許志呈吟唱文本的第 8 句是：<u>問答未及已，兒女</u>

---

33 許志呈吟：〈贈衛八處士〉，鹿港：卡帶，1981 年。（筆者錄於許宅，收藏。）

34 莫月娥吟唱 楊維仁製作：《大雅天籟－莫月娥古典詩吟唱專輯》（一書二 CD）台北：萬卷樓，2003 年，CD 第 16 首。

羅酒漿。而莫月娥的吟唱文本第8句是：問答乃未已，驅兒羅酒漿。顯見「贈衛八處士」有兩種不同版本的詩材文獻在流播著。

（二）語言聲腔

在語言聲腔系統的使用，許志呈為「泉腔」，莫月娥為「漳泉混雜」，以下截取第一句用以分析之。[35]

說明：畫底線的字是兩人皆相同的讀音，黑底字是有差異的讀音，＊字號的字是有特殊共同區域性的讀音。在有差異字的拼音，粗體是許志呈的讀音，括號是莫月娥的讀音。

〈　　贈　　　　衛　　　　八　　　　處　　　　士　　　〉
　　　tsing7　　　ue7　　　pat　　**tshir3**　　**sir7**
　　　　　　　　　　　　　　　　　　（tshu3）　（su7）

＊人　　　生　　　　不　　　　相　　　　見，
lin5　　seng　　　put　　　siong　　　kian3

動　　　　**如**　　　　**參**　　　　**與**　　　　商。
tong7　　**jir**　　　**chham**　　**ir**　　　siong
　　　　（ju）　　　（sim）　　　（u2）

比較

從標題的「處」（tshir3）、「士」（sir7），和第一句中的「如」（jir）、「與」（ir）等字，可以觀察出許志呈的讀音尚保留著古泉腔的「居」（kir）韻，在許志呈以古泉腔的「居」（kir）韻發音字，莫月娥讀的是「漳州腔」：「處」（tshu2）、「士」（su7）、「如」（ju）、

---

35 本文拼音採教育部 95 年 10 月 14 日所公布的「台羅」拼音，聲調以數字標明。

「與」（u2）。而「人」字兩人共同的讀音是：「lin5」，不讀「jin5」，在鹿港鎮上的居民 lin5 字發音，大都聲母「j」會轉成「l」，有著特殊區域性讀音的現象。

據知，林述三早年曾遊學於廈門，學成後回臺於大稻埕設帳授課，而大稻埕早期的移民有許多是來自於鹿港，而這種因接觸所產生的「移借」關係，就有了語言聲腔混雜的現象。

分析結果：

由以上的比較、分析，在語言聲腔的使用上，求得的結果：許志呈為「泉腔」，莫月娥為「漳泉混雜」。

（三）發聲

在明瞭兩者的吟唱使用語言聲腔系統後，再來一探兩者的吟唱發聲方式。一般來說，發聲的方式分為：「自然發聲法」與「共鳴發聲法」兩種。自然發聲法是聲音的氣旋沒有在口腔產生共鳴時，就直接推出，比較不需要透過高度的發聲技巧訓練；共鳴發聲法是聲音的氣旋在口腔內產生共鳴後，再推出，是需要透過高度的發聲技巧訓練的，但是，這種發聲法似乎比較不適合講求「字音清晰」的漢詩吟誦。

判讀結果：

透過兩者的有聲錄音資材的判讀與明辨，許志呈和莫月娥的漢詩吟唱，使用的發聲方式都是「自然發聲法」。

（四）拍速和節奏

在〈贈衛八處士〉的吟唱上，兩者在拍速和節奏上，有明顯的差異，分析於下：

1、許志呈：每分鐘約 80 的拍速，每句 6 拍的吟詩樂句節奏型態。

註：字底下每一段底線為一拍，「˙」點表附點音符，「0」表休止符。

樂句節奏分析如下：

人生　不相　見～　動˙如　參與　商0

今夕　復何　夕～　共˙此　燈燭　光0

許志呈五言古詩〈贈衛八處士〉的吟唱，從聲音檔的分析中，每句十個字是以：2＋2＋1＋2＋2＋1 的組合模型，12 句完全一樣。

說明：2（一拍 -- 兩個字各半拍）＋2（一拍 -- 兩個字各半拍。）＋1（一拍 -- 一字，中間沒換氣，連吟到第六個字。），2（一拍 -- 第一個字有附點，佔 4/3 拍，第二個字只佔 4/1 拍。）＋2（一拍 -- 兩個字各半拍。）＋1（一拍 -- 第 10 字半拍，後半拍是休止換氣。）的組合吟唱模式，12 句完全一樣。

雖然是每句 3 拍 +3 拍共 6 拍的定型節奏，但有第六個字的附點音符變化，產生了節奏不單調的效果，也增加了吟唱聲韻的美感。整首以每分鐘約 80 的拍速進行，演繹出〈贈衛八處士〉訪友有感其溫馨，心態是向陽的意境。

2、莫月娥：每分鐘約 50 ～ 60 或 70 的拍速，每句 12 拍的吟詩樂句節奏型態。註：字底下每一段底線為一拍，「–」表示見、夕字的第二拍，「0」表休止符。

樂句節奏分析如下：

<u>人</u> <u>生</u> <u>不</u> <u>相</u> <u>見</u> ～ <u>動</u> <u>如</u> <u>參</u> <u>與</u> <u>商</u> <u>00</u> （共 12 拍）

<u>今</u> <u>夕</u> <u>復</u> <u>何</u> <u>夕</u> ～ <u>共</u> <u>此</u> <u>燈</u> <u>燭</u> <u>光</u> <u>00</u> （共 12 拍）

莫月娥五言古詩〈贈衛八處士〉的吟唱，從聲音檔的分析中，前兩句十個字是以：1＋1＋1＋1……每個字各自獨立的組合模型，兩句完全一樣。

說明：莫月娥在吟唱節奏上，是以每一個字自成一個單位，單獨來吟唱，第五個字會延長一拍，成為兩拍的吟唱長度，第十個字後面，會有一拍的休止換氣，每句 12 拍的吟詩樂句節奏型態。在速度上，前句：「人生不相見」大約是每分鐘約 50 的速度吟唱，之後，隨著詩中意境的呈現，速度會改變在每分鐘 60 或 70 的拍速，吟唱速度是自由的。

比較

許志呈和莫月娥此詩吟唱的節奏和速度比較如下：

1、**節奏：**在節奏上，許志呈每五字是以 2＋2＋1 的分組，使成為三拍子來吟唱，每句共六拍。莫月娥是 1＋1＋1＋1＋1 每一個字自成一個單位，單獨為來吟唱，每句共 12 拍。文字組合節奏模型，兩人有不同的差異。

2、**速度：**在速度上，許志呈整首大約以每分鐘 80 的拍速進行吟唱，速度是固定的。莫月娥在吟唱速度上，約以每分鐘 50 ～ 60 或 70 的拍速進行，速度會隨情境而有快慢的變化，速度是自由的。

（五）風格

在此吟唱的風格論點，筆者以字詞的讀或吟的比例，來評析其吟唱特質，其特質即形成吟唱風格之說。

註：字詞旁的黑點「‧」為讀音，字詞旁的波浪線「～」為吟音。

1、許志呈的吟唱特質分析

1. 人‧生‧不‧相～見～，動～如‧參‧與‧商‧‧。

2. 今‧夕‧復‧何～夕～，共～此‧燈‧燭‧光‧‧。

2、莫月娥的吟唱特質分析

1. 人～生～不～相～見～，動～如～參～與‧商～。

2. 今～夕‧復～何～夕～，共～此～燈～燭‧光～。

比較

從上面的分析，觀察到許志呈第一句有：人、生、不、如、參、與、商等七個字的讀音，第二句有：今、夕、復、此、燈、燭、光等，也有七個字的讀音，各佔了句子的10分之7，而比較明確的吟音只有：相、見、動、和何、夕、共，每句只有三個字。是讀音多而吟音少的吟唱風格。

反觀莫月娥的吟唱，第一句只有「與」是讀音，其他九個字都是吟音。第二句的「夕」和「燭」因為是入聲字，而有短促頓挫的處理，判為讀音，基本上全句都是以吟音處理。所以，莫月娥的吟唱風格是少有讀音，以吟音為主，幾乎每個字都以吟音演繹。因此，本詩的吟唱，許志呈用了約1分47秒（含報題），莫月娥是2分28秒（含報題），

整曲的吟唱時間相差接近一倍。

　　高嘉穗在其詩社的風格研究說：

> 即使同吟一首詩，天籟吟法與一般的吟詩相較之下，其曲調之
> 細部處理多，音樂華麗、強烈。[36]

莫月娥為林述三的再傳弟子，其吟唱風格有天籟吟社「曲調之細部處
理多，音樂華麗、強烈。」的特質。又說：

> 許志呈所傳授，可代表文開詩社吟法，除其使用語言為鹿港腔
> 泉音之外，該吟法較接近朗誦（多念少唱），喜使用較低的音
> 區，裝飾腔樸素，並且以"重念"強調「平仄分明」的字音特
> 色……曲調見似簡單，吟詩者透過聲音所傳達出自我的情感（聲
> 情），卻自然產生音樂的感染力……這應是許志呈先生所傳之
> 吟詩法受局內人推崇至今的重要因素。[37]

筆者與許志呈學過的五言古體詩有：王維〈西施詠〉，杜甫〈贈衛八
處士〉、〈佳人〉、〈夢李白〉，李白〈長干行〉等，每首都是節奏明確，
五字三拍子，整句 6 拍的吟韻，熟練了這個吟唱模式，就可以擴展到
其他的五言古體詩的吟唱。

五、結語

　　在這科技發展瞬息萬變的年代，科技的發展與應用更應來自於人

36　參考高嘉穗：〈臺灣傳統吟詩音樂研究〉，臺北：國立臺灣師範大學音樂研究所碩
　　士論文 1996 年，頁 230。

37　參考高嘉穗：〈臺灣傳統吟詩音樂研究〉，臺北：國立臺灣師範大學音樂研究所碩
　　士論文 1996 年，頁 231。

性，吟詩誦詞的好處是可以養心、淨靈，有了健康的心靈，即能與萬變的宇宙同步成長，得以處世安康。吟詩並不難，莫月娥在〈古典詩吟唱經驗談〉結語中說：

> 吟詩是吟唱者掌握詩的意境與聲韻，自然而然抒發情感，吟出行雲流水般的天籟之調。傳統的吟詩乃是依照文字的平仄自然發揮，使其產生抑揚頓挫的韻律……[38]

透過本文的比較分析，天籟吟社的吟唱風格是：語言使用「漳泉混」，曲調細部處理較多，少念多唱，音樂性強而華麗的吟唱特質。文開詩社的吟唱風格是：語言使用「泉腔」（鹿港腔），曲調吟法較接近朗誦，多念少唱，節奏明確，一種接近自然語言旋律的表現，帶有樸素質感的吟唱特質。

今喜逢天籟吟社百周年誌慶，期待本文的研究，讓更多人對詩詞吟唱有更多的認識，進而欣賞詩詞吟唱，了解詩詞吟唱，學習詩詞吟唱，大家來吟詩。

---

38 參考莫月娥吟唱 楊維仁製作：《大雅天籟─莫月娥古典詩吟唱專輯》（一書二CD），台北：萬卷樓，2003 年，頁 10。

參考文獻

一、專書

施文炳著洪惠燕編：《鹿港才子施文炳》，台中：晨星出版社，2016年。

二、有聲資料

莫月娥吟唱楊維仁製作：《大雅天籟—莫月娥古典詩吟唱專輯》（一書二CD），台北：萬卷樓，2003年。39

楊維仁編：《天籟元音》（一書4CD），台北：萬卷樓，2010年。

三、特刊

施學哲編：《全國民俗才藝活動大會　鹿港觀光週》，彰化：全國民俗才藝活動委員會·鹿港國際青商會，1979年。

許圳江編輯：《漢詩朗吟》慶祝中華民國建國七十年第四屆 全國民俗才藝活動漢詩朗吟會手冊，鹿港：文開詩社，1981年，（筆者收藏）。

四、學位論文

高嘉穗：〈臺灣傳統吟詩音樂研究〉，臺北：國立臺灣師範大學音樂研究所碩士論文 1996年。

---

39 訪談：版權頁印為 2002 出版，經由楊維仁提醒是印錯，正確是 2003 年 1 月出版。（2022.8.25 訪談）

潘玉蘭：〈天籟吟社研究〉，國立臺灣師範大學國文學系在職進修碩士班碩士論文，2004 年。

五、期刊論文

簡錦松：〈一九九四年台灣傳統詩社現況之調查報告〉，《文訊月刊》，18 期，1995 年 4 月，頁 29～35。

楊湘玲：〈淺探臺灣傳統吟詩調的音樂結構—以「天籟吟社」莫月娥所吟七言絕句為例〉，《臺灣音樂研究》第四期，頁 83～103，2007 年 4 月。

六、報刊

聯合報報導：〈鹿港觀光週　傳統詩朗吟〉，台北：聯合報，第 3 版社會新聞，68 年（1979）5 月 31 日，筆者收藏。

七、網路資源

臺灣文學館線上資料平台：
https://db.nmtl.gov.tw/site5/pclubinfo?id=000038，2022.9.20 搜尋。

臺灣歷史人物傳記資料文庫：
TBDB, http://tbdb.ntnu.edu.tw，2022.10.20 搜尋。

台灣光華雜誌 老詩人獨向黃昏 ?-- 傳統詩社今與昔 劉蘊芳：
https://www.taiwan-panorama.com.tw/Articles/Details?Guid=e50311e0-8857-46a9-b4e1-f9a7f58b1a7d，1996.3，2022.8.20 搜尋。

2017 台灣文學年鑑　人物 / 辭世作家：

http://activityfile.nmtl.gov.tw/nmtlhistory/almanac/almanacContent/
People/Volume_2017/C2018122017199200FO.pdf，P.199 ～ 200，
2022.8.16 搜尋。

楊維仁 2014.4.6 臉書貼文：

https://www.facebook.com/photo/?fbid=861329473893240&set
=a.584185601607630，2022.10.10 搜尋。

八、訪談（按訪談時間先後排序）

楊維仁
郭淑麗
許少岳
李政志
張麗美
吳肇昌
李秉圭
吳爭言
許澤耀

附錄一：聯合報報導剪報 -- 鹿港觀光週「傳統詩朗吟」

中華民國六十八年五月三十一日

社會新聞　第3版

鹿港天后宮的盛事
詩人輪流朗吟
聽眾如癡如醉

【本報記者陳世昌、魏耀乾的鹿港、烏鳴澗，是我們的責任，希望入選詩人，由青商會會長施文癩主持。

卅日鹿港電】全省各地的傳統詩詩人，廿九日下午及晚間聚集在鹿港天后宮內，舉行二場「傳統詩朗吟」大會，許多青年學生到場，擠得水洩不通，聽著名詩人朗吟，如癡如醉。

參加的詩人，包括臺北天籟詩社社長林錫牙、建軒幹事施勝隆、嘉北詩人柳柳卿、許漢卿、新竹少壯、江原海外詩人李金輝、向陽、鹿港名詩人許志品、施文炳以及本地生福傳統詩社主辦人姓名而來，將整個會場擠得水洩不通。

接著來自各地的詩人們，他們分別操著天籟調、江西調、福州調、宜蘭酒會及鹿港調，一時詩意盎然，觀眾當中，一位張永樂老先生，心中感觸最大，受了一首「九月九日憶山東兄弟」詩時，幾乎要流出他的眼淚。

這項詩人大會，是要喚起全國民眾對傳統詩的重視，並尋求大推廣。

這兩位詩人表示，中國傳統的詩調是中華文化的正統，文化於不繼續。

全場朗吟的主要目的，是要喚起學習的風氣，而產生學習的風氣，給「全國聯吟賽」中並頒獎徵。

「傳統詩朗吟」大會舉行的盛況。（本報記者張岳雲攝）

附錄二:《全國民俗才藝活動大會　鹿港觀光週》特刊封面。

附錄三：《全國民俗才藝活動大會　鹿港觀光週》特刊，
頁26。

舉辦「傳統詩朗吟」簡介

詩是心靈的獨白，情感，昇華，完美性靈的紀錄。它具有補察時政，洩導人情，陶冶德性的作用，興、觀、羣、怨達成「溫柔敦厚」的教化，來表現個人，及其對社會、國家的情感和意見，那是一種崇高、神聖的奉獻，至唐代我國傳統詩學經發論，歷經泰、漢、魏、晉、六朝……諸代的更遞、衝擊、融和，造成了壯濶的波瀾。「唐詩」是傲視寰宇的文學結晶，它表現了唐人的智慧和東方民族的精彩。

詩以情意為主，詩人借「一己之情」，化為情緒，然後與外界的景象結合，到立體的顯示；由空間現象，表現出完美的意境，而詩人到時空的會合，讓詩的人，熱切的希冀，透過音韻節奏的美感，而收到和協共鳴的效果。

古人云：「熟讀唐詩三百首，不會吟詩也會吟。」只要你有情趣，手持一卷，開口吟哦，唐詩情韻之美，便與你同在。為了宏揚中華文化，提倡民族音樂，我們特地舉辦「傳統詩朗吟」的活動，藉此喚起國人重視詩歌可以「淨化社會」「美化人生」的效能，而在學校、家庭也能發揚光大，鼓舞不懈，喜大義正辭，陶醉八方，為民族文化，帶來蓬勃的生機。

台灣地區是詩人薈萃之地、鹿港更是墨客集中之鄉，鹿港鎮青商會、鹿港詩學研究社聯合主辦鹿港觀光週，特邀請施明德先生主生、蔡本地為總召集人、陳漢鑫先生、施文炳、蔡鼎新等先生分別為詩詞生……

[詞] 金陵懷古（調寄滿江紅）
无錫秦松 作

六代豪華春去也，更無消息，空悵望、山川形勝，已非疇昔，王謝堂前双燕，子烏衣巷口曾相識，聽夜深寂寞打孤城，春潮急，思往事，愁如織，懷故國，空陳迹，但荒煙衰草，亂鴉斜目，玉樹歌殘秋露冷，胭脂井壞寒螿泣，到而今只有蔣山青，秦淮碧。

[詩] 七律 秋興（其四）唐 杜甫 作
聞道長安似奕棋，百年世事不勝悲，王侯第宅皆新主，文武衣冠異昔時，直北關山金鼓振，征西車馬羽書遲，魚龍寂寞秋江冷，故國平居有所思。
——以上林錫牙先生吟

[辭] 秋風辭（漢歌謠詞）漢武帝 作
秋風起兮白雲飛，草木黃落兮雁南歸，蘭有秀兮菊有芳，懷佳人兮不能忘，汎樓船兮濟汾河，橫中流兮揚素波，簫鼓鳴兮發棹歌，歡樂極兮哀情多，少壯幾時兮奈老何。

[詩] 清平調（唐樂府）唐 李白 作
雲想衣裳花想容，春風拂檻露華濃，若非群玉山頭見，會向瑤臺月下逢。
（二）
一枝穠豔露凝香，雲雨巫山枉斷腸，借問漢宮誰……

附錄四：《全國民俗才藝活動大會　鹿港觀光週》特刊，頁 27。

得似，可憐飛燕倚新粧。

（二）

名花傾國兩相歡，常得君王帶笑看，解釋春風無限恨，沈香亭北倚闌干。

落　花　七律　　清　袁枚 作

江南有客惜年華，三月憑闌日易斜，春在東風原是夢，生非薄命不為花，仙雲影散留香雨，故國臺空剩館娃，幾挍零落在天涯。

——以上施勝雄吟

涼州詞　七絕　　唐　王翰 作

葡萄美酒夜光杯，欲飲琵琶馬上催，醉臥沙場君莫笑，古來征戰幾人回。

花月痕　七律　　清　魏子安 作

金錢夜夜卜殘更，秦樹燕山記客程，薄命憐卿甘作妾，傷心恨我未成名，看花憶夢驚春過，借酒澆愁帶淚傾，恨海易塡天竟補，肯教容易負初盟。

鹿港龍山寺題石　　施文炳詩並朗吟

池中蓮影井中泉，色相空時智慧圓，鐘磬宵深聲寂處，龍潛滄海月懸天。

登　高　　杜甫詩 施文炳朗吟

風急天高猿嘯哀，渚清沙白鳥飛迴，無邊落木蕭蕭下，不盡長江滾滾來，萬里悲秋常作客，百年多病獨登臺，艱難苦恨繁霜鬢，潦倒新停濁酒杯。

杜少府之任蜀州　駱賓王 作　施文炳朗吟

城闕輔三秦，風煙望五津，與君離別意，同是宦游人，海內存知己，天涯若比鄰，無為在歧路，兒女共沾巾。

祭西楚霸王之墓　　清　王曇 作

江東餘子老田郎，來抱琵琶哭大王，如我文章遭鬼唱，嗟旁身手竟天亡，誰酬本紀翻遷史，誤讚兵書負項梁，留母覆觴漢書生，英雄成敗大漢涼。

其二

秦人天下楚人弓，枉把頭顱斷馬童，天意何曾袒劉季，大王失計戀江東，早推圅谷稱西帝，何必鴻門殺沛公，徒縱咸陽三月火，讓他義帝獨關中。

其三

黃土心香一瓣廉，英雄兒女共沾巾，生能白版為天子，死噉烏江一美人，墜業沙蟲親子弟，烹來功狗舊君臣，咸姬脂粉虞姬血，一樣君恩不庇身。

——由許志呈先生朗吟

（五絕）敬亭獨坐　李白

眾鳥高飛盡，孤雲獨去閒，相看兩不厭，只有敬亭山。

逢入京使　（七絕）　岑參

故園東望路漫漫，雙袖龍鍾淚不乾，馬上相逢無紙筆，憑君傳語報平安。

送友人　（五律）　李白

青山橫北郭，白水繞東城，此地一為別，孤蓬萬里征，浮雲遊子意，落日故人情，揮手自茲去，蕭蕭班馬鳴。

聞官軍收河南河北　（七律）　杜甫

劍外忽傳收薊北，初聞涕淚滿衣裳，卻看妻子愁何在，漫卷詩書喜欲狂，白日放歌須縱酒，青春作伴好還鄉，即從巴峽穿巫峽，便下襄陽向洛陽。

天淨沙秋思　（元曲小令）　馬致遠

枯藤老樹昏鴉，小橋流水平沙，古道西風瘦馬，夕陽西下，斷腸人，在天涯。

——以上由許漢卿先生朗吟

【天籟前賢的多元面向】

平生慣寫雲山趣

——李神義《襟天樓詩集》中的地景詩初探

賴恆毅[*]

摘要

　　李神義，1897年（明治30年）12月11日出生，臺北天籟吟社成員，篇什積累甚多，逝世後集結成《襟天樓詩集》一部。李神義時任臺灣建築會社支配人，平時喜遊名山秀水，行跡幾已踏及臺灣各地，並將其遊覽經驗化為豐厚的文字書寫。然其觀看的視野並不止於臺灣本島，海外如日本的北海道、廣島、九州等地，以及菲律賓碧瑤、馬尼拉，其均有對他鄉異國的地景作品書寫。職是之故，本文希望透過對於這些地景書寫的探查，可以理解日治時期，乃至於到戰後階段，本土文人對於臺灣及海外各地景的觀看與詮釋，希冀更能夠立體的掌握臺灣漢詩人地景書寫的特質。

關鍵詞：李神義、《襟天樓詩集》、地景詩、遊覽經驗、天籟吟社

* 百色學院文學與傳媒學院副教授。本文發表於「天籟吟社百年紀念學術研討會」，天籟吟社、國立中正大學臺灣文學與創意應用研究所主辦，承會議講評人詹雅能副教授以及會後匿名審查人惠示卓見，讓論述更加完善，特此致謝。

一、前言

　　李神義，號澹庵，1897年（明治30年）12月11日出生，1971年（民國60年）5月22日因心臟病發而逝世。其為臺北天籟吟社重要成員，篇什積累甚多，集結為《襟天樓詩集》一部。平時喜遊名山秀水，行跡不止踏遍臺灣各地，海外如日本、菲律賓等異國旅次，在旅行的同時，均將其遊覽經驗化為豐厚的文字作品。由是，這些數量頗多的旅遊詩寫，可以說是《襟天樓詩集》中最值得注目的焦點，社友卓周紐曾評：「其敘情寫景之詩，清新絕俗，使人浣誦一過，不自知其置身於塵寰矣。」[1]，而歷來直接專就李神義及其相關作品的討論，目前僅見潘玉蘭《天籟吟社研究》[2]在第四章中對於天籟吟社的詩人群及其相關文學作品做了梳理，在此章節中大抵說明了李神義的生平梗概之外，亦對其詩歌作品提供了基礎的理解，然限於篇幅和主題，該文雖也指出其作多為「記遊詠景」之屬，但實則並無針對這些作品做出更進一步的分析[3]。鑑於上述之因由，對於李神義這些豐厚的旅行詩作、地景書寫，實有深入探索的空間。

　　除了詩集之外，經查詢《臺灣日日新報》電子資料庫，發現李神義在報端上共有54筆資料，若以時間區分的話，刊載在大正年間的有10筆，昭和年間則有40筆，最早的紀錄在大正12年（1923），概可推知李神義約莫26歲左右，始在文壇開始活動。而在這54筆資料之中，相關詩會參與的紀錄16筆，詩作則有38筆。[4]前者多為參與瀛社集會的活動報

1　卓夢庵〈序〉，收於李神義《襟天樓詩集》，臺北：太白書屋，臺灣學生書局，2000年7月，頁3。

2　潘玉蘭《天籟吟社研究》，國立臺灣師範大學國文學系在職進修碩士論文，2004年。隔年7月由臺灣學生書局出版，本論文後續引用概以此版本為主。

3　潘文僅粗略分為「詩中的陽明山」、「詩中的觀音山」、「臺灣的小鎮風光」等類，海外行旅的地景書寫則數言帶過。參見該文頁204-211。

4　「臺灣日日新報暨漢文日日新報整合平臺」http://ddnews.nlpi.edu.tw.eproxy.nlpi.edu.tw，查詢日期2022年11月20日。

導，如〈參加瀛社擊缽吟〉、〈劍樓吟社總會會況〉、〈天籟吟社總會〉
等[5]。而後者詩作的部份，則包含擊缽吟與一般創作，不過，在此之中地
景書寫的詩作僅有 14 題，數量雖不多但亦可與詩集作品相互補充。

職是，吾人不揣淺陋，以太白書屋所出版排印的《襟天樓詩集》
為文本，依照詩作主題與內容，試圖從與李神義居處周邊日常環境場
域之地景書寫開始談起，諸如四季、晨昏、晴雨等不同場景皆見其有
所描繪的陽明山、觀音山。次而討論澹庵於他域旅行時，對於旅行地
的名勝觀覽和記錄，最末則嘗試綜合歸納李神義地景詩作品的特色，
盼不啻能補足前行研究者的未竟之處，同時也可以理解本土文人對於
臺灣及海外各處地景的觀看與詮釋。

二、居處周邊的日常地景和生活情懷

〈李神義先生事略〉記載，澹庵生於臺北蘆洲，後遷居至臺北市
大同區[6]，居處附近山環水抱，根據其四子回憶，先生「樂山更勝於樂
水，時常偕友同遊名山郊野，一路笑談人生，情之所至，朗吟讚頌，
揮筆成詩。」[7]，從《襟天樓詩集》中可見其書寫居處周邊的陽明山、
觀音山、圓山等域的作品眾多，更常於不同季候、或早晨黃昏等各種
情境下入山登覽，如以陽明山來說，李神義就曾讚譽為「海上名山此
最聞」[8]，詩作〈偕內子從士林至陽明山途中作〉描寫到其與妻子偕伴
上山，沿途秋色風光倍感神清氣爽，雲朵在峰巒之間飄動，鳥兒在樹

5　如〈參加瀛社擊缽吟〉，大正 12 年（1923）7 月 7 日，6 版。〈劍樓吟社總會會
　　況〉，大正 12 年（1923）8 月 18 日，6 版。〈天籟吟社總會〉，大正 12 年（1923）
　　11 月 10 日，6 版。

6　張鶴年〈李神義先生事略〉，收於李神義《襟天樓詩集》，頁 7。

7　李師賢〈先父生平記敘〉，收於李神義《襟天樓詩集》，頁 6。

8　李神義〈陽明山公園〉，《襟天樓詩集》，頁 156。

梢枝頭上啾鳴，景色大好讓他興致大好：

> 與卿同伴上陽明。一路尋詩興倍清。柳禪頗曉含媚意。峰高儘許作秋聲。因風出岫雲無賴。隔樹談心鳥有情。回首乍來山下處。濛濛煙雨逼江城。[9]

陽明山因地理位置的關係，該處氣候分屬亞熱帶氣候區與暖溫帶氣候區，氣候的變換極為明顯，詩中也可見山上雲淡風輕，山下卻煙雨濛濛的情景。

不僅於此，時常上山的他，陽明山冬春之際梅、櫻綻放的場面，自然也成為筆下書寫的主題，試舉如下：

> 雲開氣爽轉微晴。丈側頻聞落葉聲。是處心隨流水淨。伊誰詩較好山清。欹斜日照枝爭瘦。幽艷寒凝鳥更鳴。乍去又還憐玉蝶。風前閒曬粉衣輕。（〈陽明山觀梅〉）[10]
>
> 餘霞乍斂淡晴曦。洽值風和二月時。石樹清晨延爽氣。林櫻昨夜想新披。紅真試向溪頭望。艷到偏於竹外宜。漫道拘留奉一半。紛紛裙屐上山陂。（〈陽明山觀櫻〉）[11]
>
> 名花開遍草山隈。綽約終疑勝野梅。亂蝶紛紛朝領袖。天桃灼灼總興臺。儘多天地迷春色。有此年華感賦才。半日盤桓將下去。斜陽又見友人來。（〈陽明山觀櫻〉）[12]

9　李神義〈偕內子從士林至陽明山途中作〉，《襟天樓詩集》，頁 298。

10　李神義〈陽明山觀梅〉，《襟天樓詩集》，頁 100。

11　李神義〈陽明山觀櫻〉，《襟天樓詩集》，頁 153。

12　李神義〈陽明山觀櫻〉，《襟天樓詩集》，頁 155。案，本題作品在詩集中之排版，每首之間並未有明顯的區隔分別，而是逕將詩作連接排列，以致於辨認時會誤以為是古體，然經檢視前後文意與詩句格律，應為絕句組詩。下文所引之作品亦有相同情形者，也將依此原則處理。

名山橐筆寄閒情。更愛蕭疎竹樹清。幾點天心潛醞釀。一林春意引勾萌。微茫野水搖新漲。澹盪風煙見早耕。悄向寅賓三蕭處。關關鳥似頌昇平。（〈陽明春曉〉）[13]

乍暖還寒時節，清晨的山區冷冽清爽，粉嫩的春櫻與桃花於林間溪邊綻放，蝴蝶繞花翩翩起舞，天地之間籠罩在一片春色之中。又或是清晨時分，空山閒情，天上仍有疏星幾點，幾支竹樹雖顯蕭瑟，澹庵卻偏愛這樣的景致，只見春意就在微茫新漲的溪水、澹盪風煙中的農事之中。春日山景的美好，除了形諸七言律詩之外，李神義也用幾首絕句分別予以描繪之，如〈草山觀櫻〉：

蒼松翠柏挾飛湍。狹徑陰森晝亦寒。祇恐怱怱佳節過。一樽隨分上春巒。（其一）
二月東風暖散霞。杜鵑紅壓石楠花。參天翠筍濃蔭下。不見當年賣酒家。（其二）
絳雲十里望中迷。久雨初晴漲碧溪。畢竟春光何處是。羽衣園北竹湖西。（其三）
儼然一幅晚晴新。濯錦溪邊過客頻。欲藉江山留好句。不妨終日坐苔茵。（其四）[14]

詩句寫出了從密林山徑走上山巒的登臨過程，高大的松柏、山徑的詩人造成畫面的對比和張力，同時也透過蒼翠的深綠、飛湍的白、狹徑陰寒的暗黑、晚霞的暖黃、杜鵑的嫩紅、溪水的碧綠等諸多色彩，將陽明山的春景點綴的多采多姿。在羽衣園以北、竹子湖以西的區域，是整個陽明山的區域裡，澹庵最常造訪之處[15]。這一幅色彩飽滿的春光

---

13 李神義〈陽明春曉〉，《襟天樓詩集》，頁164。

14 李神義〈草山觀櫻〉，《襟天樓詩集》，頁206-207。

15 這兩處也是澹庵登陽明山時常走訪的地方，詩集中以竹子湖、羽衣園為題的作品有〈竹子湖〉，頁33。〈竹子湖賞雪〉，頁100-101。〈竹子湖〉（七絕），頁218。〈竹

圖，山中過客來來往往者眾，能夠將此美好景致形諸文句者，則要「終日坐苔茵」才得以體會更深，此端更顯得其與他人不同的閒情意致。

再以羽衣園為例，詩人某日雨後沿磺溪入山，天澄氣爽之下，走入位於陽明山後山的羽衣園觀覽，其詩言：「名園幽邃依閬苑。自寫新詩細品題」[16]。根據陽明山國家公園官方網頁，羽衣園是臺灣日治時期礦業家山本義信的私人別業，其名則因為三本義信時於別莊，看著樹葉被風吹落，姿態有如飄逸的羽毛而名之。戰後則為瑞三煤礦李建興兄弟所有，並於 1963 年捐給政府，現為臺北市政府招待所。[17] 從而可知此園風景優美，也由於其名稱的緣故特別容易引發詩情。

事實上，李神義不僅喜歡山，更執著於登臨過程中享受山林水澤的自然景致，如同〈晚入陽明山示內〉所言：「頗喜年來能健步。湖山佳處輒勾留」[18]，漫步山林的同時也是證明自己擁有一棵年輕的心，如其在〈大屯山踏雪有感〉中開頭就說「刺骨風嚴冷莫當。登臨又是少年狂」[19]，俗言「人不輕狂枉少年」，但從詩意判讀，此時的澹庵應非年輕人了，但他仍不畏寒天凍骨的惡劣氣候入山，無怪乎自言是「少年狂」了。此外，作為一位詩人的他，除了身心靈上的滿足之外，更希望能在風景裡尋覓詩句創作的靈感，如其在陽明山的雙溪觀瀑時所作之詩：「玲瓏怪石題詩好。偃蹇孤松入畫難。」[20]，打破一般人對於玲瓏怪石、偃蹇孤松適合入畫的刻板印象。但不只是如此，就如同其在酷寒濕冷的冬季仍不願安穩在家一樣，越是奇特難至的地方，

子湖〉（七絕四首），頁 289。〈春遊羽衣園〉，頁 73-74。

16 李神義〈雨後登陽明山〉，《襟天樓詩集》，頁 99。

17 陽明山國家公園官方網頁 https://www.ymsnp.gov.tw/main_ch/docDetail.aspx?uid=1582&pid=18&docid=11191，2022 年 10 月 28 日檢索。

18 李神義〈晚入陽明山示內〉，《襟天樓詩集》，頁 95。

19 李神義〈大屯山踏雪有感〉，《襟天樓詩集》，頁 208。

20 李神義〈雙溪觀瀑布〉，《襟天樓詩集》，頁 155-156。

澹庵越發喜愛，如其〈冷水坑〉：「坐傍荒亭夕照斜。一溪千樹放桃花。寒阮峭壁無人到。水自重重鳥自譁。」[21]，詩中「荒亭」、「無人到」等字眼可知詩人身處少有人跡的地方，在這樣的環境，似乎更能激發詩思而得佳句。

　　此外，蘆洲出身的李神義，也時常登臨觀音山，對於周邊凌雲寺、竹林寺、西雲寺等寺廟亦予以入詩。如其每至秋日就往攀觀音山，〈西雲巖〉詩中即言「秋餘最愛小峰登。脚力年來每自矜。」[22]，其他相關作品則有〈初秋登觀音山〉[23]、〈秋日登觀音山〉[24]、〈重九觀音山登高〉[25]、〈九日登觀音山〉[26]、〈西雲寺〉[27]、〈西雲巖〉[28]、〈春遊竹林寺〉[29]、〈夏遊竹林寺〉[30]、〈凌雲寺〉（七首）[31]、〈凌雲寺避暑〉[32]、〈凌雲寺〉[33] 等詩，不過未知是否為刊印的問題，〈初秋登觀音山〉與〈秋日登觀音山〉的詩句內容完全相同，〈重九觀音山登高〉、〈九日登觀音山〉兩首亦然。從詩的內容來看，這些書寫觀音山的作品，有別於前述對陽明山的書寫較為著重在風光景色的描繪，這裡則偏重於藉由風景來感懷的層面，如〈初秋登觀音山〉即言：「荼毒生

21　李神義〈冷水坑〉，《襟天樓詩集》，頁 168。

22　李神義〈西雲巖〉，《襟天樓詩集》，頁 254。

23　李神義〈初秋登觀音山〉，《襟天樓詩集》，頁 87。

24　李神義〈秋日登觀音山〉，《襟天樓詩集》，頁 294。

25　李神義〈重九觀音山登高〉，《襟天樓詩集》，頁 321-322。

26　李神義〈九日登觀音山〉，《襟天樓詩集》，頁 337-339。

27　李神義〈西雲寺〉，《襟天樓詩集》，頁 148。

28　李神義〈西雲巖〉，《襟天樓詩集》，頁 254

29　筆者案，此題共有三首，其一，頁 58。其二，頁 75。其三，頁 177。

30　李神義〈夏遊竹林寺〉，《襟天樓詩集》，頁 68。

31　李神義〈凌雲寺〉（七首），《襟天樓詩集》，頁 69-70。

32　李神義〈凌雲寺避暑〉，《襟天樓詩集》，頁 106。

33　李神義〈凌雲寺〉（七古），《襟天樓詩集》，頁 256。

靈仍未已。老懷日日念神州。」[34]；又如〈重九觀音山登高〉中也似乎對於當時無法施展文才而有所感嘆：「茫茫天地間。人生感蜉寄。吁嗟抱異才。十年未曾試。」[35]此間所生發的情思，或許與觀音山的地理形式與位置有關。觀音山坐落台灣西北部，位處淡水河畔，山頂視野遼闊，四周展望良好，正是陽明山或大屯山所缺乏的地理條件。朝向大海，可遙想神州大陸；轉身俯瞰淡水市街，塵世蒼生則盡在眼底。如此風景，自當讓詩人多生感觸，也因此在詩作內容的呈現上與前述陽明山、大屯山之作有所差異。不過由於澹庵排印本《襟天樓詩集》中的詩作並無繫年，也沒有年表可供參考，詩中的時間是否為日本統治時代並無法確定，但若從其詩集中有對於國民政府相關的人事物多持正面來看[36]，其對統治者的態度或是如張鶴年所言：「切痛異族統治臺灣，國粹瀕於泯滅，……自少至今，未嘗一日懈也。……其於黃裔國族之念深矣。」[37]。

最後，澹庵性喜自然，且事業有成生活餘裕，亦如傳統文人一般，於陽明山腳的芝山地區闢建屬於自己的園林空間，其有〈過九畝園賦贈〉：

> 吾宗別墅近芝巒。自拓園林九畝寬。曲徑蒼連新柳淨。方塘開映小峰寒。門前溪漲翻三尺。節後花香散一欄。我喜素心同臭味。半連清影愛姍姍。[38]

---

34 李神義〈初秋登觀音山〉，《襟天樓詩集》，頁 87。

35 李神義〈重九觀音山登高〉，《襟天樓詩集》，頁 322。

36 筆者案，《襟天樓詩集》中相關作品列出如後：〈謁陳濟棠墓園〉，頁 64-65。〈中華文化復興運動〉，頁 95。〈總統蔣公八秩華誕〉，頁 131。〈天中節懷大陸〉，頁 132。〈過陳辭修副總統墓園〉，頁 146-147。〈輓于右任先生〉，頁 156-157。〈光復節感懷〉，頁 169-170。〈國慶閱兵大典〉，頁 213。〈恭祝總統八秩華誕〉，頁 296。〈謁五百完人祠〉，頁 306-307。〈謁陳辭修副總統墓園〉，頁 307。

37 張鶴年〈李神義先生事略〉，收於李神義《襟天樓詩集》，頁 7。

38 李神義〈過九畝園賦贈〉，《襟天樓詩集》，頁 97-98。

又如〈重過九畝園〉：

> 名園楨幹傍仙都。恆聽幽人鼓瑟娛。池小儘堪容月碧。牆低不
> 見受塵汙。數叢蘭影依階淨。一陣尨聲喜客呼。最愛芝山岩下
> 路。晚風習習短筇扶。[39]

詩中清楚說明了，其因在芝山有別業，自拓僅九畝大小的園林，故名
之「九畝園」。環境則園外有溪，園中則曲徑通幽，並有花、柳、池
塘等景觀。園林空間小巧樸素，雖無高大構築或精緻造景，但總歸是
一處遠離市囂的僻靜小園，澹庵常在習習晚風下，漫步山道小徑。也
曾於此與文友小聚，其中往來最頻繁者為李騰嶽[40]，詩集當中兩人常
有贈答或次韻的作品，如前引之〈過九畝園賦贈〉，李騰嶽即有回贈：
「朝看雲谿暮晴巒。地僻居求胸次寬。世變乃客奸偽逞。風淒無奈竹
松寒。兼旬苦雨常冥坐。此日同君一倚欄。欲羨養生得真訣。登山健
腳免蹩珊。」[41]詩中除怨嘆世局變亂的無奈之外，也說羨慕澹庵在此
居住能得養生真訣，腳健體壯而能四處登山覽勝。可知九畝園是一處
能夠讓人遠離俗務的世外桃源，也因鄰近陽明山，杜聰明伉儷亦曾來
訪，〈偕杜博士過九畝園〉：「同攜蠟屐訪幽居。恰是新寒十月初。
極北峰連形崒嵂。雙溪水落勢迂徐。牆頭花好親培護。簷角雲來自卷
舒。聞道出遊皆伉儷。登車臨去意何如？」[42]庭園整理地清新雅緻，

---

39 李神義〈重過九畝園〉，《襟天樓詩集》，頁14。

40 其他如〈重過九畝園賦似鷺村宗兄〉，頁118。〈過九畝園賦似鷺村宗兄〉此題共
作兩首，其一，頁133；其二，頁135-136。〈過九畝園賦似鷺村宗兄〉，頁135。
〈過九畝園似鷺村〉，頁242。

41 李騰嶽〈次澹庵過九畝園見贈韻〉，收於李神義《襟天樓詩集》，頁98。案，本詩「世
變乃客奸偽逞」一句，句中「客」疑為「容」字之誤。另外，鷺村尚有幾首詩回贈
或次韻：〈次韻澹庵宗弟過九畝園見贈〉此題共作兩首，其一，頁133-134；其二，
頁136。〈澹庵病愈重過九畝園有詩次韻奉酬〉，頁119。

42 李神義〈偕杜博士過九畝園〉，頁131-132。

但澹庵還謙虛的在詩末提問不知訪客感受如何，這是相當有意思的，此後，對於陽明山十分熟悉的澹庵，也帶領杜氏夫婦往遊竹子湖。[43]

本節聚焦在澹庵對於己身環境場域的日常地景書寫，並提及了其在自身園林生活情景，對於居處周邊的郊山、佛寺之外，其他尚如關渡[44]、臺北橋[45]等地景亦有相關書寫。當然，澹庵的腳步不僅於此，在日常生活圈之外的異鄉旅次中，也將當地的地景透過筆墨一一記下，下節將討論其旅行海外他域的名勝觀覽和記錄。

三、旅行他域的名勝觀覽和記錄

本節探討李神義跨出己身生活圈之外的異國他鄉觀覽，翻閱《襟天樓詩集》可知李神義的海外旅次有菲律賓與日本等地。職是，在討論的安排上，則先聚焦於海外旅次的菲律賓部分，次說明日本行旅部分。如前節所述，《襟天樓詩集》並沒有詩作的相關繫年，更沒有區分地域，因此，本節對於海外作品的論述，則大抵先從詩題上作第一層的辨識，若詩題無法清楚看出書寫地域者，則續從詩作內容來做進一步的判別。是以，我們可以看出詩集中詩作排列大抵為先菲律賓、後日本的順序作編排。至於旅行兩地的次數方面，根據詩集張鶴年「去年重渡扶桑，觀風訪勝，歸來句滿奚囊，等身佳作。」[46]的說法，澹庵「戰後」往遊日本的次數應有兩次。案，這段文字的落筆日期是在民國 60 年的 7 月，其所謂的「去年」為西元 1970 年、民國 59 年，文中有「重渡」二字，可知此行為第二次到日本。至於第一次，若從〈菖

43　李神義〈偕杜博士伉儷遊竹子湖〉，頁 132。

44　李神義〈中秋夜泛舟於關渡偶作〉，《襟天樓詩集》，頁 180

45　李神義〈臺北橋〉、〈臺北橋遠眺〉，《襟天樓詩集》，頁 246；272。

46　張鶴年〈李神義先生事略〉，收於李神義《襟天樓詩集》，頁 8。

蒲濱〉詩中的「廿年重叩霞雲關。海國尋詩起等閒。」[47]兩句推敲，假設「廿年重叩」是指 1970 年的澹庵重訪菖蒲濱，那麼其首次造訪，則很有可能是往前回推的二十年前，也就是西元 1950 年。不過因為詩集是戰後才集結刊行，這「兩次」很可能僅是針對戰後階段而言。因為在《臺灣日日新報》上面，於昭和 13 年（1938）7 月中即有一題名為〈東上有作〉的作品[48]，是故可知其在戰前即有往遊日本的經驗，然而，限於目前知見的線索，其行旅日本的確切次數與時間點，尚待更進一步的資料予以佐證。另從詩題觀之，其行旅的足跡遍及日本各地。而菲律賓則沒有進一步的資料可以確知旅遊次數，初步從詩作上來判定應僅有一次。

（一）菲律賓的地景書寫

關於在菲律賓的地景觀覽書寫方面，澹庵的活動範圍大抵都在呂宋島上，包括北部的碧瑤市以及首都馬尼拉市，〈碧瑤〉則作有數首的七絕予以吟詠，迄錄以覘：

> 亂峰奔翠撲溪眉。蠟屐穿雲曉露滋。六十年前荊棘地。而今樓閣已參差。（其一）
>
> 風雨連宵更作威。憐他老馬不勝韉。曉來一望天山外。鳥逐寒溪落葉飛。（其二）
>
> 十里梯田碧水鋪。開窗瞥見遠峰殊。平生慣寫雲山趣。一到名山句轉無。（其三）
>
> 蠻鼓夷音興自悠。鬥雞聲勢滿炎陬。馬雲峰下庵溪水。終古天

47　李神義〈菖蒲濱〉，《襟天樓詩集》，頁 47。

48　李神義〈東上有作〉：（其一）「東臺魯峽乍歸時。又整吟裝別故知。此去卻非求利祿。飽尋山水興題詩。」（其二）「國花春色艷神州。喜同皇都賦壯遊。景仰忠臣楠子墓。瓣香先拜湊川頭。」《臺灣日日新報》昭和 13 年（1938）7 月 16 日，4 版。

南不斷流。（其四）[49]

碧瑤市（City of Baguio）是位於菲律賓呂宋島北部本格特省的城市，距離首都馬尼拉約 250 公里左右，海拔高度平均為 1500 公尺，景色優美，空氣清新。20 世紀初開始興起，最初為避暑勝地，而後逐漸繁榮，成為菲律賓國內首屈一指的旅遊勝地，許多外國遊客造訪菲國均會到此一遊。是故，澹庵亦不例外，但不巧遇上風雨連宵的情況[50]，此間雖讓他生病，甚至躺在醫院修養幾日[51]，不過倒也不減其興致。回到詩中，澹庵說到碧瑤的今昔對比，過去荊棘荒僻，現今是樓閣參差，不過更讓他印象深刻的是碧瑤著名的「梯田」景觀，高聳的山坡邊上層層高低錯落的水田，以及當地原住民悠遊安逸的生活樣貌，都成為詩中的素材。

另外，〈麥湖〉亦是組詩的形式：

> 裹餱驅車犯曉遊。倚天長嘯碧雲秋。南來第一驚人處。風捲湖瀾入海流。（其一）
> 極天荒草沒裙腰。南望芬湖北望獠。畢竟山高人不俗。綠椰陰下坐吹簫。（其二）
> 激灩湖光暈一亭。刺天篁樹日飛青。斜陽遠水平沙外。幾見胡

---

49 李神義《襟天樓詩集》，頁 30-31。

50 其另一題〈南毛德斯駅遠望〉（案：詩題下有小序「在菲律濱碧瑤山下」）清楚載明所遇到的惡劣氣候：「洪濤澎湃接東瀛。翹首家園百感生。一角疎椰攢野墅。萬竿修竹繞孤城。駛天帆向雲邊沒。跨海山從鳥外橫。甚欲過江尋絕景。恐經風雨阻歸程。」李神義《襟天樓詩集》，頁 32。

51 李神義有二題記之，〈馬尼拉崇仁醫院臥疾感作〉：「載筆尋詩老更狂。乘槎飛入古南荒。無端積夕難成寐。竟在崇仁守病牀。」；「滿天風露遍衣衾。欲飲茶湯強自尋。一入炎邦生澀地。無人羈客倚窗吟。」，頁 34。〈病窗〉：「身入陌邦幾日剛。人情旅況雨都嘗。病床三日無人問。讀寫新詩遣夜長。」，頁 36。

兒弄短舠。（其三）

筆到炎方若有神。偶然得句意翻新。不知何處煙中寺。風約疎
鐘落水頻。（其四）[52]

清晨破曉即帶著飯糰展開行旅，眼見的是除了湖畔高達腰際的雜生蔓
草，更有「綠椰」、「篁樹」、「胡兒弄短舠」充滿熱帶原始氛圍的
景致，而其也能帶著欣賞的角度，體會當地的美好，遂也讓他遇見了
「風捲湖瀾」這樣特殊奇景，直言其為「第一驚人處」，並且更重要
的是，透過眼前的風景來創寫新句，則一向是他旅行的意義。事實上，
探查菲律賓旅遊資訊[53]，並未有「麥湖」這樣的景點，甚至另一首〈踏
鷗湖〉所指稱之「踏鷗湖」，也未見相關資訊。因此，從〈踏鷗湖〉、
〈岷里拉夜步〉、〈南灣閒步〉這幾首詩，似可推知澹庵的觀覽態度
乃是相當隨性，但卻也能夠體察這些地景環境當中的獨特之處，並且
進一步品味其中的意韻，詩句逐刊以見：

踏鷗湖畔暫停車。天許遨遊散髮餘。雨過青搖孤嶼柳。水清紅
躍錦鱗魚。長堤霽色連群嶂。萬派波光接碧虛。真覺黃塵飛不
到。惜無人此築吟廬。（〈踏鷗湖〉）[54]

樹色微茫月色幽。胡茄吹徹海天秋。馬龍車水消沈盡。更起披
衣作佚遊。（〈岷里拉夜步〉）[55]

萬國梯航水一灣。霓虹倒影入波閒。月明寒夜清如許。隔渚疎

---

52 李神義《襟天樓詩集》，頁 30。

53 指《菲律賓觀光部臺灣分處》網頁，網址：https://itsmorefuninthephilippines.com.
　 tw/，查詢日期 2022 年 10 月 31 日。

54 李神義《襟天樓詩集》，頁 33。

55 李神義《襟天樓詩集》，頁 35-36。

　　　鐘斷續間。（〈南灣閒步〉）[56]

其次，除了上述自然景色的地景書寫，在人文景觀方面，澹庵也有留
意到，如〈萬松宮〉、〈寶藏寺〉，前者名稱雖有「宮」字，然實則
並非宗教場域，應是美國殖民時期，於 1908 年為總督將軍夏季下榻所
建造的「麥遜宮」（Mansion House），又稱夏宮或萬成宮，詩題的「萬
松」應為音譯之別。參訪這樣莊敬嚴整的官邸建物，澹庵喜得詩句，
寫來特別氣勢萬千，詩云：「萬松宮外試登臨。拔地蒼龍畫亦陰。山
峻更無飛鳥度。天高還見白雲侵。偶來嵐翠攜雙袖。喜看荒藤落遠岑。
得句狂歌搖五嶽。一時豪氣盪霜林。」[57]。而後者「寶藏寺」則是菲
律賓相當少數的佛教寺院，其創設於 1948 年，寺址在首都馬尼拉的近
郊[58]，澹庵的詩句：「海上清晨憩上方。喃喃魚貫誦金剛。拈花悟徹
禪機理。閒看寺前落葉狂。」[59]，詩作以佛寺裡師父誦經悟理的莊嚴
情景，襯托其身為外來遊人的輕鬆與閒適。

　　再者，菲律賓受過多國的殖民統治，最早是西班牙人在 16 世紀中
葉左右，於宿霧（Cebu）建立殖民政府，隨後則將政府轉移到馬尼拉
（Manila）。直至 1896 年，菲律賓人何塞•黎剎（Jose Rizal）帶領武
裝革命，爭取獨立，後遭到西班牙殖民政府槍決，他掀起了亞洲第一
場民族獨立革命，讓菲國在 1898 年宣布脫離西班牙統治。而黎剎公園
（Rizal Park）就是為了紀念這位民族英雄所建，園內有其紀念雕像，
更是菲律賓民主自由的象徵之地，現為馬尼拉最大的都會公園。[60] 澹

56 李神義《襟天樓詩集》，頁 36。

57 李神義《襟天樓詩集》，頁 33

58 參考《佛光大辭典》「菲律賓佛教」詞條，網址：https://www.fgs.org.tw/fgs_book/
fgs_drser.aspx，查詢日期 2022 年 10 月 31 日。

59 李神義《襟天樓詩集》，頁 34。

60 參考《菲律賓觀光部臺灣分處》網頁，網址：https://itsmorefuninthephilippines.com.
tw/introduction/Philippine_history，查閱日期 2022 年 10 月 31 日。

庵行經此地，作有〈黎薩紀念碑〉：「英雄為國豈為家。誓死頭顱抗虺蛇。千載黎公名不朽。躬鞠來拜感無涯。」[61]，詩中字句對於這位有著「菲律賓國父」稱號的英雄人物十分推崇，並以鞠躬表達自己的敬意。另外，關於菲國殖民歷史的地景書寫，尚有〈美軍清風寮〉[62]、〈仁牙茵灣〉[63]兩首，詩作內容為觀覽風景的泛寫，並無更深層的反思或意韻。

（二）日本的地景書寫

綜觀澹庵在菲律賓的行旅，誠如其〈馬尼拉崇仁醫院臥疾感作〉所言：「載筆尋詩老更狂，乘槎飛入古南荒。」[64]其最大的理由跟收獲都在於：透過他鄉異地奇風異俗的刺激，來讓自己的創作靈感有所併發，而這也是他向外出走的最大動力。順著這樣的概念，澹庵在遊歷日本所書寫的作品之中，依然可以明顯察知其是帶著觀奇景而能作新詩的態度而遊，從〈將之扶桑有作〉這兩首作品可清楚了解澹庵的旅遊動機，試引以見：

搖鞭魯峽乍歸時。又整遊裝別故知。不效求仙徐福計。但收山水鑄新詩。（其一）
櫻花如海艷春遊。擬踏蜻蜓數點洲。料得東風能愛客。不妨詩酒且勾留。（其二）[65]

---

61 李神義《襟天樓詩集》，頁 33 — 34。
62 李神義〈美軍清風寮〉：「挈欖扶筇上戰山，佛桑花襯夕陽殷，擎天雅愛峰千仞，繞郭遙憐水幾灣。偶領閒情臨月峽，獨携奇興對雲關，風寮野墅參差外，游騎紛繽日往還。」《襟天樓詩集》，頁 35。
63 李神義〈仁牙茵灣〉：「仁牙灣上數峰青，鳥逐孤帆去不停，偶寫炎荒清淨景，忽驚詩筆已增靈。」《襟天樓詩集》，頁 36。
64 李神義〈馬尼拉崇仁醫院臥疾感作〉，《襟天樓詩集》，頁 34。
65 李神義〈將之扶桑有作〉，《襟天樓詩集》，頁 263。

詩中表示此行並非像徐福來求取長生不老藥，而是收攬山水美景來鎔
鑄新詩，另首〈門司〉：「港深帆影如雲集。誰識詩人在此船。」[66]，
則笑稱自己是無人所識的詩人，所以來到日本藉由各處美景來尋找靈
感。再如〈江之島雜詩〉：「浴餘松閣憑欄坐。無限詩情滿澤邊。」[67]；
〈阿蘇山〉：「扶桑又踏最南端。到此詩胸千倍寬。」[68]；〈長崎脇
岬〉：「詩成自有江山氣。何必推敲句始工。」[69]；〈伊豆島〉：「林
幽欲倩丹青筆。只恐秋光畫不如。」[70]；〈日光〉：「我到祇貪新得句。
花邊柳下手叉忙。」[71]；〈箱根〉：「自慚欠學丹青筆。空負山靈對
我豪。」[72] 等詩句，在在都清楚揭示李神義的日本行旅動機。因此，
李神義的日本地景詩作，多以自然山水的風光描繪，以及身在其中心
領神會的欣賞與感受為主。

下面列舉數首作品以覘，如〈阿蘇山〉：

> 日極淮南遠水邊。半丸島嶼小於錢。難將一管生花筆。寫盡名
> 山萬物妍。（其一）
> 扶桑又踏最南端。到此詩胸千倍寬。莫道山橫雙眼窄。有人思
> 挽倒狂瀾。（其二）
> 飛灰潑眼白茫茫。幾樹櫻花艷艷陽。賈勇明朝乘雨霽。奚囊更
> 上碧雲崗。（其三）[73]

66 李神義〈門司〉，《襟天樓詩集》，頁 264。

67 李神義〈江之島雜詩〉，《襟天樓詩集》，頁 39-40。

68 李神義〈阿蘇山〉，《襟天樓詩集》，頁 169。

69 李神義〈長崎脇岬〉，《襟天樓詩集》，頁 186。

70 李神義〈伊豆島〉，《襟天樓詩集》，頁 198。

71 李神義〈日光〉，《襟天樓詩集》，頁 271-272。

72 李神義〈箱根〉，《襟天樓詩集》，頁 272-273。

73 李神義〈阿蘇山〉，《襟天樓詩集》，頁 169。

阿蘇山是位於日本九州中央的活火山群總稱，其火山口東西約 18 公里寬，南北約 25 公里寬，為世界少見可完整見到的破火山口地型。由於至今仍有火山活動，有時甚會噴出毒氣，其特殊的火山地景，讓澹庵直言到此「詩胸千倍寬」，不過也會伴隨著一定的危險性，詩中也用「賈勇」來說待明日轉晴欲上頂峰觀覽實需要勇氣才能達成。此情景亦如〈層雲峽〉當中所描述：「冷天高霽色凝。危峰拔海入雲層。扶筇正欲尋詩去。又恐懸崖積雪崩。」[74]如此想觀奇景，但又怕危險，此間心情的矛盾溢於言表，然而對澹庵來說，多年來踏遍各種地形地貌，讓他也頗為自負地說：「年來鍊得金剛骨。雪地冰天不怕臨。」[75]

再看〈霞浦〉，詩云：「寒林濕翠暈斜陽。過客車停古驛旁。亂壑有聲通地籟。名湖倒影浸天光。」[76]霞浦是日本面積僅次於琵琶湖的第二大淡水湖，位於日本茨城縣東南方，原為多條河流的入海口，後因沉積物而逐漸形成湖泊，自古以來即為景觀勝地。澹庵客車停留車站旁，下車觀覽名湖風光，見到一抹斜陽暈染在濕寒的林翠之間，湖面倒映著雲霞的天光，又有風吹過低谷而發出的聲響，是一場視覺與聽覺的雙重饗宴。

除了山岳、湖泊之景觀，日本也是一個島國，從海上觀賞日本名岳富士山，亦是一次相當特別的體驗，其〈望富士山〉：「海上徘徊策短筇。衝天萬派水朝宗。春來最愛湘南好。積雪光搖富士峰。」[77]富士山是日本的聖山，也是最具代表的象徵，尤以峰頂積雪的樣貌，堪稱最為經典。不過，澹庵心中第一的日本美景並非富士山，而是位於東北新潟縣的清津峽，與黑部峽谷、大杉谷齊名，同為日本三大峽

---

74 李神義〈層雲峽〉，《襟天樓詩集》，頁 233。

75 李神義〈伊勢神宮〉，《襟天樓詩集》，頁 271。

76 李神義〈霞浦〉，《襟天樓詩集》，頁 171。

77 李神義〈望富士山〉，《襟天樓詩集》，頁 240。

谷之一。其著名景觀為傲視日本全國的 V 字形大峽谷，清津川兩岸的
險峭岩壁，則因火山作用而形成雄偉的柱狀節理。如此獨特的地型地
貌，更需要通過清津峽隧道才能一見，也無怪乎澹庵的〈清津峽〉[78]
開頭即言「撲面危峰薄太虛」，隧道口映入眼簾的是高聳的峽谷岩峰，
第二句「澗泉流出勢紆徐」則說清津川水勢緩慢流動，這樣「石態雲
容畫不如」的絕景，成為他的心頭好，直言「扶桑我愛清津峽」。

　　雖然李神義在日本走訪了相當多的地方，整體來看多偏重於自然
地景的遊覽，諸如〈江之島雜詩〉[79]、〈登男體山〉[80]、〈諏訪湖〉[81]、
〈十國峠〉[82]、〈伊豆島〉[83]、〈雲仙公園〉[84]、〈琵琶湖〉[85]、〈襟裳
岬〉[86]、〈支笏湖[87]〉、〈阿寒湖[88]〉、〈下鈴川〉[89]、〈秋元湖〉[90]、〈廣
島海濱〉[91]、〈發門司〉[92]、〈濱名湖〉[93]、〈寒風山〉[94]、〈出九州〉[95]、

78　李神義〈清津峽〉，《襟天樓詩集》，頁 250。

79　李神義〈江之島雜詩〉，《襟天樓詩集》，頁 39-40。

80　李神義〈登男體山〉，《襟天樓詩集》，頁 237-238。

81　李神義〈諏訪湖〉，《襟天樓詩集》，頁 172。

82　李神義〈十國峠〉，案，本題共作兩首，《襟天樓詩集》，頁 185-186；頁 274。

83　李神義〈伊豆島〉，《襟天樓詩集》，頁 198。

84　李神義〈雲仙公園〉，《襟天樓詩集》，頁 209。

85　李神義〈琵琶湖〉，《襟天樓詩集》，頁 210。

86　李神義〈襟裳岬〉，《襟天樓詩集》，頁 230。

87　李神義〈支笏湖〉，《襟天樓詩集》，頁 232-233。

88　李神義〈阿寒湖〉，《襟天樓詩集》，頁 234。

89　李神義〈下鈴川〉，《襟天樓詩集》，頁 240。

90　李神義〈秋元湖〉，《襟天樓詩集》，頁 240。

91　李神義〈廣島海濱〉，《襟天樓詩集》，頁 242-243。

92　李神義〈發門司〉，《襟天樓詩集》，頁 243。

93　李神義〈濱名湖〉，《襟天樓詩集》，頁 243。

94　李神義〈寒風山〉，《襟天樓詩集》，頁 243-244。

95　李神義〈出九州〉，《襟天樓詩集》，頁 248。

〈川尻崎〉[96]、〈發基隆港〉[97]、〈諏訪山公園〉[98]、〈瀬戶內海〉[99]、〈比叡山〉[100]、〈名古屋城〉[101]、〈春日神社〉[102]、〈二重橋〉[103]、〈嵐山〉[104]、〈金閣寺〉[105]、〈入京都〉[106]、〈中禪寺湖〉[107]、〈二見浦〉[108]、〈夫婦岩〉[109]、〈日光〉[110]、〈箱根〉[111]、〈蘆湖〉[112]、〈伊豆途中〉[113]、〈留別扶桑〉[114]、〈比良山〉[115]、〈出九州〉[116] 等作品，對比其菲律賓的地景書寫尚有一些對當地歷史人文的感懷，其日本的詩作則出於對該地景觀的描繪或記錄觀覽感想，從此端概可知悉，澹庵是以詩作為日本旅遊的行程記錄，性質上較偏向紀行，以景點的美、奇、異等特點入詩，輔以陳述個人遊賞之後的感受。

96　李神義〈川尻崎〉，《襟天樓詩集》，頁 250。

97　李神義〈發基隆港〉，《襟天樓詩集》，頁 263-264。

98　李神義〈訪諏山公園〉，《襟天樓詩集》，頁 265。

99　李神義〈瀬戶內海〉，《襟天樓詩集》，頁 265。

100 李神義〈比睿山〉，《襟天樓詩集》，頁 265-266。

101 李神義〈名古屋城〉，《襟天樓詩集》，頁 266-267。

102 李神義〈春日神社〉，《襟天樓詩集》，頁 267。

103 李神義〈二重橋〉，《襟天樓詩集》，頁 267。

104 李神義〈嵐山〉，《襟天樓詩集》，頁 267-268。

105 李神義〈金閣寺〉，《襟天樓詩集》，頁 268-269。

106 李神義〈入京都〉，《襟天樓詩集》，頁 269。

107 李神義〈中禪寺湖〉，《襟天樓詩集》，頁 270。

108 李神義〈二見浦〉，《襟天樓詩集》，頁 271。

109 李神義〈夫妻岩〉，《襟天樓詩集》，頁 271。

110 李神義〈日光〉，《襟天樓詩集》，頁 271-272。

111 李神義〈箱根〉，《襟天樓詩集》，頁 272-273。

112 李神義〈蘆湖〉，《襟天樓詩集》，頁 273。

113 李神義〈伊豆途中〉，《襟天樓詩集》，頁 275。

114 李神義〈留別扶桑〉，《襟天樓詩集》，頁 277。

115 李神義〈比良山〉，《襟天樓詩集》，頁 280。

116 李神義〈出九州〉，《襟天樓詩集》，頁 281。

四、結語

對於李神義來說，「遊」是他的日常，臺北居所周遭的山林水澤，是他每日必至的生活場域；海外的菲律賓、日本，更是讓他拓展視界的嶄新體驗。而將眼前景收納於文字當中，或藉由景觀來促發靈感，則是「遊」對他的啟發或收穫，正如其詩句所言：「平生慣寫雲山趣」[117]、「一囊句剪美山川」[118]，這也是他作為詩人的一種堅持。

李神義的地景詩作繁多，本文主要鎖定臺北居處周邊以及海外行旅的地景書寫上進行整理和爬梳，初步可歸納出幾項特色。首先，李神義喜以絕句或律詩的形式呈現。然而在《襟天樓詩集》中雖也僅分為七言律詩與五言絕句兩大類，但是其作品的編排方式，多是在同一詩題之下將每首作品併同排版，並未善加區隔，造成閱讀或辨認上的混淆，需要經過詩律及文意上的再三判讀，才能予以辨識究竟是何種詩體，簡言之，即詩集中的排版並未能讓讀者清晰判別絕句、律詩、古體等類型，並且也未能將李神義的同題組詩做出明顯的區隔編排，可見詩集的分類編輯並不嚴謹。

再者，在第二節當中曾提及之詩題類似但內容重出的情況，根據以往文獻整理的經驗，這樣的現象很有可能是作者在寫作時以散稿的方式保存，而後他人進行編輯排版時受限於才學或未加留意，造成刊刻排印後的版本有所訛誤。又或是作者在創作之後，趁著重新謄抄可能再次進行改易，有時可能修改部分文字，有時或者針對題目略為修訂，因而造成如此現象。

不過，也因為其作品數量繁多，而且多為模山範水之屬，故同質

---

117 李神義〈碧瑤〉，《襟天樓詩集》，頁 31。
118 李神義〈歸臺有感〉，《襟天樓詩集》，頁 278。

性相當高，反映在作品的文字呈現上，則有陳言套語的情況出現，例如在文字的使用上面，舉凡「山」皆稱「名山」，諸如〈竹子湖〉：「名山飄緲夕陽橫」[119]、〈凌雲寺避暑〉：「名山回首赤霞橫」[120]、〈初秋登觀音山〉：「名山有幸作清遊」[121]、〈阿蘇山〉：「寫盡名山萬物妍」[122]等。又如「短筇」[123]、「疎鐘」[124]、「蠟屐」[125]等詞彙皆很常使用。並且，不只詞彙方面，甚至句式也幾多雷同，諸如下面兩首作品：

> 餘霞乍斂淡晴曦。洽值風和二月時。石樹清晨延爽氣。林櫻昨夜想新披。紅真試向溪頭望。艷到偏於竹外宜。漫道拘留奉一半。紛紛裙屐上山陂。（〈陽明山觀櫻〉）[126]

> 雲霞乍斂雨晴時。天際猶餘月一規。石樹林風迥爽氣。杜鵑倚露挺幽姿。紅深試向亭頭望。艷到偏於竹外宜。漫道闌珊花事減。卻看飛瀑電光披。（〈曉上陽明山〉）[127]

兩首在頷聯、尾聯的句式相當類似，僅抽換詞面而已。凡此種種，皆可得知澹庵的文字獨創性稍弱，較無法因應不同的景致而翻出新意。

　　雖然澹庵的作品有上述的問題，然文字淺白易達，較無複雜典故

---

119 李神義〈竹子湖〉，《襟天樓詩集》，頁 28。

120 李神義〈凌雲寺避暑〉，《襟天樓詩集》，頁 106。

121 李神義〈初秋登觀音山〉，《襟天樓詩集》，頁 87。

122 李神義〈阿蘇山〉，《襟天樓詩集》，頁 169。

123 如〈春遊竹林寺〉：「竟日尋詩信短筇」，頁 58。〈重過九畝園〉：「晚風習習短筇扶」，頁 14。〈菖蒲濱〉：「男體山前拄短筇」，頁 47。

124 如〈麥湖〉：「風約疎鐘落水頻」，頁 30。〈南灣閒步〉：「隔渚疎鐘斷續間」，頁 36。〈菖蒲濱〉：「忽聞林外落疎鐘」，頁 47。

125 如〈偕杜博士過九畝園〉：「同攜蠟屐訪幽居」，頁 131。〈碧瑤早發〉：「枯筇蠟屐混樵漁」，頁 35。〈登男體山〉：「蠟屐重尋曲澗泉」，頁 237-238。

126 李神義〈陽明山觀櫻〉《襟天樓詩集》，頁 153。

127 李神義〈曉上陽明山〉《襟天樓詩集》，頁 306。

之運用，適合讀者閱讀，是其一大優點，若從他所在年代來看，無論在日本殖民時代，或是戰後時期，堅持傳統漢文的價值，並且是選用門檻較高的詩作予以創作，此間所需要的漢學基底和文字能力，即非泛泛之輩，況且能夠專注於旅行時的地景欣賞與感受描摹，而成就如此豐碩的作品，其成就已經斐然。

最後，本文寫作時間倉促，疏漏之處在所難免，而關於李神義及其作品的探索，目前僅是一小步的開端，後續仍有一片相當豐厚的沃土可供有心者開墾，或是繼續深入考察全部作品的各種主題與價值；或是與同社詩人，乃至於同時期的詩人做出比較，皆是可以進行的方向。

《藻香文藝》的文獻考述與時代意義

何維剛 [*]

摘要

《藻香文藝》創刊於昭和六年（1931）十一月，由天籟吟社社長林述三主稿、社員吳紉秋為編輯暨發行人。以往論述經常將此刊物與《三六九小報》、《詩報》相提並論，認為此類刊物之發行，一振日治時期漢學衰頹之風氣，實則《藻香文藝》散軼不全，舊說猶須透過文本證據重新檢驗。本文以《藻香文藝》為主要討論文本，透過三種陳鏦厚、廖漢臣、楊永彬三種不同分期之前說加以梳理，得見其接受史層面隨著時代遞進轉變，不同的觀察面向亦賦予《藻香文藝》不同的解讀與文獻意義。另一方面《臺灣日日新報》與《藻香文藝》之互文、《藻香文藝》所代表天籟吟社的文學傾向，以及《藻香文藝》編輯群與其他吟社的人際網絡，皆展現此一刊物獨特之文獻與時代意義。透過重新探討《藻香文藝》與天籟吟社之關係，亦可從中窺視日治時期漢學刊物的文學史地位。

關鍵詞：天籟吟社、藻香文藝、吳紉秋、林述三、漢詩。

---

* 國立臺灣師範大學國文學系助理教授。

一、前言

　　大正十一年（1922）十月，林述三於大稻埕礪心齋書房創立天籟吟社，社員多出自礪心齋書房善於詩詞創作之門人。後礪心齋門下各有發展，如門人蔡奇泉赴日研讀法學，譯有《日本六法全書》，並於大正十四年（1925）發行《天籟新報》，為所見天籟吟社所早發行之相關刊物。[1] 至於本文討論之《藻香文藝》，則同為礪心齋門人吳紉秋於昭和六年（1931）年發行，相當於天籟吟社成立九年之時。此一刊物由吳紉秋擔任編輯兼發行人，[2] 天籟吟社社長林述三為主稿，前四期由「榮光社」為發行所，第五期開始則改為「大明社」為發行所。刊物內容則以當時民間擊缽徵詩、以及社員與外稿詩作為主，同時設有「閨媛」、「詩話」與漢文小說專欄。相對於《三六九小報》、《臺灣文藝叢誌》等長期發行的重要刊物，是觀照日治時期臺灣文壇的主流媒介，而《藻香文藝》近於同人集結，則提供了相較非主流的面向，得以重新觀照古典詩壇文學場域的進行與流動。

　　《藻香文藝》特殊的文獻價值，歷來學者已多有論及，如許俊雅〈「日治時期臺灣文學期刊史編纂」總論〉：「如果可能的話，《臺灣詩報》、《藻香文藝》也是可以繼續整理的對象。」[3] 已然意識到《藻香文藝》在日治時期報刊的特殊地位。然而，受限於文獻保存與流傳，《藻香文藝》真正進入到學術討論，卻僅見於潘玉蘭的研究。潘玉蘭《天籟吟社研究》概括介紹了《藻香文藝》第一、第二期，[4] 包含編輯

1　《臺灣日日新報》夕刊第四版，〈翰墨因緣〉（1925 年 7 月 1 日）。

2　關於吳紉秋生平事蹟，可參看胡巨川，〈詩酒奇人吳永遠〉，《高市文獻》15:3，2002.09，頁 31-89。

3　許俊雅，〈「日治時期臺灣文學期刊史編纂」總論〉，收於《足音集：文學記憶・紀行・電影》（臺北：萬卷樓圖書公司，2011），頁 276。

4　潘玉蘭，《天籟吟社研究》（臺北：萬卷樓出版社，2010），頁 145-149。

目的、刊物目錄與文獻價值,將此一文獻面目公諸世人。[5] 近年古籍重版、數位化風潮蔚為興起,文獻取得漸為容易,目前可知臺灣所見《藻香文藝》如下:

臺灣收藏《藻香文藝》一覽表		
收藏處	收藏卷期	備註
國家圖書館	第 1 期 – 第 5 期	於《天籟吟社舊籍復刻》出版
臺灣圖書館	第 1 期 – 第 2 期	已數位化
「全國報刊索引」資料庫	第 1 期	已數位化
《民間私藏:民國時期暨戰後臺灣資料彙編・文教篇・第三冊》	第 4 期	

　　天籟吟社為慶祝一百週年紀念,出版「天籟吟社百年紀念叢書」四種,其中《天籟吟社舊籍復刻》一書,便與國家圖書館達成合作出版協議,使《藻香文藝》一至五期,得重新再現世人眼前。該書既是保存既有文獻,也透過文獻再版,得以重新思考陳說是否正確。本文擬以《藻香文藝》為主要討論文本,先透過三種前說之省思,辨析《藻香文藝》之編輯性質,再由文獻與文學的角度,探討林述三、吳紉秋如何透過選文與刊登,彰顯自身之文學主張,尤其透過吟社人際網路之互動、稿源推測,思考《藻香文藝》創辦的停刊原因與實驗性質。

5　然而,受限於文獻出處與學術訓練,潘文仍有許多商榷之處。如其引用《臺灣日日新報》並非全文徵引,而是經過作者刪裁,致使其引文未能盡信。不過此仍未抵損其開創之功。

二、《藻香文藝》文獻考辨

潘玉蘭《天籟吟社研究》已然指出,既有論著中提及《藻香文藝》發刊期數者,有 1953 年陳鐵厚四期說、1960 年《臺灣省通志稿・文學篇》三期說、以及 2001 年楊永彬五期說三種差異。[6]實則從本文前言所列「臺灣收藏《藻香文藝》一覽表」可知,國家圖書館藏《藻香文藝》一至五號,為今所見存錄最為完整者,故四期、三期之說為非不證自明。[7]《藻香文藝》所見的發行數量為既定事實,不過本節所欲探討之重點,並非在於刊物發行之明顯是非,而是三種說法各別有其不同的關懷脈絡與觀察視角,且直接影響到後來讀者對於《藻香文藝》之認識予接受,值得一一思辨考索。

(一) 陳鐵厚「四期」說

戰後臺灣提及《藻香文藝》此一刊物,最早或見於《台北文物》於 1953 年 11 月所刊載陳驚癡〈天籟吟社與林述三〉:

> (民國)二十年十一月(日昭和六年)由先生主稿,同學吳紉秋為編輯兼發行人,發刊藻香文藝,聯絡全省詩社,當時星社黃水沛先生亦積極贊成,乃託其為藻香文藝社發刊詞一篇。……外有臺中楊爾材、臺南陳春林、高雄許君山先生之祝創刊詞,後因經濟困難,至民國二十一年二月(日昭和七年)停刊共發行四次。[8]

6　潘玉蘭,《天籟吟社研究》,頁 148。

7　案,除四、三、五期說法以外,尚有誤植者。如柳書琴:「林述三(1887-1957),曾領導北臺知名詩社「星社」、擔任「天籟吟社」社長、主編《藻香文藝》(1924.2-1925.10)。」此一《藻香文藝》繫於 1924 年,恐為《臺灣詩報》之誤。柳書琴,〈傳統文人及其衍生世代:臺灣漢文通俗文藝的發展與延異(1930-1941)〉,《臺灣史研究》,14:2,2007,頁 58。

8　陳驚癡,〈天籟吟社與林述三〉,《臺北文物》,2:3,1953.11,頁 75。

陳驚癡即陳鐓厚，筆者已有相關討論。[9]陳鐓厚為林述三門人、亦為天籟吟社社友，編有《天籟吟社集》，透過此文可見在戰後初期，天籟社員仍將《藻香文藝》視為林述三重要的編輯刊物。因《藻香文藝》流傳未廣，關懷者相對稀少，陳鐓厚的說法作為早期唯一可信的資料來源，成為後世重要的文獻依據。如胡巨川指出「林述三所主持的天籟吟社，發行了一本名為《藻香文藝》的詩刊，即由吳紉秋任編輯兼發行人。可惜因經費支絀，僅發行了四期就停辦了。」[10]又如黃美娥於「全臺詩作者個人資料・林纘」、「臺灣文學館線上資料平臺・藻香文藝」，都將《藻香文藝》定調為發刊四期、因經濟因素停刊，這些說法都因受到陳鐓厚論點影響所致。

實際上，陳鐓厚的說法「後因經濟困難，至民國二十一年二月（日昭和七年）停刊共發行四次」，其實是頗值得玩味。《藻香文藝》第四號（新年號）發刊於昭和七年（1932）一月一日，第五號發刊於同年二月五日。若陳鐓厚僅見第四號（新年號），斷非有「民國二十一年二月」之說，若見第五號，則不會有「共發行四次」之說。未能排除陳鐓厚乃是記載天籟吟社耆老舊說，而非真實見過《藻香文藝》。[11]至於「後因經濟困難」而導致停刊的說法，在 1931 年的雜誌刊載狀況確實是有可能的。《藻香文藝》收錄謎語、詩文、詩話、通俗小說，與當時《三六九小報》相互重疊（1930.09.09-1935.09.06），市佔率與刊物性質很可能不容易打開市場，而導致發刊時間不長，正如廖漢臣所言「只就雜誌的推銷狀況說，以前的雜誌，出版不出一千多部，

9　何維剛，〈天籟吟社一百週年考辨〉，《國文天地》，38:1，2022.06，頁 14-27。

10　胡巨川，〈詩酒奇人吳永遠〉，頁 31。

11　筆者推測，陳鐓厚可能未見《藻香文藝》原本。依據陳鐓厚所編《天籟吟社集》，其說多承襲社內耆老舊說，以致多與《臺灣日日新報》報導有所齟齬。此外，《天籟吟社集》卷首有「天籟吟社集訂正表」，刊誤集中錯漏之處，說明陳鐓厚下筆多有商榷之虞。

竭力推銷，還是售不過半！現在據說發行部數，多者五六千部，少者二三千部，推銷尚不費力。」[12] 廖漢臣比較 1940 年的《風月》與之前的刊物發行，大抵可看出《藻香文藝》正屬於「以前的雜誌」之列。

不過若回到文本，《藻香文藝》從第四號到第五號有一轉折，在於印刷所從原本之「榮光社」，改為「大明社」。箇中原因，於第五號「編輯餘話」有所說明：

> 本報為充實內容。且感從來所託印刷所。每多延緩。不能如期趕配。因是不惜重資。別託印版店。改換活號字。種種準備。以致延誤一期。有負感情。此後當倍加勉勵。照期刊行。希各原諒之。

《藻香文藝》倉促改換印刷所，間接說明林述三雖已有編輯《臺灣詩報》之經驗，但在選擇合作的印刷所上，仍處於摸索與嘗試階段，致使前四號常有延誤情形。「不惜重資」改換活字印刷，也可能間接影響整體刊物的經濟狀況。同為第五號「編輯餘話」所錄：

> 蒙各地購讀諸君。有以一年份或半年份報代惠賜。無任感佩。此種雜誌雖曰小經營。然印費亦甚浩繁。倘得讀者諸君。時時惠寄。積少成多。其助力豈不大哉。

「印費甚為浩繁」，再次彰顯《藻香文藝》可能面臨財物窘迫之問題。然而，前言「當倍加勉勵。照期刊行」，後又有諸詩友「以一年份或半年份報代惠賜」，可能於短期之內（或在第五號出刊時）尚無停刊之打算。陳鐓厚以為經濟困難，導致《藻香文藝》停刊，確有可能，但引用此說仍須有孤證不立之考量。

---

12 毓文，〈島內文人應負的任務〉，《風月》，163，1942.11.01，頁 7。

（二）廖漢臣「三期」說及其影響

《藻香文藝》停刊以後，一度被遺忘在歷史洪流，等到再次被提及時，文學史定位與意義又略微不同。前此 1953 年陳鑌厚認為《藻香文藝》是「聯絡全省詩社」以古典詩為主的刊物，箇中可能隱含新舊文學、和漢文學的隱微對立，但並未明顯地表露出來。及至戰後臺灣再次提及《藻香文藝》時，已然別具保存民族氣節的特殊意涵。

1950 年《臺灣省通志稿》出版，是戰後臺灣官方纂修的首部省志，具有特殊的官方視野，然而〈學藝志・文學篇〉則要晚至 1959 年才出版，出版時間較陳鑌厚〈天籟吟社與林述三〉一文更晚。〈學藝志・文學篇〉於日據時期的文學主要由廖漢民主筆，別立「保存民族文化與諸刊物」一節，選錄十種刊物，《藻香文藝》亦收錄在內。不過廖漢民對於《藻香文藝》的認識已略不同於稍早陳鑌厚的敘述。《臺灣省通志稿・文學篇》：

> 民國二十年（日曆昭和六年）十一月二十日，台北天籟吟社同人，創立藻香文藝社，發行「藻香文藝」雜誌，林述三主稿，吳紉秋為編輯發行人，置社址於臺北市建成町一丁目二百三十六番地（在今臺北市建成區重慶北路一段），三十二開版，每期約四十頁，半月發行一次。創刊號有黃春潮寄「藻香文藝社發刊序」一文云：……春潮所言，或為藻香同人所欲言者。該雜誌僅發行三號而停刊，除二三雜文外，悉刊各地擊缽吟稿，故亦可以詩報視之。[13]

《臺灣省通志稿》徵引黃水沛序文全文，此點與陳鑌厚一致，不過就

---

13 臺灣省文獻委員會主編，《臺灣省通志稿》（臺北：臺灣省文獻委員會，1950），卷 6，〈學藝志・文學篇〉，頁 85。

「三十二開版，每期約四十頁」，可知廖漢民確實親見《藻香文藝》。
而其稱「發行三號而停刊」，可能並未見過陳鐓厚舊說。「故亦可以
詩報視之」，點出了天籟吟社同人編輯《藻香文藝》仍不出古典詩為
主流之範疇，但此卻容易忽略《藻香文藝》處於刊物摸索階段的嘗試
性意義。依照林述三編纂《臺灣詩報》的經驗，其自可以循詩報模式
出版擊缽刊物，但《藻香文藝》加入白話通俗小說、謎語、詩話等專欄，
可見刊物雖以舊文學為基底，但舊文人仍有意透過新刊物迎向新讀者
與新世界，此一摸索嘗試之功仍應加以注意。黃水沛序文之關翹在「聊
述讀書之樂，藉為皷舞吾島士氣」，林述三與藻香文藝社等同人以古
典詩為職志，自有文化傳承之意氣，但此在戰後臺灣國民政府的省志
編纂，則成為「保存民族文化」的大論述，可能混淆了《藻香文藝》
的刊物性質。[14] 鼓舞讀書與詩學、保存漢文文化、並嘗試新刊物與舊
文化的融會，《藻香文藝》的出版其實是具備多元意義的。

　　無論如何，當刊物流傳愈窄進而斷絕，官方說法可能便會成為後
人認識《藻香文藝》的重要途徑，甚至在文獻不足徵的狀況下，輕斷
刊物性質。正如戰後臺灣另一部重要的官方著作《中華民國文藝史》：

> 又據臺灣省通志稿的統計，民國廿五、六年之間，全省的詩社，
> 實已高達一百八十四社以上。某些有心人士，更鳩資創辦有關
> 詩學的雜誌，如台灣時報、台灣詩薈、鯤洋文藝、藻香文藝、
> 詩報等刊物，與詩社的活動，相為表裏，鼓吹詩學，並灌輸民
> 族思想，一時風雅丕振，迄今不衰。[15]

14　廖漢臣於〈文學篇〉偏重舊文學，而忽略新文學的傾向，黃秀政已多有評議。見黃
　　秀政，〈論戰後臺灣方志之纂修—以《臺灣省通志稿・學藝志》為例〉，《臺灣文
　　獻》，49:2，1998.06，頁 101。
15　尹雪曼總編輯，《中華民國文藝史》（臺北：正中書局，1976），頁 269。

《中華民國文藝史》作為官方編纂的文學史，與坊間私人撰寫的文學
史性質不同。這部由尹雪曼主編的著作，各章節撰作人各異，但最終
皆須由尹雪曼統合，並且符合國民政府對於「文學」的視野與期待。
《中華民國文藝史》「舊詩」部分，是由張夢機主筆，這段論述同時
見於張夢機後來《思齋說詩·中國六十年來的傳統詩》、〈傳統詩社
的現況與發展〉的發言。[16] 實際上，若重新比對《臺灣省通志稿》與《中
華民國文藝史》二處材料，不難發現二說其實彼此因襲。《臺灣省通
志稿·文學篇》的廖漢臣〈序〉：

> 因此為挽救民族文化於垂危，有心人士，紛紛蹶起，鳩資創辦
> 中文雜誌，與詩社之活動，互為表裡，以鼓勵詩學並灌輸民族
> 思想。[17]

兩相比較下，不難發現張夢機對於日據時期刊物的認識，直接承襲自
廖漢臣《臺灣省通志稿·文學篇》的說法，或可視為一種官方說法的
傳衍。從這個角度來看，因為戰後國民政府為凝聚民心、對抗中共、
以及「中華文化復興運動」的需要，《藻香文藝》再次浮現在文學史
舞台。即使刊物性質未必是全然的「灌輸民族思想」，但為迎合政府
與時勢所需，此一刊物的接受呈現出另一種接受可能。

（三）楊永彬「五期」說及其商榷

　　相對於陳鏡厚天籟吟社內部、以及《臺灣省通志稿》的官方視野，
2000 年以來對於臺灣文學的重新認識與探討，賦予了看待《藻香文藝》
新面向。實際上，《藻香文藝》的文獻定位，還是楊永彬所言最佳：

16　張夢機，《思齋說詩》（臺北：華正書局，1977），〈中國六十年來的傳統詩〉，
　　頁 140。何芸紀錄、張夢機主持，〈傳統詩社的現況與發展［座談會］〉，《文訊》，
　　18，1985.06，頁 13。

17　《臺灣省通志稿》，卷 6，〈學藝志·文學篇〉，頁 69。

　　「風月」成員三十人，主要是臺北的詩社成員（也是「臺灣日
日新報」漢文詩欄編輯與發表者），甚至以林述三（1886 年生）
領導的「星社」、「天籟吟社」為主，……自舊文人的刊物脈
絡看來，是臺北發行之「臺灣詩報」與「藻香文藝」的承續。
前者在 1924.2-1925.4 間以月刊共發行 16 期（15 冊，11、12
期合刊），編輯黃水沛、發行人歐劍窗（即歐陳藤），以與臺
南連雅堂等的「臺灣詩薈」群相互抗衡。[18]「藻香文藝」發行 5
期（1931.11-1932.2），以林述三擔任主編，吳紉秋任編輯兼
發行人。二誌皆以「星社」成員居多，也大都成為本誌的編輯、
主筆與作者。[19]

楊永彬的論述箇中自有商榷餘地，如「星社」成員乃由「研社」成員
為基礎，創始之初聚會多辦於林述三私宅，但並非由林述三主導，當
時年份較高之林湘沅、黃水沛等人較有份量。[20]「星社」主辦《臺灣
詩報》時已創立十年，時由黃水沛出任編輯，亦可見黃氏於星社之地
位。不過楊氏將《藻香文藝》定調為《臺灣詩報》與《風月報》中間
的過渡刊物，實為的論。林述三在日據時期多方參與刊物主筆、編輯
等實務，根據天籟吟社同人考察，除了比較重要的《臺灣詩報》、《藻
香文藝》、《風月》等刊物外，林述三尚參與《臺灣聖教報》、《南
瀛佛教會會報》、《亞光新報》編輯，《詩報》、《南方詩集》、《臺
灣詩壇》、《詩文之友》顧問。[21]雖在 1931 年底，剛發刊的《藻香文藝》

18 筆者案，原文有對於「臺灣詩薈」的括號補充，因非本文重點暫予刪除。

19 楊永彬，〈從「風月」到「南方」──論析一份戰爭期的中文文藝雜誌〉，收於《風
月‧風月報‧南方‧南方詩集總目錄‧專論‧著者索引》（台北：南天書局，
2001），頁 75-76。

20 方延豪，〈臺灣詩社之今昔談〉，《藝文志》，123，1975.12，頁 57。

21 張家菀、莊岳璘、楊維仁合編，《天籟吟社先賢詩選》（臺北：萬卷樓出版社，
2022），頁 1-2。

面臨諸多刊行問題，諸如稿源、經濟、印刷所皆在挑戰舊文人的刊行經驗，但就後續整體林述三的編輯履歷來看，《藻香文藝》編輯之成敗與困境，則成為後日《風月報》、《南方》等養分。

以花柳文章為例。據胡巨川〈詩酒奇人吳永遠〉一文，《藻香文藝》的編輯吳紉秋，頗好流連風月場所。今所見第四號（新年號）《藻香文藝》設有「豔叢」欄目，收有梅山公子、皖北癡仙、瘦梅生、情僧、惜花生、延陵山人、巫山居士等匿名之青樓狎詩，此一專欄之設立，未詳是否起源吳紉秋所致。不過「豔叢」僅見於第四號，專欄至第五號又消失無蹤。相對於此，《藻香文藝》五號都設有「閨媛（秀）」一欄，鼓勵女子作詩。對於女子重視「閨媛」而非「豔叢」，此可能暗示《藻香文藝》的編輯群（以及相對應的讀者群）仍趨向保守，致使嘗試性質的「豔叢」並未長期設立。不過「豔叢」此一花柳文章欄目，反倒成為《藻香文藝》結束四年後（1935）《風月》的刊物特色，甚至憑此成功打入市場。

相對於「豔叢」，陳鐓厚〈天籟吟社與林述三〉所謂「聯絡全省詩社」，可能更近於林述三同人編輯《藻香文藝》之要旨。《藻香文藝》創刊號於卷末有「聯絡聲氣——性耽吟詠者望速參加」：

> 吾臺詩社到處林立。諸吟友散處各地者何可勝計。但從來缺乏之一聯絡機關。以通聲氣。無從得悉諸唫友之消息憾何如之。

可見《藻香文藝》之創立，可能有意於《臺灣詩報》之後，成為臺灣各地詩社、詩友聯絡聲器之平台。可見傳統文人、漢詩人，實為《藻香文藝》的預設讀者，此在《風月》大量存錄各地吟社課題、擊鉢，仍承繼了「聯絡聲氣」此一創辦精神與臺灣詩壇的漢詩人預設讀者群。

相對於單一刊物的編輯性質，《藻香文藝》如何與當時社會、甚至是同期《詩報》與前後期《臺灣詩報》、《風月》、《南方》等刊物做連結與定位，亦值得未來再加以探索。此正如黃美娥〈臺灣古典文學發展概述（1651-1945）〉所言：

> 古典文人亦有各類相關雜誌報紙的創設，如《臺灣文藝叢誌》、《臺灣詩報》、《台灣詩薈》、《三六九小報》、《詩報》、《藻香文藝》、《風月》……等，傳媒的運用，有益台灣各地文學活動的熱絡化，而作品的刊登，更能刺激創作力的增進。[22]

各古典詩文刊物之間，既有競爭、亦有繼承，箇中隱含編輯群的競爭，也意味著讀者群喜好的變動。《藻香文藝》既有古典詩壇「聯絡聲氣」的編輯目的，亦有「豔叢」等創新嘗試，適見傳統文人在面對新世界、新傳媒時，如何調整自身編輯技巧與價值以適應新時代，此一刊物價值與面向則非天籟吟社內部、以及官方視域所能預見。此或為《藻香文藝》重新復刻面世，為日據時期的刊物譜系提供「失落的一環」特殊的文獻價值。

三、《藻香文藝》的文學價值與時代意義

上節以前人舊說為切入點，探討《藻香文藝》在戰後各類論文與觀點中的接受，並從中辨析《藻香文藝》的編纂性質。本節則回到文本本身，主要聚焦在《藻香文藝》與當時報刊的互文關係、其中所蘊含的文學主張，並透過收錄詩作背後詩人群體的互動，再進一步探討此書編成的意義。

---

22 黃美娥，〈臺灣古典文學發展概述（1651-1945）〉，「海峽兩岸臺灣史學術研討會」論文集，2004，頁441。

（一）《臺灣日日新報》所見《藻香文藝》的刊登與互文

《藻香文藝》最初的歷史記載，見於《臺灣日日新報》四則報導。此四則報導潘玉蘭《天籟吟社研究》雖已徵引，不過經過作者重新刪裁，並非報刊原貌。茲引四則報導如下。《臺灣日日新報》1931 年 8 月 7 日第四版：

> 藻香文藝社。為林述三氏外數名所創設。茲於發刊之先。欲向島內徵募小說及詩詞。以光紙面。
>
> 一小說。長篇。短篇。皆可。
>
> 一題目不拘。交卷十月末日。
>
> 一詩題四紅吟。四首一卷七絕不拘韻：
>
> ▲紅拂敲戶　▲紅絹指鏡
>
> ▲紅線盜盒　▲紅娘寄簡
>
> 一交卷十月十日。
>
> 以上入選佳作。均有薄贈。交卷處臺北市太平町一丁目八一吳紉秋收。[23]

此或為藻香文藝社最早的文獻紀錄。藻香文藝社雖由吳紉秋擔任發行人，實則在當時眼光，仍以林述三作為該刊物的主要創辦人。《臺灣日日新報》以藻香文藝社為「林述三氏外數名所創設」，可能是林述三在當時詩名顯著，兼以發行人吳紉秋為林述三門人，此亦見於黃水沛〈藻香文藝社發刊序〉：「藻香文藝。吾友述三暨門下高足所欲經營者也。」[24] 故以藻香文藝社繫名於林述三，此尤可見藻香文藝社與天籟吟社之間的關連。

23　《臺灣日日新報》第八版（翰墨因緣）（1931 年 8 月 7 日）。

24　黃水沛，〈藻香文藝社發刊序〉，《藻香文藝》，收於何維剛主編，《天籟吟社舊籍復刻》（臺北：萬卷樓出版社，2022），創刊號，1931.11.15，頁 45。

至於「欲向島內徵募小說及詩詞。以光紙面。」說明《藻香文藝》創立之初，已確立雜誌並非以古典詩刊為限，而是兼涵詩詞小說、文言白話各體裁。此與《藻香文藝》之「外稿歡迎」徵稿啟事相合：

> 凡有關于文藝作品詩詞歌賦小說以及各社徵詩課題擊缽吟錄或介紹學說等。均極歡迎。體裁白話文言不拘。[25]

此一徵稿啟事，大抵涵蓋了《藻香文藝》之編輯性質，箇中雖無「介紹學說」此一項目，但有林述三「礪心齋詩話」、太公「詩話」，亦補充在詩詞創作以外文學批評的篇幅。此次「四紅吟」徵詩名次見於《臺灣日日新報》1931 年 12 月 2 日第四版：

> ▲藻香文藝社。前所徵四紅吟。計得詩百餘卷。經託張純甫氏選舉。茲將前茅十名。列明於左。[26]

「四紅吟」徵詩結果，《臺灣日日新報》僅臚列前十名結果，實則參照《藻香文藝》創刊號「騷壇消息」，則有二十名入選。可見報紙限於篇幅，僅限刊登前茅，並非全數得獎名單，而《藻香文藝》作為私辦雜誌，相對於報紙篇幅更為充裕，能完整體現徵詩結果。至於「四紅吟」徵詩的詩作，則見於《藻香文藝》第二號、第三號分為二次刊載，刊載前十名作品，此亦為《藻香文藝》作為漢詩交流刊物的一大特徵。就當時如《臺灣日日新報》「翰墨因緣」專欄來看，雖然民間徵詩、擊缽活動不少，但報紙僅臚列名次，卻因篇幅有限較少刊登詩作；而《臺灣日日新報》即使有「詩壇」專欄，但每日刊登詩作亦相當有限。致使徵詩活動僅成為作者出名的手段，卻未能達到透過詩作相互切磋琢磨的「以詩會友」意義。

---

25 「外稿歡迎」，《藻香文藝》，收於《天籟吟社舊籍復刻》，創刊號，1931.11.15，頁 85。

26 《臺灣日日新報》第四版（翰墨因緣）（1931 年 12 月 2 日）。

　　徵詩不在於爭逐名利之手段，而在於文學切磋之媒介，此亦見於《藻香文藝》於天籟吟社徵詩「落花」的刊載。《臺灣日日新報》1931 年 10 月 23 日第四版載：

> 天籟吟社前所徵落花詩計得三百餘首。經託黃水沛氏選取五十名。入選佳作。按刊於十一月發刊之藻香文藝什誌。[27]

黃水沛所選五十首「落花」詩，於《藻香文藝》創刊號刊載一至二十四名，第二號刊載後二十五至三十四名。第二號不刊載後廿五名，而僅取至三十四名，固然有篇幅限制的可能，不過另一可資注意處在於三十四名「臺北 寧南淚生」，正為吳紉秋筆名。可能吳紉秋為使自己作品見載《藻香文藝》，故取於諸詩殿軍。《藻香文藝》明確見於《臺灣日日新報》者尚有第二次的徵詩：

> ▲藻香文藝社第二期徵詩擬定如左。
> 一、題目心猿一、詩體七絕不拘韻。一、期限十二月十五日截收。一、詞宗未定。一交卷臺北市建成町一丁目二三三藻香文藝社收。[28]

「心猿」一題由蔡痴雲、林其美任左右詞宗，並各選十名刊載於《藻香文藝》第四號新年號。不過此則報導見載於 1931 年 12 月 23 日夕刊，徵詩啟事卻說「十二月十五日截收」。基本上《藻香文藝》作為半月刊，於「外稿歡迎」專欄提及徵稿底線：「本雜誌每月五日及二十日為截止日。如欲趕赴該期登載者。須於截止日前寄到。以免誤期。」而第四期新年號於「昭和六年十二月三十日印刷」，並於「昭和七年一月

27　《臺灣日日新報》第四版（翰墨因緣）（1931 年 10 月 23 日）。
28　《臺灣日日新報》「夕刊」第四版（翰墨因緣）（1931 年 12 月 23 日）。

一日發行」[29] 徵詩啟事的日期錯載，未詳是《臺灣日日新報》的延後刊登，抑或《藻香文藝》編輯失誤而晚發訊息，箇中因由恐難以得知。

《藻香文藝》的文獻價值之一，亦在於刊載各地擊缽吟稿，存真了當時的古典詩壇活動。《藻香文藝》所錄詩社擊缽，大多見載於《臺灣日日新報》之「翰墨因緣」專欄，如「臺北榆社第七期課題。避風臺。經吳壽周氏選出如左。」[30]「汐止灘音社員林金標氏所徵竹王詩。計得二百八十餘首。經謝雪漁氏評選二十名內如左。」[31] 這些報導在「翰墨因緣」專欄下因為篇幅受限，文字敘述相當簡要，而《藻香文藝》將榆社、灘音吟社擊缽作品刊於創刊號，適為二種報刊雜誌提供了相互參照的可能。此外，《藻香文藝》創刊號收錄竹社擊缽「菊夢」一題，據《臺灣日日新報》1931 年 11 月 2 日第四版：

> 竹社擊缽吟例會。去二十七日下午一時。開于值東即西門吳祿氏宅內。是日吟朋二十餘名參加。詩題菊夢。蕭韵七絕。至七時得詩六十餘首。錄呈左右詞宗鄭養齋黃潛淵兩氏選取。後開宴歡飲散會。[32]

若單從《藻香文藝》所錄擊缽詩作來看，左右詞宗鄭養齋、黃潛淵各選前十名，其中「少磻」（案，疑王少磻）便佔有三首，為數最多。透過《日日新報記載》「吟朋二十餘名參加」、「至七時得詩六十餘首」，可知雅集詩友平均作有二至三首詩作，方可解釋擊缽作品中單一作者反覆出現之狀況。《臺灣日日新報》可能是當時報刊，與《藻

---

29 案，發行日「昭和七年一二月日發行」，當為誤植，該期天欄將發行日繫於「一月一日」。

30 《臺灣日日新報》第四版（翰墨因緣）（1931 年 10 月 26 日）。

31 《臺灣日日新報》第四版（翰墨因緣）（1931 年 10 月 29 日）。

32 《臺灣日日新報》第四版（翰墨因緣）（1931 年 11 月 2 日）。

香文藝》可相互參見的文獻。

（二）《藻香文藝》的文學傾向

《藻香文藝》的詩學觀念，大多展現於「詩話」等欄目，少部分則透過評語展現編者觀點。尤可注意者是《藻香文藝》收錄之詩話與詩學觀，往往對當時臺灣擊缽之風有所對話與批評。《藻香文藝》創刊號錄有苓草〈礪心齋詩話〉：

> 憶曩予曾值東徵題為天籟庚韻嘯厂應作有獨雁啼霜落洞庭句甚佳。門人薛玉龍嘲為出韻。予曰詩之佳者。似每自忘却下筆時得韻。亦偏從出韻時有好句。故知限韻之作最夭關性靈也。[33]

苓草即為林述三的號，至於文中所謂「值東徵題為天籟庚韻」，當指天籟吟社創立時的首次徵詩活動。林述三與門人薛玉龍對於同一首詩的評價，正展現當時臺灣擊缽風氣與文學賞析兩種對立的審美觀。薛玉龍以出韻與否論詩之好壞，得見其對於詩作品評，有一擊缽競爭之框架，務須符合此一框架標準，方能進入文學品評之境地；相對於此，林述三則提醒薛玉龍（及其背後暗示的臺灣詩壇），若過份拘泥於擊缽之格律、用韻等基本問題，無疑「夭關性靈」、而不得進入「詩之佳者」。與其將擊缽競技視為讀詩、作詩之金針規鎳，還不如回到無詩之境界，更能直覺領略詩之性靈與美感。

林述三對於性靈之重視，亦見於其對詠物題材的關注。咏物為擊缽常見擬題，然而咏物亦當具有詩人情性。《藻香文藝》第三號續載〈礪心齋詩話〉，從清末黃登弟、林鶴年之擊缽詩作論起，而談到咏

---

33 苓草，〈礪心齋詩話〉，《藻香文藝》，收於《天籟吟社舊籍復刻》，創刊號，1931.11.15，頁76。

物詩之要旨：

> 春潮兄佳搆甚多其嬉笑怒罵以平淡之題。如綠豆粥四律。予甚
> 服其筆如天馬行空云。……咏物一字題予見李嶠甚多。然俱用
> 典而白藥〔樂〕天則直寫。兩人或以性靈。或以學力也。合而
> 為一則別以艱深。[34]

林述三以黃水沛之〈綠豆粥〉四律點出咏物詩之要旨，一在性靈、一
在學力，並以其論「其嬉笑怒罵以平淡之題」，推測當在性靈學力外
尚須有所寄託。「學力」亦為《藻香文藝》創刊之要旨，甚至地位更
甚於性靈之上。創刊號收錄黃水沛〈發刊序〉，已明言創刊要旨在於
推廣讀書：

> 黃子曰。壯哉藻香之刊。成敗刊鈍可以勿問。吾將藉此以為吾
> 島人士。鼓舞讀書之樂矣。[35]

此一讀書不僅是培養興趣，更是啟迪民智之關翹：「斯文既興。愚蒙
等誚。皆可明其智慧。開其腦力。」[36] 落實到古典詩創作，則學力亦
可挽救擊缽流弊。《藻香文藝》第四期收有太公〈詩話〉：

> 詩有別腸不關學問。此語似是而非。足以誤人。觀於吾島詩界
> 崇尚擊缽。青年士人筆戰殆無虛日。著作時忙而讀書時少。其
> 得免為子才一語所誤幸矣。[37]

---

34 草苓，〈礪心齋詩話〉，《藻香文藝》，收於《天籟吟社舊籍復刻》，第三號，
　　1931.12.15，頁 164-165。案，本刊「草苓」當為手民誤植，應作「苓草」。

35 黃水沛，〈藻香文藝社發刊序〉，《藻香文藝》，收於《天籟吟社舊籍復刻》，創
　　刊號，1931.11.15，頁 45。

36 許君山，〈祝藻香文藝社創刊〉，《藻香文藝》，收於《天籟吟社舊籍復刻》，創
　　刊號，1931.11.15，頁 50。

37 太公，〈詩話〉，《藻香文藝》，收於《天籟吟社舊籍復刻》，新年號（第四號），

太公當為筆名，未詳何人。此一詩論明顯針對「吾島詩界崇尚擊鉢」之風氣發言，直言擊鉢詩人好作擊鉢而不學之根本問題。此則與《藻香文藝》推廣讀書、以及林述三兼重性靈與學力二者相互切合。

《藻香文藝》對於臺灣詩人的另一批評，在於詩人作品與現實脫節。《藻香文藝》第二號載有酒軍〈詩話〉：

> 吾臺自庚午歲以來。米粟價廉。各界叫苦連天。而諸詩人尚樂歌昇平。語不及乎時事。其用意之深淺。視古人為何如耶。[38]

酒軍未詳何人，其對於詩人的評價與其說是抨擊擊鉢，不如說是針對臺灣詩壇的整體回應。不過《藻香文藝》雖對擊鉢、詩壇多有討論，基本上仍居於古典詩之立場，即使批評也多有迴護之意，並不會語出激烈。此可能暗示編者林述三、吳紉秋，以及預設讀者各地吟社之古典詩人，對於漢學與詩壇仍保有相當尊重與期待，新舊文學間的矛盾爭執尚未白熱化。至若十年後《風月》於 131 期（1941.06.01）曾刊載黃文虎〈臺灣詩人的毛病〉，直言臺灣詩人有模仿、偷詩、託名、揣摩詞宗心意、無中生有、一稿數投等弊病，造成當時詩壇論戰。古典詩人對於當時詩壇種種失望之處，自然是引發論戰的重要因素，然而 1934 至 1941 十年之間，禁用漢文以及白話文、新文學的學習已成風潮，不同的時空背景以及看待漢詩的態度，致使《藻香文藝》與後出之《風月》展現不同的論詩面貌。

《藻香文藝》的文學主張，主要見於各號所刊登之「詩話」，這些詩話不僅展現作者詩學觀念，同時刊物也透過刊與不刊，間接表達

1932.01.01，頁 213。

38 酒軍，〈詩話〉，《藻香文藝》，收於《天籟吟社舊籍復刻》，第二號，1931.12.01，頁 121-122。

出林述三等編輯同人對於擊缽詩之批評與改良。實際上，《藻香文藝》
對於舊文學的看法，仍有許多可堪深入之處，如第四號（新年號）刊
登蘇等運〈五經必讀〉：

> 臺灣自日本帝圖以來。漢學之不興者久矣。今漢學之甚衰微者。
> 因當局不許書房增設之所由也。惟書房之不許增設者。關於漢
> 學之存亡。如魚水之交矣。想漢學之存亡。皆在當局之處置如
> 何耳。以此觀之。社會諸先輩之中。往往不欲使子弟深究漢學
> 者多矣。況現代之青年乎。[39]

該文作為新年號開篇首錄篇什，別具意義。蘇等運對於漢學以及書房
衰微的思考，是同時代舊文人的共同困擾，想必林述三之礪心齋書房
與天籟吟社同人所欲討論之命題。政權、時代與文學三者於新舊之間，
應如何取捨、共存，使傳統得以延續於新世界、寄望於新青年，《藻
香文藝》雖於主稿、編輯並未明言，卻透過選文隱微代替了自身發言。

（三）《藻香文藝》所見之詩人群體互動

《藻香文藝》大量收錄各吟社的擊缽、課題、徵詩作品，為其刊
物特色，《臺灣省通志稿》稱「悉刊各地擊缽吟稿，故亦可以詩報視
之。」[40] 不過《藻香文藝》所見各社的專欄作品，性質仍可細分，大
致可分為團體徵詩、民間吟社與文人雅集三大類。而從三類詩作的成
員與詞宗，亦可窺見《藻香文藝》詩稿收集的線索。為便於讀者參看，
於文末附有附表一「《藻香文藝》所錄詩社、雅集詩題與詞宗一覽表」，
可對《藻香文藝》收錄各社作品有一整體瞭解。

---

39 蘇等運，〈五經必讀〉，《藻香文藝》，收於《天籟吟社舊籍復刻》，新年號（第
    四號），1932.01.01，頁 181。
40 《臺灣省通志稿》，卷 6，〈學藝志・文學篇〉，頁 85。

　　《藻香文藝》中屬於團體徵詩的有：臺北運輸組徵詩、《藻香文藝》徵詩、臺北和昌商店徵詩、《臺灣文學週報社》徵詩。《藻香文藝》、《臺灣文學週報社》屬於刊物性質，透過徵詩活動吸引讀者、推廣刊物，對文學刊物而言並不罕見。值得注意的是「臺北運輸組」與「臺北和昌商店」的徵詩活動，何以會收錄在《藻香文藝》？此或可從詞宗身分一窺究竟。「臺北運輸組」詩題「戰線」，詞宗由吳紉擔任，「臺北和昌商店」詩題「眼鏡」，詞宗為李世昌。吳紉秋與李世昌既同為林述三門人，亦同為天籟吟社社員。[41] 此已暗示本節所欲討論之重點，即《藻香文藝》名義上雖為詩壇「外稿歡迎」自由開放之園地，實則稿源並非起始便能得到各地吟社青睞，仍須透過天籟吟社之人脈作為背後支持，以此聯繫詩社與稿源。而詞宗握有吟社擊缽、徵詩的作品，可能為《藻香文藝》取得詩作的來源之一。

　　屬於民間吟社的有：榆社、天籟吟社、皷山吟社、鳳岡吟社、灘音吟社、竹社、高山吟社、華僑同鄉吟社、松社、新竹切磋吟社、高雄市內五社聯吟會首唱、佳里白鷗吟社、布袋新鷗吟社、鄞江吟社、旗山旗峰吟社。計有十四個民間詩社。其中大約又可分為兩部分。一為屬於臺北州內的吟社，有榆社、天籟吟社、灘音吟社、高山吟（文）社、松社。其中榆社、天籟、灘音三社，於昭和三年（1928）共屬北部詩社「同聲聯吟會」。而同樣位於臺北的松社成立於昭和四年（1929），鄞江吟社位在基隆，亦為昭和六年（1931）成立，在《藻香文藝》刊登時仍屬於年輕社團。臺北詩社的地緣關係與聯吟活動，以及同一詩人參與多種吟社，可能為北臺吟社將作品刊登於《藻香文藝》的基礎。根據胡巨川〈詩酒奇人吳永遠〉稱「時年廿八的他，在臺北期間非常活躍，除了天籟吟社外，他還參加了汐止灘音，新竹竹

41　潘玉蘭，《天籟吟社研究》，頁 89、93。

社的擊鉢,並擔任基隆大同吟社、高雄蘭是書局徵詩的詞宗。」[42]又《藻香文藝》第二號「皷山吟社 許君山氏徵詩」、「高山吟社擊鉢」,吳紉秋便曾獲得右九、左六的成績。說明單是吳紉秋一人,便與天籟吟社、汐止灘音吟社、新竹竹社有所關連,並可能透過主動參與雅集擊鉢、徵詩,對主辦方進行詩作刊登邀稿。此外,亦不可忽略林述三於天籟吟社、星社的人際網路。如《藻香文藝》新年號(第四號)收有「松社擊鉢 寒夜煮酒」,其中右詞宗黃水沛、得獎者(林)其美、(張)純甫、(蔡)癡雲、(黃)梅生、(杜)仰山,皆為星社社員。社名雖然不同,但透過林述三、吳紉秋共通的詩壇人際網路,而得將不同民間吟社的詩稿刊登於《藻香文藝》。

另外一部分則為臺北以外的吟社:有新竹之竹社、切磋吟社,嘉義布袋之新鷗吟社,同數臺南廳臺南佳里白鷗吟社、高雄之皷山吟社、鳳岡吟社、旗山旗峰吟社。有一些可能為吳紉秋私人情誼的邀稿,如前文稱吳紉秋曾參與竹社擊鉢,此外吳紉秋與許君山交善,《藻香文藝》創刊便收有許君山〈祝藻香文藝社創刊〉、〈寄寧南淚生〉,寧南淚生便為吳紉秋詩號。許君山為皷山吟社、蘭室書局重要成員,《藻香文藝》第一至四號皆收有皷山吟社擊鉢與徵詩詩作,很可能就是由許君山居中蒐羅。有一些則為吳紉秋或天籟社員親自參與雅集擊鉢,如《藻香文藝》創刊號刊登「鳳岡吟社第四期徵詩 花夢」,其中詞宗陳春林所選十首作品,有五為「寧南淚生」所作,一首為許君山作。另一些可能是基於天籟吟社或當時詩壇人脈居中牽線,如鄭坤五為鳳岡吟社的創始成員,天籟吟社曾聘為一週年擊鉢次唱詞宗(1923)、天籟吟社第十期課題詞宗(1927),與天籟吟社具有合作關係,鳳岡吟社擊鉢詩作可能由其彙整。實際上,限於文獻證據,未能全然掌握

---

42 胡巨川,〈詩酒奇人吳永遠〉,頁31。

《藻香文藝》如何和各地吟社「互通聲氣」、邀稿詩作，不過從詞宗身份、天籟吟社社員參與各地擊缽雅集、以及林述三的詩壇影響力三個方面來看，人際脈絡仍是《藻香文藝》詩作的主要來源。

不過《藻香文藝》中最屬於私人性質者，當屬第三種文人雅集詩會的紀錄：寄廬瓊花小集、偶社小集、明遠齋小集、寄廬吊花聯、永修禪師五秩榮壽擊缽、圓山小集、寄廬擊缽、吳萱草先生令次郎國卿君新婚擊缽、寄廬觀瓊花擊缽。然而若細查各類雅集的詩友所屬，仍可發現這類雅集與民間吟社的關連相當密切。文人雅集以「寄廬」為目者，便有四次之多。此寄廬當非指臺灣南部之林湜卿。總覽《藻香文藝》所錄寄廬雅集，曾任詞宗之謝尊五[43]、張一泓，活動之灘音吟社、小鳴、網珊、大同吟社，皆在汐止、基隆一帶。至於與會之洪夢花、郭元、何崧甫、黃昆榮等，皆參與灘音吟社之詩鐘擊缽。[44]當可推測寄廬雅集，當屬灘音吟社之下的詩友雅集。再以《藻香文藝》第二號「偶社小集」為例。該次擊缽左右詞宗葉子宜、李肖品，以及與會之柯子邨，皆為林述三門人與天籟吟社社員。至於同樣與會之吳懶梅、簡穆如、陳筱邨等，則為榆社社員。除以上二例外，尚有《藻香文藝》第三號錄有「圓山小集」，其中除陳世昌可確認為林述三門人外，其餘與會諸人身分皆已難以辨認，未詳是否為天籟吟社圓山分部少數存留的詩會作品。或可推測私人雅集的性質，仍是以參與投稿《藻香文藝》的詩社如天籟、灘音、榆社等社詩友為主，而非真正外稿。

《藻香文藝》之稿源，亦可從詩作所附之「案語」中略窺一二。《藻

---

43 據《藻香文藝》第二號首頁封底「雪泥鴻爪」欄目：「謝尊五氏，在汐止設帳授徒。經有年數。受其薰陶者頗不乏人。現主盟灘音吟社。而門人皆詩界中之錚錚也。」見《天籟吟社舊籍復刻》，頁88。

44 可參看〈灘音吟社擊缽 管灰 燕頷格〉，《藻香文藝》，收於《天籟吟社舊籍復刻》，新年號（第四號），1932.01.01，頁205-206。

香文藝》著錄寧南淚生（吳紉秋）、苓草（林述三）、凌霄、懺梅（吳
懺梅）共記六處之漫評案語，此外尚有皷山吟社「美人關」徵詩，載
錄了右詞宗張達修對於詩作的評語。《藻香文藝》所錄之案語，除了
得見編輯者對於詩作的評價與賞析方式，亦可能揭示詩稿之來源與傳
播途徑。《藻香文藝》第三號「詩壇」，錄有李占春〈重遊北投〉、〈基
隆港泛槎〉、〈枋橋訪林園〉、〈淡水河畔書所見〉四首，茲以〈淡
水河畔書所見〉為例：

> 蘆荻叢邊泊釣船。漁翁逐日醉江天。獲魚換肉沽醨酒。不管人
> 間五十年。[45]

此詩書淡水眼前景，後則轉入詩人懷抱，於景物進入與世無爭之詩境。
編輯著錄凌霄評語：

> 遊基隆北投兩律。幽趣逸情。圓轉流利。令人三復不厭。枋橋
> 一律。蒼涼悲慨。情文並茂。淡水之作。描寫迫真。恍忽一幅
> 自然漁人行樂圖也。　凌霄漫評。[46]

同第三號「詩壇」錄有念壁〈贈黃純君〉，凌霄亦有評語：「犀利清靈。
玲瓏可誦。」[47]此外，凌霄漫評亦見於同第三號「閨媛」對於施月裡〈蒙
柏峯先生贈詩賦答之〉的評語。凌霄未詳何人，《藻香文藝》第五號
錄其與清水廖柏峰〈和高恨人先生桃園定情詩原韻〉的同題之作，第
三號中其所評詩之李占春、念壁，二人同為臺中清水人，說明凌霄可

45　李占春，〈淡水河畔書所見〉，《藻香文藝》，收於《天籟吟社舊籍復刻》，第三
　　號，1931.12.15，頁 140。
46　李占春，〈淡水河畔書所見〉，《藻香文藝》，收於《天籟吟社舊籍復刻》，第三
　　號，1931.12.15，頁 140。
47　念壁，〈贈黃純君〉，《藻香文藝》，收於《天籟吟社舊籍復刻》，第三號，
　　1931.12.15，頁 141。

能具有臺中地緣關係，甚至可能協助《藻香文藝》蒐羅臺中地區的詩作。凌霄對於李占春、念壁與施月裡的詩作品評，未能排除是收搞之初，便已隨同詩作一起附上，而後《藻香文藝》再將詩作依類分別刊登。

綜上所述，《藻香文藝》所設古典詩欄目，大致可分為團體徵詩、民間吟社與文人雅集三類。三類雖看似性質不同，實則多以吳紉秋、林述三之詩壇人際脈絡為稿源。換言之，《藻香文藝》作為刊物，仍停留在以人脈為核心的作品集結，在收稿與刊登皆未真正打開市場。《藻香文藝》於創刊號時曾舉辦一「新年紙上交歡名刺集」的活動：

> 茲藉新年之好機。於紙上設一「名刺交換會」藉千里之神交。集平時之仰慕。雖無燭剪西窗之盛情。其清興當不減晤言於一室之內也。[48]

並於第二號卷末公布「接到名刺參加之芳名于左」：

> 大同吟社。復旦吟社。鄞江吟社。灘音吟社。松社。星社。榆社。淡北吟社。高山文社。以文吟社。耕心吟社。讀我書社。竹林吟社。寒鷗吟社。梅社。切磋吟社。來儀吟社。華僑同鄉吟社。興賢吟社。樸雅吟社。虎溪吟社。香芸吟社。同侶吟社。皷山吟社。旗津吟社。苓洲吟社。鳳岡吟社。天籟吟社。[49]

此一名單大致可看出《藻香文藝》背後的詩社網際脈絡，其中真正參與投稿者，僅有一半吟社，剩下一半可能是未來潛在拓展的投稿者。

---

48 「新年紙上交歡名刺集」，《藻香文藝》，收於《天籟吟社舊籍復刻》，創刊號，1931.11.15，頁 86。

49 「新年紙上交歡名刺集」，《藻香文藝》，收於《天籟吟社舊籍復刻》，第二號，1931.12.01，頁 130。

從名刺交換的活動來看,《藻香文藝》確實達到「互通聲氣」之創辦目的,但尚未達到能透過營利支撐發行的階段。《藻香文藝》與每號卷末都有廣告料:「一頁拾圓半頁五圓四分之一三圓」,但真正刊登廣告者,僅有第四號(新年號)之高雄「蘭室圖書局」刊登半頁廣告、第五號刊登永樂町「新集益商行」半頁廣告。其中「蘭室圖書局」尚為許君山等人合辦,真正屬於廣告刊登者僅有「新集益商行」。相對於後來發行之《風月》採取會員制,並每期至少有 5-12 則廣告,可能亦曾借鏡《藻香文藝》的失敗經驗。《藻香文藝》無法打破同人集結的限制,外稿有限、不易向讀者推廣,廣告資金亦無法進入,此皆為後來之停刊埋下伏筆。

四、結語

《藻香文藝》作為一項小眾刊物,是重新思索日治時期臺灣漢詩壇的切入點。報刊的流傳與影響,自晚清以來蔚為風氣,臺灣的《三六九小報》、《風月》、《南方》,亦是當今學界關注日治時期刊物與文壇狀況的重要媒介。如果說《三六九小報》代表著主流、成功刊行的刊物代表,那麼由天籟吟社同人林述三、吳紉秋所編輯之《藻香文藝》,則是非主流、尚處實驗階段的同人作品集結。然而,不論是主流或非主流、成功刊行或實驗集結,《三六九小報》與《藻香文藝》承載的是社會不同群體的聲音,對於瞭解 1930 年代的臺灣詩壇與社會,提供了觀點、面向不同的資訊。

歷來各類文獻對於《藻香文藝》認識,同時也彰顯不同群體對於此一刊物的接受角度。陳鐵厚〈天籟吟社與林述三〉一文,以天籟吟社社史與林述三個人的角度,概括了《藻香文藝》的編纂,將之視為

社團內部脈絡的出版品。戰後國民政府遷臺，為響應中華文化復興運動，《藻香文藝》被官方定調為保存民族文化的代表刊物。2000 年以後報刊研究的興起，《藻香文藝》復可納入日治時期的刊物譜系，以《臺灣詩報》、《風月》刊物編輯的角度，重新思索舊文人與刊物編輯的共存關係。三種不同的閱讀、接受視角，展現了單一文本的無限可能，實際上不論是涉及女性視角之「閨媛」、「豔叢」，涉及東亞視角與人群移動之「華僑同鄉詩社」以及少數日本詩稿，甚至是「副文本」的研究關懷：編輯如何透過評點、圈點、案語、圖畫來經營刊物的剩餘空間，都是未來關注《藻香文藝》可能的切入視野。

　　就文獻角度來看，《藻香文藝》收錄大量民間吟社擊缽與徵詩詩作，存真當時詩壇的活動情形，許多詩作亦與《臺灣日日新報》「翰墨因緣」所載錄之詩壇活動可相互參看，立體呈現 30 年代詩壇從徵詩、品評到刊登的面貌。在文學觀點上，《藻香文藝》除了透過苓草、太公、酒軍等「詩話」直接表述以外，同時也透過文章之取與不取，貫徹天籟吟社兼重性靈與學力的文學主張。不過本文就《藻香文藝》所錄吟社之人際網絡，推測《藻香文藝》之稿源仍是以林述三、吳紉秋為核心，其雖有意拓展到各吟社「互通聲氣」之目的，但最終並未真正打入市場、亦無法吸收廣告資金投入出版。縱使如此，《藻香文藝》的再次面世，其所具備的文獻與文學意義，已超出單一社團天籟吟社的範疇，端賴詮釋者之觀察角度鴻觀與否，將會重新賦予此書新的詮釋空間與價值。

參考文獻

一、報刊資料

林述三主稿、吳紉秋編輯，《藻香文藝》，收於何維剛主編，《天籟
　　吟社舊籍復刻》，臺北：萬卷樓出版社，2022。

《臺灣日日新報》夕刊第四版，（翰墨因緣），1925 年 7 月 1 日。

《臺灣日日新報》第八版（翰墨因緣），1931 年 8 月 7 日。

《臺灣日日新報》第四版（翰墨因緣），1931 年 10 月 23 日。

《臺灣日日新報》第四版（翰墨因緣），1931 年 10 月 26 日。

《臺灣日日新報》第四版（翰墨因緣），1931 年 10 月 29 日。

《臺灣日日新報》第四版（翰墨因緣），1931 年 11 月 2 日。

《臺灣日日新報》第四版（翰墨因緣），1931 年 12 月 2 日。

《臺灣日日新報》夕刊第四版（翰墨因緣），1931 年 12 月 23 日。

二、近人論述

尹雪曼總編輯，《中華民國文藝史》，臺北：正中書局，1976。

方延豪，〈臺灣詩社之今昔談〉，《藝文志》，123，1975.12，頁 55-
　　62。

何芸紀錄、張夢機主持，〈傳統詩社的現況與發展 [座談會]〉，《文
　　訊》，18，1985.06，頁 11-31。

何維剛，〈天籟吟社一百週年考辨〉，《國文天地》，38:1，
　　2022.06，頁 14-27。

柳書琴，〈傳統文人及其衍生世代：臺灣漢文通俗文藝的發展與延

異（1930-1941）〉，《臺灣史研究》，14:2，2007，頁 41-88。

胡巨川，〈詩酒奇人吳永遠〉，《高市文獻》15:3，2002.09，頁 31-89。

張家莞、莊岳璘、楊維仁合編，《天籟吟社先賢詩選》，臺北：萬卷樓出版社，2022。

張夢機，《思齋說詩》，臺北：華正書局，1977。

許俊雅，〈「日治時期臺灣文學期刊史編纂」總論〉，收於《足音集：文學記憶‧紀行‧電影》，臺北：萬卷樓圖書公司，2011，頁 267-276。

陳驚癡，〈天籟吟社與林述三〉，《臺北文物》，2:3，1953.11，頁74-77。

黃秀政，〈論戰後臺灣方志之纂修—以《臺灣省通志稿‧學藝志》為例〉，《臺灣文獻》，49:2，1998.06，頁 95-133。

黃美娥，〈臺灣古典文學發展概述（1651-1945）〉，「海峽兩岸臺灣史學術研討會」論文集，2004，頁 431-445。

楊永彬，〈從「風月」到「南方」——論析一份戰爭期的中文文藝雜誌〉，收於《風月‧風月報‧南方‧南方詩集 總目錄‧專論‧著者索引》，台北：南天書局，2001，頁 68-150。

毓文，〈島內文人應負的任務〉，《風月》，163，1942.11.01，頁 6-7。

臺灣省文獻委員會主編，《臺灣省通志稿》，臺北：臺灣省文獻委員會，1950。

潘玉蘭，《天籟吟社研究》，臺北：萬卷樓出版社，2010。

附錄：《藻香文藝》所錄詩社、雅集之詩題與詞宗一覽表

詩社	詩題	詞宗
第一號		
榆社課題	避風港 七律不限韻	吳夢周
天籟吟社徵詩	落花 七律不限韻	黃水沛
皷山吟社徵詩	廉泉 七絕不拘韻	王則修
鳳岡吟社第四期徵詩	花夢 七絕不限韻	陳春林
灘音吟社徵詩	竹王 五律不拘韻	謝雪漁
竹社擊缽	菊夢	養齋、潛淵
榆社小集	茶浪 鶴頂	陳筱邨、吳紉秋
第二號		
皷山吟社 許君山氏徵詩	美人關 七律不拘韵	鄭坤五、張達修
天籟吟社徵詩	落花（續前期）	黃水沛
臺北運輸組徵詩	戰線 七絕不拘韵	吳紉秋
《藻香文藝》徵詩	四紅吟	張純甫
灘音吟社擊缽	舞伴	林述三
皷山吟社擊缽	柳陰	許君山、李秀瀜
寄廬瓊花滿開集諸同人觀賞並開擊缽吟會	月下美人 歌韻	謝尊五、張一泓
高山吟社擊缽	顯微鏡 寒韻	黃文虎、駱子珊
偶社小集	病葉 元韻	葉子宜、李肖

榆社擊缽	詩僧 五絕青韻	李春霖、陳小村
明遠齋小集	曉窗 魚韻	
灘音吟社擊缽	筆花 風頂格	杜冠文
第三號		
皷山吟社 許君山氏徵詩	美人關 七律 不限韻（延續上期）	鄭坤五、張達修。
華僑同鄉吟社徵詩	首都南遷 七律四支	許維封、張達修。
《藻香文藝》徵詩	四紅吟（延續上期）	張純甫
永修禪師五秩榮壽擊缽	荷花生日詞 侵韻	鄭養齋、張純甫
松社擊缽	冬暖 七絕無限韻	莊友蘭、黃梅生
圓山小集	虎聲 陽韻	
切磋吟社擊缽	晚粧 佳韻	王少礓、張奎五
榆社擊缽	探梅 東韻	張長懋、杜冠文
榆社	初會 風頂格	張長懋、謝尊五。
灘音吟社	「啞僧」、「笛」分詠格	柯子村、謝尊五。
第四號		
藻香文藝社徵詩	心猿 七絕不拘韻	蔡痴雲、林其美
臺北和昌商店徵詩	眼鏡 七絕不限韻	李世昌
臺灣文學週報社徵詩	詩味 侵韻	鄭坤五
天籟吟社課題	三字獄 東韻	張筑客

皷山吟社擊缽	詩將 歌韻	陳拱辰、歐仁山
鳳岡吟社擊缽 歡迎黃南山陳丁科二先生	舌劍 灰韻	黃南山、陳丁科
寄廬擊缽	花魂 青韻	吳懺梅、黃昆榮。
松社擊缽	寒夜煮酒 虞韻	劉克明、黃水沛。
榆社擊缽	瓶花 先韻	柯子村、陳筱村
榆社擊缽	謎運 鳳頂	詞宗合點
灘音吟社擊缽	管灰 燕頷格	張一泓
灘音吟社開擊缽宴席上唱柏梁體		
第五號		
高雄市內五社聯吟會首唱	龍井聽泉 七律侵韻	陳文石、陳春林
吳萱草先生令次郎國卿君新婚擊缽	並蒂牡丹 七律陽韻	吳子宏、洪鐵濤。
汐止灘音吟社擊缽	苔痕 侵韻	張鶴年、周士衡
鳳山鳳岡吟社擊缽	歡迎月津吟社友黃南山陳丁科二先生	黃南山、黃福全
佳里白鷗吟社擊缽	春寒	王大俊、吳萱草
東墩華僑同鄉吟社擊缽	思鄉 陽韻	許作良
布袋新鷗吟社擊缽	秋蟬 七絕庚韻	蔡瘦癡、周章秀
新竹切磋吟社擊缽	登樓 齊韻	陳竹峰、陳鐵鎚
臺北榆社擊缽送簡穆如君之大陸	指南車 微韻	簡穆如、柯子邨

鄞江吟社第九期課題	月夜泛舟	蔡景福、張鶴年
旗山旗峰吟社新春擊缽	元日書懷 七絕歌韻	郭韻琛、蕭乾源
臺北高山文社新春擊缽	春酒 五絕真韻	柯子邨、黃笑園
嵌腳寄廬觀瓊花擊缽	瓊花 魁斗格	一泓、碧峰
佳里鷗吟社擊缽[50]	春寒煮酒 碎錦格	徐青山、吳雪鴻

50　案，《藻香文藝》此作「鷗吟社」，當為「白鷗吟社」，缺字或為手民漏植。

第二部分：文獻考述

天籟吟社的蛻變

姚啟甲 *

一、初識天籟吟社

西元二○○一年九月，歐陽開代先生邀請在社區大學教課的楊振福老師另外為我和一些熟悉的朋友們開一班「唐詩賞析」。楊老師認真的教我們這些幾乎都是理工科畢業的，不懂詩詞的學生，大家都覺得古典詩詞很有意思，學生們也都很開心的學習，沒想到二○○四年六月楊振福老師就因為健康問題而結束此課程。

此時，適逢「天籟吟社」張國裕社長和我們見面，張社長說天籟的先賢姚敏瑄是我的姑媽，也是歐陽開代先生的姨媽，他希望藉著這個因緣和我們見面，最主要是他想要重建「天籟吟社」。更重要的是我們這些同學，學唐詩學的正有趣，而都沒有參加任何詩社，我們也就在這樣的機緣下被邀請加入「天籟吟社」。

二、天籟吟社的背景

「天籟吟社」的「前身」是林述三夫子創立的「礪心齋」，原為傳授漢學的私塾，後來集合礪心齋弟子創立「天籟吟社」。「天籟吟社」原先是同門師友結合的詩社，和一般常見集合各方詩友的菁英式詩社大異其趣。天籟吟社因為教學而有師承的內涵和中心思想，在此種教學環境中培養出許許多多優秀的詩人，使其在臺灣的詩壇頗受好評。

---

* 臺北市天籟吟社名譽理事長。

三、三千教育中心

「天籟吟社」的宗旨是以傳授古典詩詞而雅集的詩社，張國裕社長期許的責任和使命就是要開班授課，所以就用我所經營的「三千貿易股份有限公司」的員工教育訓練的教室「三千教育中心」提供給張國裕老師使用。從此「三千教育中心」成為「天籟吟社」所有的課程、例會、專題演講的場地。「三千教育中心」設備良好，交通方便，是上課絕佳的環境。

張老師為了「天籟吟社」的講課，放下自己的事業，認真的教學，孜孜不倦的教導新生代，他教學的風範很值得欽佩，他對詩社的理想實在偉大。這期間張老師持續發揚「天籟吟社」，立案並將組織建立，使社務順利推展至今。

四、老莊哲學的開課

我覺得如果只教「唐詩」，久了會覺得枯燥而漸漸失去興趣，所以邀請王邦雄教授前來講授《老子》、《莊子》和《韓非子》，前後超過十年。王邦雄教授在臺灣講「老莊哲學」很受歡迎，佔有一席之地，他在「三千教育中心」講完《韓非子》後劃下句點。由於王老師「老莊哲學」的滋潤，使社友的詩作更加精彩。

五、學院派的授課

王邦雄教授在「三千教育中心」開始講課後，我想學院派的教授與私塾的老師是有很明顯的不同。自從我進入古典詩的領域，所有教我的都是私塾的老師，他們所學的及所教的和學院派的老師是有很大

的不同。學院派的老師更專業，對文學的涉獵比較有系統，也比較廣泛，為了讓社友能有其他的資源，所以我就開始邀請學院派的老師前來「天籟吟社」授課。

（一）文幸福教授

第一位是文幸福教授，他從香港來臺灣就讀，臺灣師範大學國文所博士，文學素養很好，開始講《詩經》、《李白詩選》、《唐宋詞選》。《唐宋詞選》講完後，就轉到中國教學了。他涉獵很廣，很是難得。任課期間他要求同學們不停的寫詩和填詞，他一直幫大家修改詩和詞，無形中每位同學詩詞創作能力都有明顯的進步，真的很感恩。

（二）陳文華教授

文幸福教授推薦陳文華教授前來任教，學術界推崇陳文華教授是「杜詩」的權威。我坦白的告訴陳文華教授「天籟吟社」社友幾乎都是社會人士，不是學校念中文系的學生，但都是很認真的學生請他講慢一點，講詳細一點，讓同學們容易吸收，陳文華教授應我的要求，不但速度比較慢，同時補充很多相關的資料，他的講課深受同學的喜愛。杜甫的詩句配合他的生平紀事來闡述更是精彩。尤其他認為一般老師不教「古體詩」，他卻為我們這群社友很用心的講一系列的「杜甫古體詩」，最後社友們竟然能寫出他上課的逐字稿《杜甫古體詩選講》，經其校正後出書，此書應可嘉惠臺灣古體詩愛好者。後來陳文華教授因病需要治療，他介紹顏崑陽教授前來教學。

（三）顏崑陽教授

顏教授講課是將詩歸類，詠物詩、史詩、別離詩等等，很有系統的介紹。同時特別教導我們寫作每一類詩應該注意的事項，他講課內

容豐富，將有關的詩都放在一起講，讓同學們可以更加深入古典詩，寫作就更駕輕就熟。這三位學院派的教授讓「天籟吟社」社友對詩詞的寫作的改善或興趣的增加都有相當助益。

六、古典詩詞講座

「天籟吟社」除了寒暑假外，每個月都為社友舉辦一次「古典詩詞講座」，一年就有舉辦十次「古典詩詞講座」，現在已經有九十九次，即將滿十年了。每次邀請各大專院校的老師與詩壇名家前來演講，每位演講者都以他最精華的題材演講，所以每次演講都是座無虛席，對增進「天籟吟社」社員的詩詞素養應該很有幫助。

七、天籟詩獎

「天籟吟社」每年也舉辦一次的「天籟詩獎」，楊維仁社長為總召集人，他和他的團隊負責全臺徵詩，有社會組、學生組和天籟組。頒獎典禮邀請評審老師、得獎者外，同時邀請多所大專院校詩社吟詩班前來吟詩共襄盛舉。因為獎金比較高，參加的人比較踴躍，希望這樣可以增進社會大眾和學生們對古典詩的愛好。臺灣處處飄詩韻，社會更祥和。

八、古典詩詞寫作及吟唱班

「天籟吟社」由楊維仁社長及余美瑛詞長開設「古典詩詞寫作及吟唱班」，寫作與吟唱隔週教學，成果良好，學員大都是社會人士，也有不少學員經此課程，既能寫作又能吟唱古典詩詞，也就申請加入

「天籟吟社」，為詩社注入新血。

九、青年朋友的加入

二〇一九至二〇二〇「天籟吟社」社長楊維仁和年輕的詩友關係良好，有些青年朋友陸續加入「天籟吟社」，讓「天籟吟社」充滿朝氣，更重要是後繼有人。另外，我也提供「中華扶輪教育基金會」獎學金給中文系博士生，前後共有十位博士生獲獎，其中有三位他們也加入「天籟吟社」，對於天籟是個善性的傳承。

十、期許

近十年來，「天籟吟社」都有聘請學院派教授教學，舉辦「古典詩詞講座」、「天籟詩獎」、「古典詩詞寫作及吟唱」……等等。對提升「天籟吟社」社友們的詩作，社員的年輕化，希望對於臺灣詩壇的發展將有所幫助。

天籟調與天籟吟社

楊維仁 [*]

　　臺灣傳統吟唱詩詞的表現方式很多，根據高嘉穗老師《臺灣傳統吟詩音樂研究》統計，流傳在臺灣的學院及民間中，吟詩調至少將近二十種，包含天籟調、劍樓調、奎山調、東明調、貂山調、閩南調、福建流水調、宜蘭酒令、鹿港調、中部調、南部調、澎湖調、客家調、歌仔調、黃梅調、河南調、常州調、江西調等[1]，其中「天籟吟調」在臺灣地區影響最廣[2]，吟聲遠播，向來深受傳統詩壇與大專院校所重視。

一、天籟調的緣起與發揚

　　「天籟調」亦即「天籟吟調」，為臺北「天籟吟社」所傳唱的曲調。天籟調的創始，應遠溯天籟吟社第一任社長林述三先生。林述三（1887~1956），原籍福建同安，幼學於廈門玉屏書院，十三歲來臺，二十六歲繼承父業設帳授徒，創立礪心齋書房。礪心齋書房的詩詞文學教育以誦讀、吟唱、創作三者並重，因此門人多能吟唱詩詞。

---

[*]　臺北市天籟吟社理事長。
[1]　引自高嘉穗《臺灣傳統吟詩音樂研究》，師範大學音樂研究所碩士論文，1996 年 1 月，頁 225。
[2]　引自高嘉穗《臺灣傳統吟詩音樂研究》，師範大學音樂研究所碩士論文，1996 年 1 月，頁 229。

　　日治時期大正十一年（1922）林述三先生召集礪心齋門人創立「天籟吟社」，[3] 其後天籟吟社吟唱之曲調，廣為詩界所推崇，譽之為「天籟調」。天籟調源自天籟吟社創始人林述三先生，其後經過林錫牙、凌淨嫆、李天鸞、林安邦、張國裕、施勝隆、葉世榮、莫月娥、鄞強，以及其他天籟吟社諸多前輩的推廣，成為臺灣詩壇近百年來影響深遠的吟詩曲調。

　　民國六十五年（1976），邱燮友教授輯錄《唐詩朗誦》詩詞吟唱錄音帶，收錄莫月娥老師錄音多首，並記譜定為「天籟調」，而臺灣師範大學「南廬吟社」與東吳大學「停雲詩社」也採集天籟吟社〈春江花月夜〉等詩詞吟唱曲調記譜，天籟調從此也傳唱於大學院校，廣受中文系所與古典詩社所重視。民國九十二年（2003）起，天籟吟社與萬卷樓圖書公司合作，發行一系列吟唱專輯，包括《大雅天籟：莫月娥古典詩吟唱專輯》、《天籟元音：天籟吟社先賢吟唱專輯》、《天籟吟風：葉世榮古典詩詞吟唱專輯》，更有助於天籟調的保存與推廣。

二、天籟調的特色

　　有關天籟調的吟唱方法，天籟吟社第五任社長張國裕先生表示：「吾社所授吟詩之法著重於：一、由丹田發聲，聲貴自然，忌矯飾。二、聲韻宜清，平仄分明，抑揚協律。三、吟出作者心聲，抒發詩情，雅引嚶鳴。」[4]

3　關於天籟吟社創立年代，向來有三種說法，此採潘玉蘭《天籟吟社研究》之論證。
　　另有大正九年（1920）、大正十年（1921）二說，目前天籟吟社採用大正九年（1920）
　　說法，故於今年（2015）舉辦九十五週年社慶活動。

4　引自〈張序〉，見莫月娥吟唱，楊維仁製作《大雅天籟：莫月娥古典詩吟唱專輯》，
　　臺北：萬卷樓圖書股份有限公司，2003 年 1 月出版，頁 1。

高嘉穗老師分析天籟調的特色：

在近體詩方面：

一、喜由高音起吟，重視並極力表現個別字音，故重視唱念（出字、收韻、運腔）、裝飾（甚至不合一般吟詩的原則，其繁、簡作法仍有其個別性）。

二、非正規節奏的使用較其他詩人靈活，其曲調之細部處理多，音樂華麗、強烈。

在古體詩部分：天籟吟社的詩人熟悉〈春江花月夜〉的語法，以及近體詩的吟法，可再自行開發其他新的吟詩曲目。出身於礪心齋的學生，其吟古體詩的能力較一般詩人為佳，能吟之曲目範圍因而較其他社廣泛。[5]

天籟調的近體詩（絕句、律詩）吟唱方式雖然有基本上相當接近的旋律，但是卻不是依照固定的曲譜「套調」，而是依照每首詩的平仄格律排列，以及吟唱者對於這首詩的體會與情感，自然而然靈活詮釋。但是坊間有一些詩詞吟唱出版品，雖然標示「天籟調」，卻只是完全依譜套調，往往把仄起的七言絕句套入〈出塞〉（平起）的吟唱曲調，造成吟唱時整首詩平仄失調，這種不講究平仄而「盲目」套調的方式，實在是對於天籟調的誤解。

臺灣各地詩社或詩人所吟唱的曲目則是多以近體詩律詩、絕句為主，古體詩較少，其他體裁則更是罕見。而天籟調除了近體律絕之外，也講究古體詩，吟唱曲目甚至涵蓋了詩詞歌賦以及各類古文，範疇相

5　見《臺灣傳統吟詩音樂研究》，國立臺灣師範大學音樂研究所碩士論文，1996 年 1 月，頁 230 ～ 231。

當廣泛，依據筆者所整理編輯之《天籟元音：天籟吟社先賢吟唱專輯》
所收錄之吟唱曲目，包含近體詩（絕句與律詩）、古體詩、詞、曲、
辭賦、駢體文，體裁非常多元，這是天籟調迥異於臺灣各地吟詩曲調
的特色。

三、天籟調的代表人物

（一）林述三

　　天籟調的代表人物，首推天籟吟社與天籟吟調之創始人林述三先
生。林述三（1887~1956），名纘，字述三，創設礪心齋書房與天籟
吟社，作育英才無數，推行詩教居功厥偉。文學作品包括詩、詞、文、
賦、謎、小說等多種，著有《礪心齋詩集》。

　　林述三先生吟詩誦詞，別成一調，自鳴為天籟，以南音譜曲，有
聲於騷壇[6]，可惜並無任何錄音資料傳世。李天鸞先生曾記錄《林夫子
吟詩遺譜》，此譜未署印行年代，今有影印本流傳。李天鸞先生師事
礪心齋林述三夫子，《林夫子吟詩遺譜》所謂「林夫子」者，即指林
述三先生。遺譜以現代音樂之簡譜記錄，內含張若虛〈春江花月夜〉、
袁枚〈落花〉十五首錄二、張繼〈楓橋夜泊〉、李白〈清平調〉三首、
漢武帝〈秋風辭〉、薩都剌〈金陵懷古〉，皆為天籟吟社至今傳唱之
詩詞。

　　天籟吟社耆老葉世榮先生則謂：「此譜應係李天鸞先生所吟，李
安和先生記譜。云林夫子吟詩遺譜者，李天鸞先生自謂所吟學自林夫
子，本譜實非記錄林述三先生之原音。」[7]

6　參見《礪心齋詩集》作者介紹，臺北：龍文出版社股份有限公司，2001年6月出版。
7　筆者於 2014 年 8 月訪談葉世榮先生所得。

（二）林錫牙

　　林述三先生過世後，長子林錫麟先生繼續礪心齋教學工作，但是若以吟調而論，天籟眾人皆以為林錫牙先生的吟詩最得林述三先生之傳。[8] 林錫牙（1913~1996），字爾崇，曾任天籟吟社第三任長、中華民國傳統詩學會第二屆與第三屆理事長，著有《讀父書樓詩集》。其詩詞吟唱錄音〈滿江紅　金陵懷古〉、〈落花十五首〉第一至三首、〈清平調〉、〈涼州詞〉收錄於《天籟元音：天籟吟社先賢吟唱專輯》。

（三）凌淨嫆

　　除了林述三先生、林錫牙先生之外，凌淨女史是天籟調最負盛名的代表人物[9]。凌水岸（1914~1979），字淨嫆，一名真珠，後輩呼為「真珠姑」，師事礪心齋林述三夫子，並參加天籟吟社，與鄞威鳳、姚敏瑄合稱「天籟三鳳」，遺著《淨嫆遺詩》。潘玉蘭《天籟吟社研究》稱其：

> 詩學造詣深，尤擅吟天籟調，其所吟〈春江花月夜〉、〈落花〉十五首、〈白桃花賦〉、〈屈原行吟澤畔賦〉以及屬鶿〈悼亡姬十二首〉等，堪稱「經典之唱」。[10]

「真珠姑」凌淨嫆女史詩詞吟唱之錄音帶拷貝輾轉流傳於臺北詩友之間，引為學習範本，後經筆者整理收錄於《天籟元音：天籟吟社先賢吟唱專輯》，此一專輯所收錄「真珠姑」之吟唱曲目，包括絕句、律詩、古體詩、詞、曲、辭賦、駢體文，充分體現天籟調吟唱範疇廣泛的特色。

8　見〈台灣人吟詩〉，收錄於《台灣的聲音》第二卷第一期，1995 年 1 月，頁 75。

9　洪澤南稱凌淨嫆為天籟吟社的吟唱女神，見洪澤南撰稿，林孝璘主講《大家來吟詩》，臺北：萬卷樓圖書有限公司，1999 年 9 月出版，頁 7。

10　見潘玉蘭《天籟吟社研究》，臺北：萬卷樓圖書股份有限公司，2010 年 6 月，頁 228～229。

（四）李天鶯

李天鶯（1911~1977），號喬雲，師事礪心齋林述三夫子，為天籟吟社健將，詩作散見於各詩刊雜誌。曾輯印《林夫子吟詩遺譜》。

李天鶯先生對於天籟調的傳播亦頗有影響力，全臺各地學天籟調者有不少人是由李天鶯的錄音中，或詩會現場中習得。可惜那些均為早期錄音，至今多已潮壞不堪使用。[11] 高嘉穗《臺灣傳統吟詩音樂研究》以現代五線譜為其吟唱〈冬柳〉記譜，並以此探討其吟唱特色。[12]

（五）林安邦

林安邦（1922~2006），字肖雄，師事林錫麟夫子，為林述三先生之再傳弟子，日治時期即已加入天籟吟社，曾任中華民國傳統詩學會秘書長，詩作散見於各詩刊雜誌，吟唱遺音收錄於《天籟元音：天籟吟社先賢吟唱專輯》，曲目包括絕句、律詩、古體詩、宋詞，甚至還吟唱《西廂記》第一本第一折，包羅廣泛。高嘉穗《臺灣傳統吟詩音樂研究》也以現代五線譜為林安邦先生所吟唱的〈短歌行〉、〈木蘭詩〉、〈長相思〉、〈將進酒〉、〈杜鵑鳥賦〉、〈屈原行吟澤畔賦〉、〈擬庾子山對燭賦〉記譜[13]。除此之外，林安邦先生所吟〈歸去來辭〉、〈恨賦〉亦為天籟調代表曲目之一[14]，可惜今已失傳。

---

11 見〈台灣人吟詩〉，收錄於《台灣的聲音》第二卷第一期，1995 年 1 月，頁 79。

12 見高嘉穗《臺灣傳統吟詩音樂研究》，師範大學音樂研究所碩士論文，1996 年 1 月，頁 83、頁 105、頁 225。

13 見高嘉穗《臺灣傳統吟詩音樂研究》，師範大學音樂研究所碩士論文，1996 年 1 月，頁 142~216。

14 見潘玉蘭《天籟吟社研究》，臺北：萬卷樓圖書股份有限公司，2010 年 6 月，頁 112。

（六）張國裕

張國裕（1928~2010），師事林錫麟夫子，為林述三先生之再傳弟子，曾任天籟吟社第五任長、中華民國傳統詩學會第六屆與第七屆理事長，遺著《張國裕先生詩集》。張國裕老師偕同莫月娥老師長期在各電台、機關、社團、學校推動臺灣古典詩詞教育，對於天籟調的推廣居功甚偉。張老師雖然罕作公開吟唱，但是其實對於天籟調各種吟唱方法極為熟稔[15]。洪澤南老師輯錄《大家來吟詩》詩詞吟唱錄音帶，收錄其吟唱〈滿江紅　金陵懷古〉，此為張老師之錄音惟一收錄於正式出版品。張國裕老師於天籟吟社社長任內先後推動《大雅天籟：莫月娥古典詩吟唱專輯》、《天籟元音：天籟吟社先賢吟唱專輯》、《天籟吟風：葉世榮古典詩詞吟唱專輯》，對於天籟調之推廣居功厥偉。

（七）葉世榮

葉世榮（1933~），字奕勛，師事林錫麟夫子，為林述三先生之再傳弟子，曾任中華民國傳統詩學會秘書長、天籟吟社副社長，現任天籟吟社顧問。民國八十九年（2010），筆者編輯製作《天籟吟風：葉世榮古典詩詞吟唱專輯》，由萬卷樓圖書公司出版，收錄古今詩詞二十二首，其中〈獵火一山紅〉和〈亦在車下〉，均屬清朝的「試帖詩」（五言八韻的排律），此為其他詩人所未曾吟唱的體裁。

（八）莫月娥

莫月娥（1934~2017），師事捲籟軒黃笑園夫子，亦為林述三先生之再傳弟子，曾任中華民國傳統詩學會副理事長、天籟吟社顧問，

---

15 張國裕老師吟唱〈滕王閣賦併詩〉，見潘玉蘭《天籟吟社研究》，臺北：萬卷樓圖書股份有限公司，2010 年 6 月，頁 112。張國裕老師能吟唱《天籟元音：天籟吟社先賢吟唱專輯》所收錄之詩詞歌賦，楊維仁主編《天籟元音：天籟吟社先賢吟唱專輯》，臺北：萬卷樓圖書股份有限公司，2010 年 1 月，頁 209。

遺著《莫月娥先生詩集》。莫老師長期從事詩詞吟唱的教學與示範，
張國裕先生譽為「臺灣吟詩之冠冕」，所吟之〈清平調〉、〈短歌行〉
尤其膾炙人口，廣為臺灣各詩社詩人所傳唱。

　　民國六十五年（1976），邱燮友教授出版《唐詩朗誦》錄音專輯，
收錄莫月娥老師吟唱〈清平調〉等多首，從此以天籟調吟唱聞名於大
學院校。民國八十五年（1996），高嘉穗碩士論文《臺灣傳統吟詩音
樂研究》以現代五線譜記錄莫老師所吟唱近體詩、古體詩多首，足見
莫老師實為當時臺灣詩壇吟唱詩詞的代表人物。民國八十八年（1999
年），洪澤南老師輯錄《大家來吟詩》詩詞吟唱錄音帶，也收錄莫老
師所吟的〈木蘭詩〉。民國九十六年（2007）四月，楊湘玲在《臺灣
音樂研究》第四期發表〈淺探臺灣傳統吟詩調的音樂結構：以「天籟
吟社」莫月娥所吟七言絕句為例〉，以上可見莫老師吟唱之功力深獲
詩壇與學界推崇，民國九十二年（2003），筆者編輯製作《大雅天籟：
莫月娥古典詩吟唱專輯》詩詞吟唱 CD，收錄莫老師所吟古體近體詩
共八十三首。

（九）施勝隆

　　施勝隆（1937~2015），亦名勝雄，字學長，別署籟莊吟苑，師事
林錫麟夫子，為林述三先生之再傳弟子，曾任臺北市詩人聯吟會總幹
事、臺北縣謎學研究會理事長，詩作散見於各詩刊雜誌。據聞施勝隆
先生〈李陵答蘇武〉、〈阿房宮賦〉等亦為天籟調代表作品[16]，可惜
今已失傳。而高嘉穗《臺灣傳統吟詩音樂研究》也為施勝隆先生所吟
的〈暮春即事〉、〈春日〉記譜[17]，洪澤南《大家來吟詩》則收錄施

16 見潘玉蘭《天籟吟社研究》，臺北：萬卷樓圖書股份有限公司，2010.06，頁 112。
17 見高嘉穗《臺灣傳統吟詩音樂研究》，師範大學音樂研究所碩士論文，1996 年 1 月，
　　頁 59、頁 68。

勝隆先生吟唱〈滿江紅　金陵懷古〉。

（十）鄞　強

鄞強（1935~2021），字耀南，號柳塘軒主，師事林錫麟夫子，亦為林述三先生之再傳弟子，曾任臺北市孔子廟吟詩講座、中華民國傳統詩學會理事與監事。近年自行錄製《千家詩》吟詩 CD 五片，總計二百餘首，惜未正式發行出版。

四、天籟調的有聲出版品

天籟調享譽臺灣詩壇，林錫牙、凌淨嫆、李天鶯、林安邦、施勝隆、莫月娥的吟唱錄音帶，經常拷貝流傳於詩友之間，成為眾人仿效學習的範本。但是這些錄音帶都不是在專業錄音環境完成，原本的雜音就很多，其後的保存也很不容易。

自從民國九十二年（2003）起，在張國裕社長的推動下，天籟吟社委託萬卷樓圖書公司發行一系列吟唱專輯：

《大雅天籟：莫月娥古典詩吟唱專輯》，莫月娥吟唱，楊維仁主編，萬卷樓圖書公司 2003 年 1 月出版。此一專輯包含 CD 兩片，古體詩 CD 收錄〈秋風辭〉等二十一首，近體詩 CD 收錄〈清平調〉等五十二首。

《天籟元音：天籟吟社先賢吟唱專輯》，張國裕製作，楊維仁主編，萬卷樓圖書公司 2010 年 1 月出版。此一專輯包含 CD 四片：第一片 CD 收錄林錫牙先生吟唱詩詞六首，第二、三片收錄凌淨嫆女史吟唱詩詞歌賦六十六首以及合唱曲〈春江花月夜〉，第四片收錄林安邦先生詩詞曲二十三首。

《天籟吟風：葉世榮古典詩詞吟唱專輯》，葉世榮吟唱，楊維仁主編，萬卷樓圖書公司 2010 年 9 月出版。此專輯包含 CD 一片，收錄古體詩、近體詩、宋詞共二十二首。

五、結語

天籟調是臺北天籟吟社所傳唱的曲調，由天籟吟社首任社長林述三先生所開創，其後經由林述三先生之弟子與再傳弟子持續發揚光大，遂使此一吟調吟詠不輟，成為影響臺灣最廣的吟詩曲調。

天籟調傳唱近百年，臺灣詩壇與學院中吟唱此一曲調者眾多，早已不是天籟吟社所獨擅的不傳之祕，可以視為臺灣詩壇重要的文化傳承，宜為各界所重視珍惜。

天籟吟社的詩詞教育

張富鈞[*]

　　雖然一般多以「漢賦、唐詩、宋詞、元曲、明清小說」來概括中國傳統文學史的發展，然而自從《詩經》以降，詩無論是質與量，在文學創作中一直占有極大之地位。尤其唐代科舉以詩賦取士後，無論是言志抒情、交遊酬酢、書信應制、觥籌遊戲，處處都可見文人墨客之創作，寫詩儼然成為學子士人必備之基礎能力。故學童自求學起，蒙求之書必有《千家詩》、《三百首》一類，從中熟習平仄、作對、鍊句等技巧，而最終能直抒胸臆、出口成章。

　　而臺灣之詩詞教育，大概首推沈光文於羅漢門一帶設帳垂教。清領時期各地開設書院，延聘名士宿儒講學，化育一方；或開設私塾，栽培子弟，其中自然也都有詩歌創作一環。日治之後，無論是藉私學以存漢文命脈還是藉彰顯漢學以懷柔士人，都將臺灣之漢文甚至詩詞教育推向了高峰。各地詩社林立，擊缽酬唱之風大盛，教育之是自然不在話下。如當時天籟吟社前身，由林述三先生主持之礪心齋書房，其教育中以詩歌教育即占有極大一部分。當時之教材以《千家詩》、《古唐詩評註宋元明詩選》、《清詩評註》、《少嵒賦》、《白香詞譜》、《香草箋》、《七家詩》、《歷代詠物詩選》等書籍為主。而教授對象不限於兒童少年，據天籟吟社前輩葉世榮老師曾向筆者提及，

---

[*]　　臺北市天籟吟社總幹事。

早期是在林述三先生居所的大廳教授課程，人來人往，有小孩，亦有年紀較大的前來學習漢文，一批人輪流前來聽課學字。由此或可以窺探當年書房教育之盛。

此外，當時天籟吟社詩詞教育更值得一提的，即在於兼具「吟」與「作」二者。魏子雲教授在《詩經吟誦與解說》一書中，即曾論及過去傳統教育中，讀詩必然需要吟誦出聲，始能明其音節頓挫，對文字不熟習者必不能順暢吟誦；筆者亦曾聽聞基隆蔣國樑先生轉述幼時學習詩詞之經驗：「老師教授一個旋律，以此旋律吟誦己作，如無法順暢吟出，不待老師指出就知必是平仄或鍊字有誤，此學習方式不知為何後來卻是少有人傳。」或許林述三先生曾受學於廈門玉屏書院，學得此法，故天籟吟社在教學上仍保有此特色。筆者年輕時曾於臺北孔廟見一老婦人吟〈出塞〉、〈清平調〉等詩，旋律依稀是天籟慣用之吟詩旋律，向其請教是與何人學得，老婦人自述是年輕時向附近的一位林老師學習，這位林老師是女子，除了教算數、女工、讀書、寫字之外，有時也會教大家吟唱詩詞。當時匆匆幾語，未及深談，只以為可能是林述三先生夫人或女公子，之後回想，或許當「林」老師實為「凌」老師，亦即真珠姑凌淨嫆女士。假使如是，則天籟吟社之詩詞教育，不僅吟作並重，更早已擴及到不同階層性別年齡等範圍。

隨著時代推移，天籟吟社的詩詞教育雖傳承不輟，但主要仍維持在過去傳統詩社的教育方式中。2011 年，在社長歐陽開代先生、副社長姚啟甲先生的主持下，開設「天籟讀書會」，延請淡江大學陳文華教授講課，之後又有文幸福教授顏崑陽教授加入，讓天籟吟社的詩詞教育有了另一波變化。

過去臺灣詩壇中，多半以「學院派」、「民間派」區分大專院校

與傳統詩社。而兩者與其說是傳承之差異無寧說是雙方之詩學觀點養成環境不同。大專院校授課講究的是邏輯理論、無一字無來歷，而創作上則任意揮灑，所以不免有音節疏漏、良莠不齊之病；相對的傳統詩社講究口傳心授、亦步亦趨，所以在結構、對句、音韻上有其獨到特出之處，亦有千人一面、知其然而不知其所以然之失。固然雙方對於己身之病、對方之長都略有了解，然而卻常受限於主客觀等各種因素，難以有更深入與長遠之交流切磋。而天籟吟社延聘大學教授至詩社授課，讓雙方有了更深一層且長期之交流。陳文華教授不僅將學院的理論賞析等方式導入傳統詩社，也透過自身的影響力讓詩社與大專院校有了更多交流。陳教授即曾對筆者述及在天籟授課對他而言，是一個極大的驚喜，讓他對傳統詩社完全改觀。社員們對於創作與學習的熱情，以及把詩歌與生命融和在一起的樣態，是在學校裡看不到的。也因此陳教授多次在各種場合大力推薦學者能至詩社參觀講課，促進雙方的交流；陳教授本身在天籟開設的杜甫古體詩選講課程，也可說是社員們不斷求知問學，教學相長之下所促成的成果。

此外，天籟吟社的詩詞教育中也徹底實踐傳統儒學「己立立人」、「兼善天下」的理念，自 2011 年開始，天籟吟社每月固定於第四個周日（之後改為第三個周日）舉辦「古典詩詞講座」，至 2021 年 11 月就邁入第 100 場，講師群廣及中研院院士、大專教授、年輕學者、民間宿儒，並且開放給社會大眾免費入場，以達到普及文化、推廣詩詞之目的。這一年十場、連續十年的講座，無論是在公家部門、大專院校、私人企業都是極為難得一見的，如果沒有極大的志願與熱情，是無法連續進行十年的。

簡而言之，若要對天籟吟社的詩詞教育給予一個註解，那應當可

以說是「由家而天下」。從早期的「文人結社」、「私塾教育」，至
後來的「公益團體」、「社會教育」，透過天籟吟社推動詩詞教育的
歷程，不僅可以看見詩社成長的軌跡，或許也可以藉此窺見臺灣詩壇
成長的一個面向。

古典詩詞講座歷屆講者與講題

	日期	講題／講者
001	100.04.24	詩詞吟唱與琴歌 洪澤南老師（國父紀念館、臺北社教館、北投社大、淡水社大漢文班講師） 程惠德老師（程惠德古琴工作室負責人、淡水社大七絃琴班講師）
002	100.05.22	臺灣古典詩刊的發展與特色 李知灝教授（中正大學臺文所助理教授）
003	100.06.26	黃遵憲詩歌賞析 楊淙銘教授（臺灣師大國文系講師）
004	100.07.24	談詩 徐國能教授（臺灣師大國文系教授）
005	100.08.28	平生冷抱耽岑寂－談張夢機教授的古典詩創作 賴欣陽教授（臺北大學中文系助理教授）
006	100.09.25	臺灣古典文學史概說 黃美娥教授（臺灣大學臺文所教授）
007	100.10.23	近體詩的發展 黃鶴仁老師（東吳中文博士生、南山書屋負責人）
008	100.11.27	詩與書畫之融合 曾人口老師（雲林縣傳統詩學會理事長）

009	100.12.25	燈謎的趣味與創作 高武義老師（臺灣謎學研究會、臺北集思謎社會員）
010	101.02.26	從曲的吟唱美學到崑劇旦角的表演藝術 蔡孟珍教授（臺灣師大國文系教授）
011	101.03.25	梁啟超來臺始末－兼談日治時期臺灣的詩社聯吟會 許俊雅教授（臺灣師大國文系教授）
012	101.04.22	春的生機意態－從「池塘生春草，園柳變鳴禽」談起 文幸福教授（玄奘大學中文系教授）
013	101.05.27	天籟吟社‧林述三與臺灣古典文學 翁聖峰教授（臺北教育大學語創系教授）
014	101.06.24	臺灣旅遊詩賞析 孫吉志教授（美和科技大學通識中心助理教授）
015	101.07.22	重構七寶樓台：南宋吳文英詞中的時空美感 林淑貞教授（中興大學中文系教授）
016	101.09.23	日治時期台灣詩社對中國文化傳統的承接與新變 江寶釵教授（中正大學臺文所教授）
017	101.10.28	古韻新妍總為美－三十年吟唱文化新變漫說 孫永忠教授（輔仁大學中文系副教授）
018	101.11.25	說對偶 陳文華教授（淡江大學中文系榮譽教授）
019	101.12.23	禪詩與禪字－劉太希詩書賞析 蔣孟樑老師（基隆書道學會會長）
020	102.01.27	談明清詩 李欣錫教授（清華大學中文系教授）

021	102.03.24	談詩詞之審美感知－「意象」、「意境」、「境界」的差異與關聯 黃雅莉教授（新竹教育大學語創系教授）
022	102.04.28	領悟禪詩中的智慧 劉清河老師（鄭順娘文教基金會漢學講座老師）
023	102.05.19	也談詩諺采風～人文世道總關情 武麗芳老師（新竹市政府社會處處長）
024	102.06.16	詞的起源與特質 陳淑美教授（淡江大學中文系兼任講師）
025	102.07.21	韓愈詩歌漫談 曾金承教授（南華大學文學系助理教授）
026	102.09.15	從「靈」活「運」用－談詩情與畫意的互通性 李憶含教授（臺灣師大美術研究所教授）
027	102.10.20	編書與印書 唐羽老師（文史方志學家）
028	102.11.17	詩詞吟唱與琴歌的表現方式 廖秋蓁老師（天心琴齋主人）
029	102.12.15	煤煙中的彩色世界－關於墨條的兩三事 藍仕豪老師（居於陋巷之墨條愛好者）
030	102.02.16	說話陳維英及其《偷閒錄》 徐麗霞教授（銘傳大學應用中文系教授）
031	102.03.16	鄭用錫與北郭園：兼論園林文學的出現及其意義 余育婷教授（嘉義大學中文系助理教授）
032	103.04.20	我看呂碧城詩 李瑞騰教授（中央大學中文系教授）

033	103.05.18	讀基隆詩，看基隆史 李啟嘉老師（安樂高中教師）
034	103.06.15	林景仁在南洋 余美玲教授（逢甲大學中文系教授）
035	103.07.20	「無理而妙」和「反常合道」—論古典詩歌的詩趣 普義南教授（淡江大學中文系助理教授）
036	103.10.19	從詩人到小說家：發現「魏清德」的意義 黃美娥教授（臺灣大學臺文所教授）
037	103.11.16	清代台灣的海洋書寫 李知灝教授（虎尾科技大學通識中心助理教授）
038	103.12.21	高吟與潛居—談林占梅的潛園生活 徐慧鈺教授（長庚大學通識中心助理教授）
039	104.01.18	談古律與今律 周益忠教授（彰化師範大學國文系教授）
040	104.03.15	台灣古典詩的時代性與藝術性—以櫟社詩人作品為例 廖振富教授（中興大學台文所教授）
041	104.04.19	李炳南先生的詩作與唱腔 張清泉教授（彰化師範大學國文系退休教授）
042	104.05.17	李商隱的愛情詩 陳秀美教授（德霖技術學院通識中心副教授）
043	104.06.21	悠遊？憂遊？—淺談遊仙詩 林帥月教授（德霖技術學院通識中心副教授）
044	104.07.19	清初余懷的詩詞與遊歷 陳建男教授（臺灣大學中文系兼任助理教授）
045	104.09.20	白露詩詞選講 李宜學教授（中央大學中文系助理教授）

046	104.10.18	我的詩人朋友 李瑞騰教授（中央大學中文系教授）
047	104.11.15	李商隱「無題詩」中的愛情書寫 陳秀美教授（德霖技術學院通識中心副教授）
048	104.12.20	當下即是：談當代古典詩觀 吳榮富教授（成功大學中文系助理教授）
049	105.01.17	清人筆下的李後主及其詞作 林宏達教授（實踐大學應用中文系講師、實踐玉屑詩社指導老師）
050	105.03.20	古詩詞的迴旋往復之趣 孫永忠教授（輔仁大學中文系副教授）
051	105.04.17	調暢情深－論張若虛〈春江花月夜〉在明代的接受 王欣慧教授（輔仁大學中文系副教授）
052	105.05.15	作品鑒賞對於詩詞教學與創作之助益 詹千慧教授（輔仁大學中文系兼任講師）
053	105.06.19	談詩詞的聲情 王偉勇教授（成功大學中文系教授）
054	105.07.17	談宋代詩話中的才學關係 張韶祁老師（康橋中學國文科教師）
055	105.09.18	台灣古典詩中的桃花源意象 林淑慧教授（臺灣師範大學臺文系教授）
056	105.10.16	鴻文能繪湖山貌，鳳藻偶宣哀樂情－張夢機詩中的臺灣山水 顧敏耀老師（中興大學中文系助理教授）
057	105.11.20	我與詩詞吟唱的情緣 施瑞樓老師（東寧樂府創辦人兼團長）

058	105.12.18	詮唐詩：唐詩的現代詩詮釋 吳東晟教授（彰化師範大學國文系助理教授）
059	106.02.19	臺灣竹枝詞中的鹿港圖像 施懿琳教授（成功大學中文系退休教授）
060	106.03.19	劉柳酬唱詩欣賞 張長臺老師（海洋大學退休教師）
061	106.04.16	飛向星星的你（sic itur ad astra）：一個跨文化科幻賦作〈輕氣球賦〉的遊樂園意涵 梁淑媛教授（臺北市立大學中文系教授）
062	106.05.21	跨出詩的邊疆：宋詞欣賞舉隅 林明德教授（彰化師範大學國文系退休教授、財團法人中華民俗藝術基金會董事長）
063	106.06.18	「夜深江上解愁思，拾得紅蕖香惹衣」：詩也能成就姻緣？談語境和語境推理 張柏恩教授（元智大學中語系兼任助理教授）
064	106.07.16	王維詩中的禪境 林佳蓉教授（臺灣師範大學國文系教授）
065	106.09.17	台灣古典詩集的收藏與應用 黃哲永老師（《全臺詩》總校）
066	106.10.15	台灣扶鸞詩研究 鍾雲鶯教授（元智大學中語系教授）
067	106.11.19	《紅樓夢》中的詩社與創作活動 歐麗娟教授（臺灣大學中文系教授）
068	106.12.17	聲情與詞情 曾永義教授（中央研究院院士）

069	107.01.21	詠懷擊鉢兩相歡 — 臺灣閒詠詩與擊鉢詩的分合 林文龍老師（國史館臺灣文獻館退休研究員）
070	107.03.18	張若虛〈春江花月夜〉中「月」的角色扮演 林佳蓉教授（臺灣師範大學國文系教授）
071	107.04.15	從文字的藝術技巧談古典詩詞對《詩經》的繼承與發展 陳志峰教授（世新大學中文系副教授）
072	107.05.20	重讀荊軻刺秦：汪精衛的烈士情結析論 劉威志教授（元智大學中語系助理教授）
073	107.06.17	從高友工到曹逢甫：從語言學看唐詩 姚榮松教授（臺灣師範大學臺文系退休教授）
074	107.07.15	從羅尚詩談起 孫吉志教授（美和科技大學通識中心助理教授）
075	107.09.16	談臺灣詞社 蘇淑芬教授（東吳大學中文系教授）
076	107.10.21	「摹擬」如何成為一種弊病？以明代復古派詩歌為例 陳英傑教授（政治大學中文系助理教授）
077	107.11.18	東坡詩詞中的飲食與人生 陳建男教授（臺灣大學中文系兼任助理教授）
078	107.12.16	曹容先生詩書漫談 蔣夢龍老師（澹廬書會諮詢委員）
079	108.01.20	臺灣古典詩的現代轉譯 徐淑賢老師（清華大學台灣文學研究所博士生）
080	108.03.17	詩法與創作 徐國能教授（臺灣師範大學國文系教授）

081	108.04.21	香港詩壇三大家：陳湛銓、饒宗頤、蘇文擢 黃坤堯教授（香港能仁專上學院中文系教授、香港中文大學聯合書院資深書院導師）
082	108.05.19	六朝同題共作與贈答詩 祁立峰教授（中興大學中文系副教授）
083	108.06.16	兩岸網路詩人談龍錄 吳雁門老師（大紀元時報專欄主筆）
084	108.07.21	奇思異想，不拘一格：古典詩的奇妙意趣 呂珍玉教授（東海大學中文系教授）
085	108.09.15	清代臺灣賦的承舊與成就 游適宏教授（臺灣科技大學通識中心教授）
086	108.10.20	海洋詩歌與創意設計 顏智英教授（國立臺灣海洋大學海洋文創設計產業系教授兼系主任）
087	108.11.17	不負如來不負卿 — 六世達賴倉央嘉措的情詩傳奇 陳巍仁教授（元智大學通識部助理教授）
088	108.12.15	清代女性自題畫像詩詞探析 卓清芬教授（中央大學中文系教授）
089	109.06.21	欲吐哀音只賦詩：林獻堂詩與近代台灣 廖振富教授（中興大學台文所特聘教授）
090	109.07.19	春秋詩筆：詩史與戰爭書寫 邱怡瑄教授（臺灣大學中文系兼任助理教授）
091	109.07.19	戰後東南亞漢詩社群在台發表與本土書寫 李知灝教授（中正大學台灣文學與創意應用研究所副教授）

092	109.10.18	他鄉即故鄉 ─ 新竹舉人鄭家珍及其歸省留別詩 詹雅能教授（東南科技大學通識教育中心副教授）
093	109.11.15	以偏概全 ─《談談唐詩三百首》掩蓋下的唐詩樣貌 陳美朱教授（成功大學中文系教授）
094	109.12.20	詞心、詞情、詞境─談「別是一家」的詞體美學 黃雅莉教授（清華大學華文文學研究所教授）
095	110.01.17	千古風流人物 ─ 談蘇軾的詩與詞 江惜美教授（銘傳大學華語文教學系教授）
096	110.03.21	蘇軾詩中的茶禪 蕭麗華教授（佛光大學中文系教授）
097	110.04.18	談韋莊詞的美感特色及其在詞史上的定位 謝旻琪教授（淡江大學中文系助理教授）
098	110.08.15	莫月娥老師其人其詩 武麗芳老師（中華民國古典詩研究社理事長）
099	110.10.17	從閱讀七層次談唐詩鑑賞與教學（一） 周益忠教授（彰化師範大學國文系教授）
100	110.11.21	頭城文學地景的古今之變─從古典詩談起 陳麗蓮教授（國立宜蘭大學通識中心兼任助理教授）
101	111.01.16	近代學人的古典詩創作 賴位政教授（東吳大學中文系助理教授）
102	111.03.20	從閱讀的七層次談唐詩鑑賞與教學（二） 周益忠教授（彰化師範大學國文系教授）
103	111.10.16	有一種豁達，叫「蘇東坡」 蘇淑芬教授（東吳大學中文系教授）
104	111.12.17	張夢機先生的李商隱詩論 李宜學教授（中央大學中文系副教授）

105	112.02.19	古典與現代之間－近代詩「舊風格含新意境」的歷程與方法 江曉輝教授（國立清華大學中文系兼任助理教授）
106	112.03.19	南社詩歌中的愛恨情仇 林香伶教授（東海大學中文系教授）
107	112.04.16	日治時期日、臺文人的基隆書寫 賴恆毅教授（廣西百色學院副教授）
108	112.05.21	李白舞劍－供奉翰林前後的生活 佘筠珺教授（國立臺灣大學中文系助理教授）

天籟當代詩人剪影

張家菀[*]

一、前言

　　天籟吟社自 1922 年於林述三礪心齋書房正式成立至今，百年一瞬，粲然可觀，其間創作不絕如縷，或例會徵稿擊缽，或社員個人創作，具體而微呈現日治傳統文人教育，乃至民國初期文學論戰的刺激省思，直至今日當代古典文學衰微的時代縮影，同時因地利緣故，社員有絕佳機會參與多個詩社之活動，創作亦保有北臺詩人相互往來的人際網絡特色。本文試圖例會創作與社員詩選分別論述描繪天籟當代詩人之風貌。

二、四季例會的集體創作

　　儘管現今文學作品的出版市場嚴峻，天籟吟社維仍持五年一期的步調定期發表創作，以《天籟吟社九十週年紀念集》、《天籟清吟》及《天籟清詠》等近十年出版品為例，收錄自 2007 年春季至 2020 年秋季之間例會作品、社員詩選；創作專輯則有天籟讀書會「詩學講座班」習作、葉世榮米壽賀詩，亦收錄天籟吟社主辦全國詩人聯吟大會詩作集錦；其他還有社史專文、教師採訪、出版品目錄、組織現況、社員簡歷、大事記要、古典詩詞講座歷屆講者講題等，可以說天籟吟社在在顯示其創作能量豐沛及社史研究深度，輔以精密的組織運作，使得創作成果極為豐碩。

---

[*]　　臺北市天籟吟社副總幹事。

　　出版發行固然有保存之功，向臺灣文學研究者提供豐沛的文獻素材，而其深刻意義在於天籟將一批當代古典詩人推向寬廣的普羅大眾視角，不單純只是社團內部同一批創作者的自娛自樂。天籟當代詩人群以卓立昂揚之姿，抒情任性展露生命風華，選擇以語言極為精緻凝鍊的古典詩創作回應臺灣社會，或時事，或新詞，或文化，或閒詠，可以說無一事、無一景、無一詞不可入詩。

　　天籟吟社的例會首唱為限期徵稿形式，分設左右詞宗，品第之後可隨心擬作，促進社員的效仿學習；次唱則是出席社員投票共選題目後，限時當場完成，謂之「擊缽」。在詩題選定方面，因例會辦理時間為春夏秋冬四季，常見季節時令相關之題目，如〈春寒〉、〈夏夜〉、〈秋豔〉、〈冬陽〉等；詠物類除了〈雲雨〉、〈賞櫻〉、〈螢〉、〈桐花〉、〈重陽菊〉、〈勁草〉等天氣、花草、蟲鳥之事物外，亦有〈咖啡〉、〈試茶〉、〈草莓〉等日常可見的飲食，以及〈汗珠〉這一類少見的特殊題目，人物類則有〈林書豪〉、〈齊柏林〉於某一領域的標竿人物；或有地理類如〈詠北投名勝〉；時事方面有〈核災〉、〈太陽花學運〉、〈假新聞〉具有社會意義；甚至也有社務發展相關的題材，如〈臺日兩社聯吟雅集有感〉、〈天籟薪傳〉等。

　　就整體創作而言，天籟當代詩人群講究格律嚴謹、對仗工整的基礎形式，並且維持典雅清新之美感呈現，其中不乏有佳作或警句，以《天籟清詠》為例，如姜金火〈秋豔〉：「湖光霞彩燦，水影碧波潾。」周福南〈春寒〉：「瘦蕊枝頭春有腳，煦和送暖碧玲瓏。」余美瑛〈曉起〉：「曦微涵日月，天朗吐雲霞。」林顏〈曉起〉：「逐鴨竿聲急，驅牛笠影斜。」林志賢〈螢〉：「萬點浮移驚夢幻，孤零閃爍感微茫。」陳碧霞〈丁酉孟冬即事〉：「天氣半陰晴，寒從雨後生。」李玲玲〈冬

晴〉：「影落光搖玉，遙望日漸昏。」何維剛〈賞櫻〉：「擎天一片英雄血，劃破青空自在流。」林宸帆〈晚眺〉：「檢點浮生渾似夢，山形依舊枕江流。」又如，蔡久義〈冬至望遠寄懷〉：「裁詩觀義路，設色染檀心。」林長弘〈試茶〉：「醒覺人情多冷淡，舌嘗世味有酸鹹。」鄭景升〈邀飲〉：「市喧鷗渚外，霞釀我山中。」詹培凱〈草莓〉：「酸甜最似人情味，轉過風霜又是春。」

以上種種，不一而足，限時、限題、限韻的緊張感考驗著創作者的取材構思、謀篇布局及措辭手法的安排，重視感發的靈動敏銳與語言的清新脫俗，個人才情得以充分的展露，並且透過詞宗的慧眼識珠或社友的正面肯定，強化其持續創作的意願。以四季例會同題共作為主的集體創作模式，透過品第與標榜等詩藝切磋的活動，強化彼此之間的凝聚意識，致使社員的審美趨於一致，形成整體性的美學風格[1]。再者，如若說例會創作仍有炫才逞技的企圖，那麼創作專輯則顯得溫情脈脈，既有對於社內長者賀壽之作，亦有詩詞課程約題寫作，將彼此的情感緊密連結在一起。此外，全國詩人聯吟大會則是藉由週年慶向臺灣傳統詩壇對外展示天籟吟社深厚的歷史底蘊及強勁的創作實力。

總體而言，天籟當代詩人群因積極參與社內辦理的詩詞課程與詩學講座，在原有的堅實詩學根基底下，同時吸收學院系統化的研究新知，結合文本閱讀及創作觀念運用於自身創作，透過反覆的切磋論析，進而達到雅正端莊、真切自然的藝術風格。

1　關於詩社運作活動及構成特色的論述，參見歐陽光：《宋元詩社研究叢稿》上編（廣州：廣東高等教育出版社，1998 年 8 月），頁 9-14。

三、社員詩選的個人創作

　　相較於四季例會的同題而作，社員詩選以作者進行排序，單獨成篇，端看個人平時創作的積累。以《天籟清詠》為例，共收錄 46 篇的社員詩選，以個人選集形式呈現，一篇約六至八首詩，篇內隨處可見五七言的律絕創作，只是未見古體詩創作，或許囿於出版篇幅所限，或許是由於古體詩形式自由寬廣，不易創作，無論如何，僅憑現有所載，已經隱涵個人微型詩集的概念，輔以附錄的社員簡歷，約可對該名詩人的行略及創作有一基礎認識。因天籟吟社的社員多達五十來位，且年齡跨度較大，上自九十耄耋，下至二十青少，其人生閱歷、創作經驗及精神樣貌均不相同，以下略述數名社員詩作，以見端倪。

（一）葉世榮〈奕勛詩草〉

　　葉世榮，現任天籟吟社顧問，曾入礪心齋書房，親炙林述三、林錫牙、凌淨嫆等天籟前賢，受業於林述三之子林錫麟，其人生縮影可視為「一本行走的天籟社史」，其生平事略散見於潘玉蘭《天籟吟社研究》及《天籟吟風》，詩作多於感懷寄寓家國之思，如〈初春〉：「梅已著花櫻促蕊，江山藻繪入初春。」〈松下聽濤〉：「柳麥只聞興小浪，翻天覆地大夫風。」

（二）姚啟甲〈啟甲詩草〉

　　姚啟甲，現任天籟吟社名譽理事長、三千教育中心負責人，榮獲文化部第 15 屆文馨獎。秉持富而好禮、行善天下之精神，扶持國際級表演及藝文新秀創作，贊助舉辦「天籟詩獎」、「古典詩學講座」等詩學活動，其詩作親切文雅而有社會關懷，如〈題米勒拾穗名畫〉：「饑婦拾餘人去後，微陽布暖影低斜。」〈車道中發送傳單者〉：「塵

隨肥馬圖驫驫,指扣華窗博細錢。」

（三）楊維仁〈抱樸樓吟草〉

楊維仁,現任天籟吟社理事長,曾獲臺北文學獎、教育部文藝創作獎等,參與社團期間,戮力推動多項出版品的編纂事宜,著有個人詩集《抱樸樓吟草》。詩風清雅俊逸,內容亦可見詩友之間的互動,如〈過春祿詞長別業聽黑膠唱片〉:「黑膠圓轉如飛毯,載我雲端去又來。」〈敬題吳東晟詞長素涅集〉:「羨君筆底乾坤闊,涵蓄琳瑯穎異姿。」

（四）張富鈞〈怡悅山房吟稿〉

張富鈞,現任天籟吟社總幹事、網路古典詩詞雅集版主,曾獲臺北文學獎、教育部文藝創作獎等,淡江大學中文所文學博士。學詩由胡傳安老師啟蒙,後經陳文華、顏崑陽、簡錦松、張夢機等名家指點,詩作靈動巧妙、新奇有趣,如〈小憩〉:「商風偏蕩舟無繫,鴻爪只搔髮滿霜。」〈題幼時照,用「世情半在愁中悟」句〉:「衣窄早知身老大,燈明翻覺夜輕寒。」

（五）陳麗華〈蘆馨詩草〉

陳麗華,天籟吟社社員,師從楊振福,後問學於天籟吟社張國裕、陳文華,曾獲臺北文學獎、登瀛詩獎、國際獅子會全國徵詩比賽、網雅詩獎、乾坤詩獎等。詩作裁對精工,詩中隨處可見作者身影,情意真摯,如〈感懷〉:「要將方寸淋漓意,吟到山坳復水坳。」〈近日有思〉:「秋風秋雨堪援筆,索句顰眉愧不才。」

（六）洪淑珍〈天籟閒詠詩〉

洪淑珍，現任天籟吟社理事、乾坤詩刊雜誌社發行人、臺灣瀛社詩學會常務理事、新北市灘音吟社副理事長、圖書館樂齡中心詩詞吟唱講師。師事梁炯輝、黃冠人、李春榮、楊震福、張國裕、林正三等門下。選集內多為遊春賞景之作，溫婉悠然，如〈松瀧〉：「瀑布當空一派斷崖奔，沫濺寒聲過上村。」〈天元宮賞櫻‧其二〉：「漠漠春雲鎖陌塵，峭寒不礙踏青人。」

（七）何維剛〈椎輪稿〉

何維剛，天籟詩社、重與詩社社員，臺灣大學中文系博士，曾獲玉山文學獎、臺北文學獎、教育部文藝獎、臺中文學獎等，著有《六朝哀挽詩文研究》。作品多家鄉之思，描繪地方景色風物，其詩因景抒懷，穩健清逸，而頗見其志。如：〈博士論文口試前夕和王博、韶祁學長〉：「百種痴間名最執，十餘年後命如何。」〈女兒香二題‧之一〉：「用世深時甘碎玉，負傷執處始流芳。」

此外，其他社員亦多有可觀之作，如歐陽開代〈使南十載有感〉：「千山萬水隔椰鵑，十載盤旋白髮纏。」黃言章〈夜登一〇一大樓〉：「沉月頭堪碰，浮雲手可摩。」林瑞龍〈電視機〉：「瑩屏似魔鏡，萬象影音開。」陳文識〈晚眺〉：「暫借斜陽窺粉壁，休提缺月戍碉樓。」甄寶玉〈滑手機〉：「小機如芥妙無窮，掌握須彌一手中。」翁惠眹〈友情〉：「若為微名爭競逐，只教深誼易沈淪。」陳春祿〈馬路清潔員〉：「行事參隨神秀偈，不令大道有塵埃。」周麗玲〈蜘蛛〉：「易受淒寒雨，難防嘲諷風。」王文宗〈菊花茶〉：「從此清標存肺腑，何須矯首望南山。」劉坤治〈冬夜書懷寄小草〉：「小草托微志，悲風咽素身。」李正發〈自壽〉：「迷茫眼色真猶幻，磊落心光淡始

奇。」吳身權〈山城微雨〉：「論詩藤下清明雨，辭酒茶邊舊客心。」
吳宜鴻〈詠鑽〉：「玉人花綻指間繞，開落豪門又蓽門。」張家菀〈冰
沙〉：「清涼旋作幽懷冷，零落惟餘舊夢深。」林立智〈冰沙〉：「餘
生慣歷風波後，大夢應期滄海濱。」……等。

　　觀察天籟社員選集諸作，多以日常生活做為題材的閒詠之作，重
視個人情志的純然抒發，亦有流露社會時事之關切。再者，因應網路
興起，莫約三十至五十歲左右的部分詩人，早先於「網路古典詩詞雅
集」結識，呼朋引伴進入天籟吟社，甚至三五好友之間成立小社，如
林志賢〈寄秋實諸友〉等。順帶一提的是，莫約二十至四十歲左右的
詩人，大多來自大專院校學生詩社的成員，於學生時代便與友社相互
往來，於選集亦有相關書寫，如莊岳璘〈和驚聲詩社霖翰兄春雨〉等。

四、小結

　　綜上所述，天籟當代詩人群透過課堂練習與四季例會的集體創作，
同樣的題材與韻部構成比較的基礎，透過錘鍛，在創作呈現端雅清新
之審美追求，「因難見巧」而又「取法乎上」，藉此獲得彼此之間的
才學認同，強化情感連結；個人創作則時見流露於字裡行間的情志抒
懷，可說是各有風采，百花齊放，隨著網路時代的興盛，人際關係不
限於例會時地的限制而有著其他的連結，甚至交織成不同的詩壇網絡，
透過此類酬唱答贈之作，或可持續觀察個別詩人自我認同與詩壇他者
之互動關係。以上創作均透過天籟吟社定期出版專書，而有對外發揮
的空間。

天籟吟社一百週年考辨

何維剛 *

　　關於天籟吟社的成立時間，潘玉蘭《天籟吟社研究》已有詳考，其推測天籟吟社成立時間當在大正十一年（1922），當為的論。[1] 唯潘氏於辨析天籟吟社創社時間考辨上，囿於當時文獻證據的限制，許多問題未得盡意。兼以其對創社時間的推斷，多源自《臺灣日日新報》報導等「文」之外緣證據，實則天籟社友內部吟唱、刊登的詩作，亦有不少慶賀創社週年紀念之作，頗可視為詩社研究中「詩」的內部線索，得補白既有研究中文獻證據之不足。天籟吟社創立百年，誠為臺灣詩壇佳話，但若創社時間辨析不清，致使創社「百」年紀念成為「白」年紀念，豈不貽笑千秋？因而特撰此文，為天籟吟社創立於大正十一年（1922）的說法補充相關證據，以此與詩壇、學界前輩商榷，幸其可否。

一、天籟吟社成立於大正十年（**1921**）、大正九年（**1920**）二說辨疑

　　天籟吟社的成立時間舊有三說。一說為成立於大正十一年（1922）；一說成立於大正十年（1921）三月；一說成立於大正九年（1920）。關於成立於大正十一年（1922）將於下一節加以申論，此處僅就大正十年（1921）與大正九年（1920）二說加以辨析。

---

* 　國立臺灣師範大學國文學系助理教授、臺北市天籟吟社社員。
1 　潘玉蘭，《天籟吟社研究》（臺北：萬卷樓出版社，2010），頁 60-64。

（一）天籟吟社成立於大正十年（1921）商榷

　　潘玉蘭《天籟吟社研究》指出天籟吟社成立於大正十年（1921）的說法，主要出自陳鐓厚《天籟吟社集》與陳驚癡〈天籟吟社與林述三〉。陳鐓厚《天籟吟社集・緒言》指出：「我天籟吟社民國十年三月創立。」[2] 陳驚癡〈天籟吟社與林述三〉則指出：

> 天籟吟社於民國十年三月（日大正十年）在先生指導之下，由礪心齋同學會同人創立，並推先生為社長，同學會同人有詩趣者盡量充為社員。……民國十一年三月（日大正十一年）創立一週年紀念，柬邀全省吟社友，在太平町三丁目「春風得意樓」酒樓，舉行全省第一次國詩詩人大會，出席者百七十餘人，極一時之盛。[3]

　　陳鐓厚，字硬璜，號毓癡、逸民、禮堂。其曾以〈友人來訪感賦〉發表於《詩報》226號，但更多是以毓癡作為其發表筆名。[4] 相對於此，陳驚癡一名於史冊文獻上僅見於《臺北文物》此一刊物，三四十年代重要的報紙刊物如《臺灣日日新報》、《詩報》等，未曾見於有此一作者投稿。[5] 二說看似出自二手，實則陳鐓厚、陳驚癡可能為同一人。其證有二。其一、陳鐓厚《天籟吟社集》與陳驚癡〈天籟吟社與林述三〉，對於林述三生平介紹的行文幾乎完全一致，可參照對比如下：

2　陳驚癡，〈天籟吟社與林述三〉，《臺北文物》，2:3，1953.11，頁74。

3　陳驚癡，〈天籟吟社與林述三〉，《臺北文物》，2:3，1953.11，頁74。

4　關於陳鐓厚晚年境遇，可參看邱輝塘，〈談《全臺詩》之大醇小疵〉，《臺灣學研究》，3，2007.06，頁85。

5　筆者案，該文於《臺北文物》第二卷三期目錄、正文，作者皆繫於陳驚癡。就今日電子資料庫檢索繫名來看，國家圖書館、臺北市立文獻館，皆遵從《臺北文物》將此文繫於「陳驚癡」，唯臺灣文獻期刊論文索引網站將此文繫於「陳毓癡」。後者繫名與本文推斷相同，但未詳臺灣文獻期刊論文索引將作者繫名從陳驚癡逕改陳毓癡，是否另有專文考證？筆者因搜查未果，謹附錄於註腳供讀者參酌。

《天籟吟社集》	〈天籟吟社與林述三〉
卜居台北廳大加納堡大稻埕中街（現台北市迪化街一段一五四號）設立國文研究塾（後改稱為礪心齋書房）。吾師自少聰敏，攻苦寒窗。十八歲時能幫父訓童蒙。二十六歲時父歿，繼父志。專心致力，不服異族。長執教鞭，闡明國學。間受日人制壓數次之多，難以枚舉。 　　至民國二十四年（即日昭和十年），日人以藉漸進皇民化為題，強制被廢除國學（惟國詩學不廢）。吾師力挽狂瀾，不屈不撓，潛伏期間，口受心傳。且利用既設立天籟吟社（民國十年三月即日大正十年三月設立），培養愛國詩人，貢獻學界，宣揚國粹，鼓勵民族之精神，扶輪大雅，景慕祖國之懷抱。潛心殫力，未嘗懈怠。人格高潔，絕無外求。一世清貧，惟學是務。至今歷四十七年受其薰陶，出其門下者不可勝數。	卜居臺北廳大加蚋堡中街（現臺北市迪化街一段一百五十四號），設立國文研究塾（後改稱為礪心齋書房），自少攻苦寒窗，十八歲時能幫父訓童蒙，二十六歲時，父文德公歿，繼父志，長執教鞭，闡明國學。 　　至民國二十四年（日昭和十年），日人藉漸進皇民化為題，強制廢除國學，先生不屈不撓口受心傳，利用既設天籟吟社，宣揚國粹，鼓勵民族精神，一世清貧惟學是務，至今歷四十八年受其薰陶，不可勝數。

　　二篇文章文辭相近處，皆已用底線標示。由此可見，〈天籟吟社與林述三〉文中部分是由《天籟吟社集》濃縮改寫而成，尤其《天籟吟社集》稱「至今歷四十七年受其薰陶」，至〈天籟吟社與林述三〉則稱「至今歷四十八年受其薰陶」，就出版年而言，二文出版可能相差兩年，但如僅就此處文獻內證來看，二文的寫作實則可能只差距一

年。[6]其二、〈天籟吟社與林述三〉一文中論及天籟社友，多以「同學」稱之，如「是年三月同學蔡奇泉」、「同學吳紉秋為編輯兼發行人」，此意味作者亦為礪心齋門下。由此來看，〈天籟吟社與林述三〉作者陳驚癡亦當為林述三弟子，推測當為陳鐵厚無疑。如若陳鐵厚、陳驚癡同為一人，則可知天籟吟社成立於民國十年（大正十年1921）之說，實為陳氏一家之言的孤證，且並無明確的文獻證據可供參酌。

至於陳鐵厚所言「在太平町三丁目『春風得意樓』酒樓，舉行全省第一次國詩詩人大會」，就其描述應當盛會非凡，但就今日所存文獻來看，竟無存留此次詩會的任何記載與詩歌聯句。春風得意樓為當時名流聚會之所，瀛社亦時常於此聚會，如尾崎秀真〈辛酉二月二十日開瀛社總會於春風得意樓席上示顏國年詞兄〉[7]、赤石定藏〈瀛社同人設筵春風得意樓余不得會賦一絕似諸兄〉[8]，皆對春風得意樓的聚會有詩記載。而陳鐵厚所言「民國十一年三月（日大正十一年）創立一週年紀念」，既有百七十人相繼赴會，竟無半分唱和詩詞作品流傳至今可作內證，不免令人質疑其說之真實性。陳鐵厚生於1907年12月27日，於大正十年（1921）時年僅十三歲，懷疑其應無法參加天籟吟社的創立週年大會，其資訊來源頗有可能是社內耆老相傳，致使可能有資訊混淆之虞。在下一節的論述中，《臺灣日日新報》曾報導：「臺北天籟吟社一週年紀念大會。如所豫報。去天長節祝日。開于東薈芳

6　就出版時間而言，《天籟吟社集》並未明繫出版年，雖然陳鐵厚序言為民國四十年八月所作，但內文對林述三生平介紹，卻引及民國四十年八月尊師節，可知該書當晚於民國四十年八月以後才成書。而〈天籟吟社與林述三〉刊載《臺北文物》民國四十二年十一月，但就內容引文來看，該文曾引民國四十一年十一月廿八日的《新生報》，可知該文當撰於民國四十一年十一月到民國四十二年十一月間。

7　尾崎秀真，〈辛酉二月二十日開瀛社總會於春風得意樓席上示顏國年詞兄〉，《臺灣日日新報》，（大正10年），1921年02月22日，第03版。

8　赤石定藏，〈瀛社同人設筵春風得意樓余不得會賦一絕似諸兄〉，《臺灣日日新報》，（大正10年），1921年06月16日，第03版。

旗亭。」而參與者「凡二百餘名。」在人數上較為接近。陳鏐厚所言是否「春風得意樓」與「東薈芳旗亭」相互混淆？如今恐難以追查。

（二）天籟吟社成立於大正九年（1920）辨析

　　天籟吟社成立於大正九年（1920）的說法，最早見於 1978 年林錫牙故社長，於慶祝天籟吟社成立五十八年週年紀念大會的對外申明。而林錫牙於《文訊》發表之〈現階段臺灣傳統詩社概況〉，亦強調天籟吟社成立於民國九年（大正九年 1920）。[9] 此外，根據潘玉蘭《天籟吟社研究》中對於張國裕之訪談，告知天籟吟社本為 1920 年 3 月創立，而非如賴子清等人認為創立於 1921 年。[10] 張國裕認為所以長期以來皆未更正創始時間，原因在於「光復以後，白色恐怖籠罩，述三先生為避免災禍，將錯就錯而未更改，直至一九七八年為紀念天籟吟社創社五十八週年才更正。」[11] 潘玉蘭並對此次訪談下了按語：

> 張社長的說明乃承自林錫麟夫子的告知，並認為天籟吟社一九二一年創立之說始於賴子清的文章，其文有誤，應予更正。至於《臺灣日日新報》所刊載的天籟吟社的創社時間，張社長則認為在時代背景的影響下，報導或許與事實有出入。[12]

從此一角度來看，關於天籟吟社的創社時間說法，實有兩種源流與證據判別。一種為客觀性的報章報導，以《臺灣日日新報》最具代表性。

9　林錫牙，〈現階段臺灣傳統詩社概況〉，《文訊》，18，1985.06，頁 32-42。

10　案，賴子清的說法，見於賴子清，〈古今臺灣詩文社（一）〉，《臺灣文獻》，10:3，1959.09。但若細讀賴子清文筆，如其稱「（民國）十一年三月，創立週年紀念，在春風得意樓，舉行全臺聯吟會，至者百七十人。」不難發現其對於天籟吟社創社的紀錄，文獻資料可能多根據於陳鏐厚之記載。

11　潘玉蘭，《天籟吟社研究》，頁 62。

12　同上註。

一種則為天籟吟社內部的傳承，如陳鐵厚受教於林述三、張國裕承襲
於林錫麟。就前者而言，報章的報導雖然相對客觀，但因時代背景長
遠、兼以並非天籟吟社內部傳承說法，其說並不易為社員採信。就後
者而言，夫子與學生、社長與社員之間的口傳告述，雖然在社團內部
具有相當的權威性，卻又缺乏明確的文獻證明。

　　有趣的是，刊物《詩文之友》17 卷 5 期（1963.02.01），曾刊載
天籟吟社社慶的年份混淆。該期曾載有黃文虎五言排律〈祝天籟唫社
肆拾貳週年紀念〉一首：

> 卅年回首處，千叟礪心齋。海島風騷起，金蘭意象諧。春鶯鳴欲歇，
> 老鶴警偏佳。逸響輝壇坫，豪吟動漢淮。誰知林放志，別具展禽懷。
> 絳帳恩如昨，黃衫惜少偕。地靈橫地軸，天籟滿天涯。仰止唐山客，
> 神存晉陸喈。早傳詩律細，時斥禮儀乖。覺路開文苑，安梯續斷崖。
> 公門桃李盛，上國鉢衣階。辛酉從頭數，壬寅鬪角揩。萬叢紅幾點，
> 群雅碧連排。緬想師承記，寧忘友諒儕。錦牋飛澡鏡，醇酒異茅柴。
> 附驥相欣幸，登龍莫笑俳。

黃文虎此詩後緊接收錄顏懋昌〈同題〉：

> 小陽春氣透梅梢，捲籟軒中會故交。詩雜仙心經卅載，日舒佛
> 手拯同胞。天香尚見飄雲外，國境能銷戰火包。此後群賢觴詠
> 好，無妨起鳳與騰蛟。

此二首詩之間有些許蛛絲馬跡需要加以追尋摸索。其一、於《詩文
之友》中收錄顏懋昌〈同題〉，意味顏懋昌此詩本亦當題作〈祝天籟
唫社肆拾貳週年紀念〉，出版社為求精簡，因此更改了顏懋昌的題目
改作〈同題〉。實則二人題目相同，很有可能寫作是出於同一個機緣

場合，但是對於詩體與用韻並無限制，因而才有五排與七律之別。其二、此一機緣場合為何？可能是顏懋昌〈同題〉：「小陽春氣透梅梢，捲籟軒中會故交。」是黃笑園的一次私人聚會，時間則在秋季十月，「小陽春氣」指涉的當是「十月小陽春」。黃笑園先生號捲籟軒，為天籟三笑之一，此次聚會未詳是天籟社內的集會還是私人集會，但很有可能是由黃笑園所主導。二詩作於十月，與下文天籟吟社正式創立於 1922 年 10 月 22 日十分貼近，而二詩於十月創作而刊登於隔年二月之《詩文之友》，在出版時間上也較為貼切。其三、黃文虎〈祝天籟唫社肆拾貳週年紀念〉：「辛酉從頭數，壬寅鬥角揩」。辛酉指的是 1921 年大正十年（民國十年），壬寅指的則是黃文虎創作這首詩的時間 1962 年。

問題在於，《詩文之友》於同期載錄了「天籟吟社四十週年紀念」專欄，詩題「天籟吟社四十週年紀念」，限七律、一先韻，收錄左右詞宗吳夢周、吳紉秋所選擊鉢作品。此外，於黃文虎、顏懋昌四十二週年慶詩後，後續所錄幾首詩卻是李嘯庵〈天籟吟社四十週年社慶敬頌長句〉：

> 逋仙領導鷺鷗緣，卅載題襟句可傳。手拔騷才皆出眾，心持風教入中堅。神州已墮斯文劫，海嶠猶存大雅篇。我願諸君推一步，鉢聲鼓起好青年。

李世昌〈天籟吟社四十週年社慶以詞讚之〉：

> 群英慶念啟詩筵，琢句如珠落錦箋。標起才名湖海外，追揚騷雅漢唐前。藏山肯讓千秋志，結社相磋四十年。羨煞清新天籟調，譜來香草和琴弦。

陳友梅〈天籟吟社四十週年撰詞致頌〉：

> 四紀星霜欠八年，欣開慶讌集群賢。競飛彩筆題新句，且把金尊續舊緣。滿座英才推白也，當時盟主憶逋仙。一詩來祝諸君健，鼓勵騷風海外天。

從三首詩開篇同題作「天籟吟社四十週年」，且三詩皆叶一先韻，或可說明李嘯庵、李世昌、陳友梅之寫作與用韻，都是遵照當時天籟吟社的徵詩啟事所作，甚至有可能是落選之作改為投稿。換言之，早在 1962 年[13]，天籟吟社正式的對外徵詩宣稱是四十週年，意味創立於 1922 年。但在黃笑園的捲籟齋聚會中，卻產生週年紀念的誤算。如以〈祝天籟唫社四十貳週年紀念〉中「四十貳週年」無誤來看，1962 年為創社 42 週年，意味創社時間當在 1920 年（大正九年）。但就詩歌內容「辛酉從頭數，壬寅角揩」來看，卻又將繫年繫於辛酉年 1921（大正十年），因而詩題與內容已然產生矛盾。

　　綜上所述，天籟吟社創立於大正九年（1920）或大正十年（1921）二說，大多為詩社內部傳承的說法，卻無明確的文獻證據可堪佐證。因而此二說法可能在社內具有權威性，卻恐不易持此說服外人。天籟吟社的初期成員主要由礪心齋師友弟子構成，固然未能排除於 1922 年以前，礪心齋師友間已有相互吟唱創作的活動，或可視為天籟吟社構成的「前身」。但是具有明確外緣證據可一錘定音天籟吟社成立時間者，仍有待於大正十一年（1922）以後的媒體報導與詩作唱和。

13　筆者案，四十週年擊缽徵詩與黃文虎、顏懋昌詩作皆作於 1962 年，而刊載於隔年 1963 年。

二、天籟吟社成立大正十一年（**1922**）說考辨

相對於天籟吟社成立於大正九年（1920）、大正十年（1921）二說皆無明確證據可供證實，大正十一年（1922）於報章等媒體，開始出現大量天籟吟社創立的相關佐證。頗可證實天籟吟社的「正式」成立，當繫於大正十一年（1922）10 月 22 日。

（一）報章所見證據

「天籟吟社」一名首次出現於報章媒體，可能是《臺灣日日新報》1922 年 10 月 21 日 06 版〈新組織吟社將出現〉：

> 稻艋有志詩學青年。此番新組織一吟社。顏曰天籟吟社。係許劍亭等諸氏出為鼓舞。其加入會員。係青年居多。中亦有瀛社星社一份子之加入為之獎勵琢磨。互相鑽研詩學。為將來加入大吟社之基礎。經訂來二十二日（日曜日）午後七時。會員一同齊集于普願街建興漆店假林述三氏之勵心齋。開創立總會。

相隔兩天，《臺灣日日新報》1922 年 10 月 23 日 06 版〈天籟吟社開會會況〉：

> 本社員許劍亭氏所鼓舞之天籟吟社。經如所報。於去二十二夜七時。假林述三氏之勵心齋。開創立總會。定刻已到。社員三十名中。蹌蹌出席者。凡二十餘名。會之順序。先由許劍亭氏。敘開會辭。……再由許劍亭氏。報告會則。改正二三。乃移入役員選舉。開票後。林述三氏。占最多數。推為社長。……終由來賓高肇藩氏起述祝辭。並口占五律一首。

從此則報導來看，可知天籟吟社對外正式的創立時間，當繫於大正

十一年（1922）10月22日晚間七時。據報導可知參與此次天籟創社者有：許劍亭、林述三、林夢梅、薛玉龍、莊于喬、李鐵珊、洪玉明、楊文諒、卓周鈕、葉蘊藍、高肇藩諸人。猶可注意者，此次創社會議因時間倉促，未得擊缽。〈天籟吟社開會會況〉：

> 該社是夜因時間切迫。弗能開擊缽。爰由社長林述三氏。出一課題。課題為祝天長節。限七陽韻。囑各社員。于來二十八日交卷。且擬于來天長令節日。一同攝影紀念。

因應於此，《臺灣日日新報》1922年10月31日載有楊文諒〈恭祝天長節〉：「壽比南山更久長。鹽明此日獻瓊漿。昇平四海歡無極。鼓□□歌菊正黃。」笑花（即許劍亭）〈恭祝天長節〉：「海屋籌添近艷陽。蠻花□草四時芳。寰球□載祚□下。盡向南山視壽觴。」其詩很可能即為因應林述三課題所作。此次天長節詩課，雖未被列入正式的擊缽與全島徵詩之中，但其作為天籟吟社成立後的第一次詩課，實具有非凡意義。

相隔半年，《臺灣日日新報》1923年3月28日〈天籟吟社近況〉：

> 稻艋諸有志青年所組織之天籟吟社。自客年成立以來。各社員輪流值東。假稻之建興及艋之夢覺書齋。月開擊缽吟二次。每期出席者。約有三十餘名。鉤心鬥角。孳孳不倦。于此漢學式微之日。洵可喜之現象也。聞來第十二期擊缽吟。值東為竇氏雪貞薛玉龍兩氏。亦經訂來八夜會場假建興漆店。

此則材料是時隔半年後天籟吟社再次登上媒體的報導。文中強調「客年」，說明撰文者認為天籟吟社當以1922年為創始年。稍晚二個月，《臺灣日日新報》1923年5月10日〈天籟吟社徵詩〉進行第一次全

島徵詩活動：

　　天籟吟社第一期徵詩如左

　　一、題目　　天籟

　　一、詩體　　七律限庚韻

　　一、期間　　至六月十日止

　　一、詞宗　　謝雪漁氏

　　一、贈品　　十名內均奉薄贈由林述三氏呈

　　一、交卷　　臺北市永樂町五之二六七建興漆店內天籟吟社事務所

此次徵詩意義十分重大。蓋詩社之運作，並非僅是社團內部彼此之間的切磋琢磨，透過全島徵詩，對內部社員而言，是礪心齋門下首次以「天籟」之名作東於臺灣詩壇，是一種身份認同價值的轉換，從私塾關係進而成為詩社組織。對外部詩壇而言，此次全島徵詩發出天籟吟社「正式」創立的訊息，得以參與其他詩社、詩人的運作與互動，奠基天籟吟社於臺灣詩壇之地位。林述三對首次徵詩尤為重視。隔日《臺灣日日新報》1923 年 5 月 11 日〈天籟徵詩續報〉：

　　天籟吟社第一期徵詩。經如昨報。聞該社長林述三氏。以者番徵詩。係最初者。故特向某金物店。注文金牌三面。鑴天籟吟社四字。以充三名內贈品。希望島內詩人。不吝珠玉。續續惠稿。

林述三資助金牌三面，隆重其事，可知「第一期」徵詩不論是對於臺灣詩壇、天籟吟社或是社長林述三都是意義重大。

　　天籟吟社創社一週年，是天籟吟社首次紀念活動。《臺灣日日新

報》1923 年 9 月 20 日〈天籟臨時總會〉：「磋商該社創立一週年紀
念一切。聞若時間有餘裕之時。尚欲開擊鉢吟。」天籟吟社一週年紀
念大會，則訂於 1923 年 10 月 31 日。《臺灣日日新報》1923 年 10 月
26 日〈寄附元丹於吟會〉已預報：「天籟吟社。來三十一日將開一週
年紀念大會。臺北乾元藥行。欲對是日出席者。各人贈與元丹。」是
日大會亦見於《臺灣日日新報》1923 年 11 月 2 日〈天籟一週年大會〉
報導：

> 臺北天籟吟社一週年紀念大會。如所豫報。去天長節祝日。開
> 于東薈芳旗亭。正午北自基隆。南至屏東各社詩人。續續來會。
> 先由該社接待員。招待人假事務所西園商行。饗以便餐。迨午
> 後二時。參會者。合該社員。凡二百餘名。而內地人來賓則有
> 尾崎、柳田二氏。

此後，《臺灣日日新報》於 1924 年 10 月 28 日〈天籟二週年紀念〉
訂於 10 月 31 日。《臺灣日日新報》1926 年 12 月 23 日載天籟吟社四
週年紀念擊鉢詩錄。《臺灣日日新報》1927 年 10 月 29 日〈天籟吟社
將開五周年紀念會〉：

> 天籟吟社。以來三十日。值該社創立五週年紀念日擬于是日午
> 後一時。開紀念大會於江山樓旗亭。業已發東招待各地詩人出
> 席。屆期必有一番盛會也。

由此可見，自創社 1922 年 10 月 22 日始，前五次週年紀念大多辦於
10 月 30 日前後。並由《臺灣日日新報》的報導來看，皆以 1922 年為
創社之始。

（二）詩人唱和所見證據

除了《臺灣日日新報》的報導外，詩人間的唱和也是考證天籟吟社創社時間的重要史料。《臺灣日日新報》1922 年 10 月 23 日 06 版〈天籟吟社開會會況〉中，記載「終由來賓高肇藩氏起述祝辭。並口占五律一首」，其五律為：

> 濟濟多英俊，欣逢白社成。文章共切磋，道義益昌明。期作千秋葉，休爭一日名。西風窗外過，天籟助吟聲。

高肇藩雖於創社之初並未立即加入天籟吟社，實則根據潘玉蘭《天籟吟社研究》考證，於大正年間高肇藩亦加入天籟社員。[14] 高氏此詩後來天籟諸人多有唱和。如《臺灣日日新報》1922 年 10 月 30 日載林述三〈敬和高肇藩君見社天籟吟社成立瑤韵〉：

> 濟濟歡多士。英華集大成。騷壇樹旗鼓。聖代事文明。只覺人如玉。遑求世有名。即今天籟發。一樣報詩聲。

同日亦載許劍亭〈敬和高肇藩君見社天籟吟社成立瑤韵〉：

> 金風蕭瑟裡。天籟自然成。刻妙分光黪。催詩趁月明。文章經世業。李杜舊時名。共挽狂瀾倒。來敲木鐸聲。

《臺灣日日新報》1922 年 11 月 25 日則載莊俊木〈敬和高肇藩君見社天籟吟社成立瑤韵〉：

> 吾道聊吟咏。推敲冀有成。論詩才本拙。啟卷事通明。但補生前課。非關世上名。初心如不改。天籟振新聲。

---

14 潘玉蘭，《天籟吟社研究》，頁 87。

高肇藩作為非天籟吟社的賓客，天籟社友與高氏的唱和，說明無論社內或社外，都將 1922 年 10 月天籟吟社「成立」視為共識。林述三、許劍亭皆為天籟吟社重要人物，次韻高肇藩的口占五律，既是對 1922 年 10 月 22 日的創社紀念，亦是象徵由社內呼應社外人士，認同 1922 年「金風蕭瑟裡」的秋日乃是天籟吟社的創立時間。

天籟吟社於 1922 年 10 月 22 日成立之後，騷壇文士恭賀之作不斷。《臺灣日日新報》1922 年 10 月 25 日載有林長耀〈祝天籟吟社成立〉：

> 年來學術漸昌明。劇喜吟壇又告成。人籟當如天籟落。詩情漫作世情鳴。高風不少扶輪手。佳詠偏多戛玉聲。翰墨因緣斯際盛。會看拔幟共登瀛。

隔日 1922 年 10 月 26 日則載有林江〈祝天籟吟社成立〉：

> 金風颯颯拂衣輕。萬籟共和天籟鳴。不嘆秦儒坑火刧。寧欣漢士冠簪纓。騷壇拔幟前賢鑑。琢句運斤後起成。愧我駑駘陪末席。心香一瓣表葵傾。

二人賀詩題目相同，用韻也同為八庚韻，未詳是否為組織徵詩的作品。林長耀屬於龍山寺附近的高山文社。然而二人既有賀詩，說明透過《臺灣日日新報》的宣傳，1922 年 10 月天籟吟社的成立，方能迅速傳播於騷壇之間。

詩人唱和與天籟吟社的創社繫年，最相關的作品皆見於 1923 年天籟吟社創立一週年時期。前文已見天籟吟社一週年繫於 1923 年 10 月 31 日定於東薈芳旗亭。實則在週年紀念大會前，已見有慶賀之作。《臺灣日日新報》1923 年 10 月 24 日曾吉甫〈祝天籟吟社一週年記念〉：

久結三生翰墨緣。吟隨天籟發週年。龍門聲價千秋重。牛耳司盟一世傳。我鑄黃金師島佛。誰纏彩線繡詩仙。善鳴不使鳴家國。辜負謳歌韻管絃。

此詩作於紀念大會之前，推測應是作者自發而作，為天籟吟社的週年紀念開了頭彩。週年紀念的詩歌創作中，最著名的作品當屬《臺灣日日新報》1923 年 11 月 23 日載林述三〈內田總督閣下聞敝天籟吟社一週年紀念大會特惠金五十圓感激之至敬賦誌德〉三首：

東門已感啟賓筵，又喜兼金下賜傳。勸學用能敷帝德，愛才自榮結文緣。廉分一勺泉皆潤，光被三臺我獨先。仰此定膺全島念，奉揚風雅答公賢。

紆尊降貴契斯文，助我青年獲美聞。小草向陽宜奉日，柔苗被澤重卿雲。於今士子知同勉，從此螢窗孰不勤。拭目後來相繼起，為公薰育一群群。

此金長願蓄千秋，藉惠餘甘共唱酬。壯我詩壇顏色好，念公膏雨口碑留。一吟一詠真叨德，權母權兒總莫休。他日能將河海大，汪洋萬斛注文流。

林述三此組組詩意義非凡。總督內田嘉吉惠賜金五十圓，對於詩社運作經濟上的幫助固然有限，但內田以總督之名出資，意味天籟吟社的成立已經進入日本殖民統治者的視域，不僅反映日本總督對古典吟社的成立相當重視，林述三亦對總督賜金小心應對，從「奉揚風雅答公賢」、「為公薰育一群群」、「念公膏雨口碑留」等句，頗可見林述三囿於政治現實與上下地位，不得不作此語。此組組詩象徵著天籟吟社首次且「正式」進入「政治」領域之內，是官方認證的週年紀念，

對於天籟吟社的創社時間辨析具有關鍵地位。

天籟吟社於一週年紀念的活動中，尚有許多值得注目的詩篇。如
《臺灣日日新報》1923 年 11 月 4 日〈天籟吟社創立一週年擊鉢錄首唱〉
題目「羯鼓」，以連橫取得左一右十二之成績。其詩如下：

> 萬花齊放鼓淵淵。博得三郎欲作天。他日漁陽聲更急。唐宮□
> 戲有餘□。

連橫為臺灣近代著名文人，其參與天籟吟社擊鉢週年首唱奪得左元，
頗可於天籟詩史記上一筆。此次一週年擊鉢作品，皆刊錄於當日《臺
灣日日新報》。此外，因為一週年紀念意義重大，頗有許多並非天籟
社友的慶賀之作，頗可以「社外之眼」看待週年慶賀。如新竹林篁堂
〈祝天籟吟社一週年大會〉：

> 週年天籟慶昇平。裾屐翩翩盡俊英。莫笑迂才追驥尾。還參雅
> 會締鷗盟。一枝彩筆花頻發。三峽詞源水倒傾。劫後文章聲價
> 重。車書未讀愧書生。[15]

高雄鄭坤五〈赴天籟吟社盛會歸途經海岸線雜咏車中喜遇〉：

> 昨宵筵上聽琵琶。今日歸來道路賒。天亦有情憐寂寞。車窗分
> 置兩枝花。[16]

此二人皆非屬臺北騷壇，但因報紙發行之故，對於北部吟壇盛事仍可
知悉。從二人詩作與題目來看，前者「還參雅會」，後者則是自道「赴
天籟吟社盛會歸途」，當可推測二人在交通不便的時日，卻仍遠赴臺

---

15 《臺灣教育》，第 258 號，（大正 12 年），1923 年 12 月 01 日，第 6-6 頁
16 （《臺南新報》1923 年 11 月 14 日）

北參與天籟吟社創立週年紀念大會，誠見情義。天籟吟社創社時間的確立，亦有助於《全臺詩》中許多詩作的繫年。當時詩社成立，詩友多存往來唱和之作。除了上述徵引之唱和詩外，尚有鄭家珍〈天籟吟社週年大會紀盛〉：

> 霓裳記詠大羅天，彈指星霜又一年。有興重揮搖嶽筆，餘情更敞坐花筵。海東詩卷留巢父，亭北歌詞譜謫仙。險韻尖叉旋鬥罷，醉看青素鬥嬋娟。

此詩舊收於《雪蕉山館詩集》，並未發表於報紙與刊物，因此在繫年上不易透過刊行日判斷，如今透過天籟吟社創社時間的確立，應可判定鄭家珍此詩當作於 1923 年，此亦可見天籟吟社的創社，對於臺灣文壇具有不可小覷之影響力。

三、小結

關於天籟吟社的創立時間，舊有大正十一年（1922）、大正十年（1921）、大正九年（1920）三說，馮玉蘭《天籟吟社研究》透過外緣證據，已考定應是成立於大正十一年（1922）。本文於馮氏論斷之基礎上，補充若干詩作證據，並且亦對大正十年、大正九年二說略作辨析。

整體而言，若僅就「繫年」此一問題來看，筆者亦傾向將天籟吟社的創立繫於大正十一年（1922）。原因無他，在《臺灣日日新報》與當時文壇的諸多師友唱和，已可證明此點。而舊說大正十年（1921）、大正九年（1920），雖是由社內耆老口傳，卻無明確文獻證據可供參佐證實。但是「百週年考辨」此一議題是否可就此結案，

筆者則略帶保留。在繫年辨析無虞之後，剩下的問題在於：為何會產生繫年的錯誤？以及社內與社外為何會產生繫年不一的問題？是單純因為早期文獻不易取得，因而導致繫年混淆，抑或是尚有今日未能得見之關鍵史料，可證明天籟吟社的成立時間尚可前推？還是傳統民間詩社習慣詩社歷史宜增不宜減，因而不願承認繫年錯誤而沿用至今？

蓋一詩社之成立，有其機緣，但詩社的運作維持繫於人，乃是先有人而後有社。天籟吟社的創立與林述三礪心齋弟子群關係密切，就外緣資料如報章、唱和詩而言，1922 年天籟吟社正式成立，但在此之前，是否已有同類人進行吟唱擊缽活動？而可視為「前天籟吟社時期」，限於文獻資料的匱乏，此一問題恐不易解答。因而對於繫年的問題，將天籟吟社的創立明確繫於 1922 年固然有其必要，但是對於天籟吟社的「創立」，不妨抱持開放態度。此正如同馮玉蘭《天籟吟社研究》中曾採訪張國裕嘗論天籟吟社的創立原因在於：

> 因此述三先生一方面為保護學生，一方面為防日本人查礪心齋書房，禁止書房教育，所以師生私下成立天籟吟社作詩切磋，不對外宣揚。[17]

與其汲汲於辨析創立時間的先後與否，林述三為保護學生以及維持礪心齋的傳承之心，恐怕才是天籟吟社將屆百年，真正需要追懷與關心之處。

（本文初稿發表於《東亞漢學研究》第十號（2020.09），後蒙楊維仁先生、張富鈞先生啟發討論，並增補文末「天籟吟社創社十年重要事件繫年表」，謹此說明。）

---

17 潘玉蘭，《天籟吟社研究》，頁 62。

天籟吟社創社十年重要事件繫年表				
西元	詳細日期	出處	事件	詳細說明
1922	大正十一年十月廿一日	臺灣日日新報	新組織吟社將出現	
1922	大正十一年十月廿四日	臺灣日日新報	天籟吟社開會盛況	「本社員許劍亭氏所鼓舞之天籟吟社。經如所報。於去二十二夜七時。假林述三氏之勵心齋。開創立總會。定刻已到。社員三十名中。踊躋出席者。凡二十餘名。……開票後。林述三氏。占最多數。推為社長。並選林夢梅、許劍亭、薛玉龍、洪玉明四氏為幹事。葉蘊藍、卓周鈕二氏為會計。」
1923	大正十二年六月十一日	臺灣日日新報	天籟吟社徵詩榜／天籟　韻八庚詞宗謝雪漁氏評閱	首次徵詩詩稿
1923	大正十二年九月二十日	臺灣日日新報	天籟臨時總會	
1923	大正十二年十月三日	臺灣日日新報	天籟大會續報	
1923	大正十二年十月廿四日	臺灣日日新報	祝天籟吟社一週年紀念	七律一首，曾吉甫作。
1923	大正十二年十月廿五日	臺灣日日新報	天籟大會續報	「訂于來天長節日開一週年記念大會」

1923	大正十二年十月廿六日	臺灣日日新報	寄附元丹於吟會	「來三十一日將開一週年紀念大會」
1923	大正十二年十一月二日	臺灣日日新報	天籟吟社一週年大會	「臺北天籟吟社一週年紀念大會,如所豫報,去天長節祝日,開于東薈芳旗亭,正午北自基隆南自屏東各社詩人,續續來會,先由該社接待員招待人假事務所西園商行,饗以便餐。迨午後二時,參會者,合該社員,凡二百有餘名。」
1923	大正十二年十一月三日	臺南新報		「臺北天籟吟社於昨十月三十一日天長節祝日,假東會芳旗亭,開創立一週年紀念大會,招待全島六十餘詩社之詩人。」
1923	大正十二年十一月四日至七日	臺灣日日新報	天籟吟社創立一週年擊鉢錄首唱 羯鼓 韻一先 左右詞宗鄭雪汀林南强氏選	
1923	大正十二年十一月十三日	臺灣日日新報	内田總督閣下開敝天籟吟社一週年紀念大會特惠金五十圓感激之至敬賦誌德	林述三作

1924	大正十三年十月廿八日	臺灣日日新報	天籟二週年紀念	「擬於來三十一日，即天長節日午後一時，在該社事務所，開二週年紀念兼擊缽吟。」
1924	大正十三年十一月二日	臺灣日日新報	天籟二週年會況	「臺北天籟吟社。如所豫報。於去天常佳節日午後二時。假名預設員林清月氏之宏濟醫院。開創立滿二週年記念會。出席社員三十餘名。合北部八社友。計六十餘名。首由社長敘禮。次社員演說。終則投票改選役員。社長林述三氏重任卓夢庵。葉蘊藍。許劍亭。劉夢鷗四氏。占最多票。被推為幹事。」
1924	大正十三年十一月六日	臺灣日日新報	天籟二週年鬮鉢吟 素心蘭 删韻每人限一首 左右詞宗黃天浦 杜冠文選	
1925	大正十四年十一月四日	臺灣日日新報	翰墨因緣	「天籟吟社。去三十一日。開三週年紀念擊缽吟會於東薈芳旗亭。社員全部出席。」
1926	大正十五年十一月三日	臺灣日日新報	翰墨因緣	「天籟吟社。去天長節日午後四時起。於臺灣樓旗亭。開四周年紀念擊缽吟會。」

1926	大正十五年十二月十三日	臺灣日日新報	天籟吟社四週年紀念（擊缽詩錄）	詩題〈黃菊〉等九首七言絕句。
1927	昭和二年十月廿九日	臺灣日日新報	天籟吟社將開五周年記念會	「天籟吟社。以來三十日。值該社創立五週年紀念日擬于是日午後一時。開紀念大會於江山樓旗亭。」
1927	昭和二年十一月六日	臺灣日日新報	祝天籟五週年紀念	七律一首，倪炳煌作。
1928	昭和三年十二月十一日	臺灣日日新報	天籟六週年擊缽錄	詩題〈垓下歌〉等八首五言律詩。
1929	昭和四年十月廿四日	臺灣日日新報	翰墨因緣	「天籟吟社去十九日夜。為欲相議創立七週年紀念日行事。乃招集諸社員開臨時會於盧懋清氏宅。……遂決定於來之二十八日。」
1929	昭和四年十月卅一日	臺灣日日新報	天籟吟社七週年記念擊缽吟會	「天籟吟社七週年記念擊缽吟會。既如所報。於去廿八日午前九時起遂在江山樓旗亭開會。來賓則有。中壢。大溪。基隆。桃園。諸詞客陸續臨場。出席者四十餘人。」

1930	昭和五年十一月十日	臺灣日日新報	翰墨因緣	「天籟吟社。去二十八日午後二時。開八週年紀念為於礪心齋書房。出席者二十餘人。」
1933	昭和八年十一月二日	臺灣日日新報	翰墨因緣	「天籟吟社。去二十八日。開十一週年內祝紀念擊缽吟會。於社長宅。社員三十餘名出席。」
1933	昭和八年十一月廿五日	南瀛新報	天籟吟社十一週年紀念擊缽會	詩題觀山，五律。

附圖：《詩文之友》17卷5期（1963.02.01）

太魯谷流無限好。並車他日賞清波。

步竹峰兄似指薪詞原玉

海東魁首暮雲多。潤別俄驚川載過。經明却似漢田何。思攜花市澆書酒。擬聽桃城掩扇歌。好是故人相間訊。鸝陰且逐去來波。

次竹峰文新兩詞兄懷原玉

輪鐵銷殘道路多。卅年全在客中過。老去身屠思小隱。興來時亦効高歌。翩然倘獲同遙蒞。擬辦螺杯泛酒波。

　　　　　　曾文新

世事能囚喚奈何。漁樵爲侶勝王侯。歌場昔日憐紅粉。詩酒於今感白頭。

未荒三徑待歸休。健脚林泉不易求。桃李成蹊佳子弟。

敬和蘊藍社兄退休感懷瑤韻

安得騷壇鳴鷺侶。

　　　　　　鄭指薪

未荒三徑待歸休。

舘前一別者如煙。不見君顏近十年。何意相逢欣悟道。

晨鐘暮鼓日參禪。鐘聲縹緲响來頻。雲鎖聲天證夙因。大好梵宮清淨地。有佳山水足修身。塵外別開新世界。此日徑臨與不窮。重來參謁行天宮。消除俗慮有無中。

　　　　　　張晴川

浮生又得滌襟煩。靜聽蓮花淨六根。愧我塵緣猶未盡。晚鐘聲裡別梵門。

祝天籟吟社肆拾貳週年紀念

冊年回首處。千叟礪心齋。海島風騷起。金蘭憙象諧。春鶯鳴欲歇。老鶴警偏佳。逸響輝壇坫。豪吟動漢淮。誰知林放志。別具展禽懷。絳帳恩如昨。黃衫惜少儕。地靈橫地軸。天籟滿天涯。仰止唐山客。神存晉陸喈。

　　　　　　黃文虎

靜廬何幸聚詩仙。恰遇六三啓壽筵。荷錫明璘堆數几。笑陳薄酒亭群賢。新居戲彩兒孫慶。舊雨豪吟雅頌篇。

靜廬醉壽筵

一詩來祝諸君健。鼓鼗騷風海外天。只願吾儕身鍘鎊。風流喜氣縉年年。

獨木橋

　　　　　　邱敦甫

四紀星霜欠八年。欣開慶燕集群賢。鏡飛彩筆題新句。當時盟主憶逋仙。

　　　　　　陳友梅

追揚騷雅漢唐前。譜來香草與琴絃。羨煞清新天籟調。藏山肯讓千秋志。結社相磋四十年。

天籟吟社四十週年撰詞致讚

　　　　　　李世昌

群英慶念啓詩筵。琢句如珠落錦箋。標起才名湖海外。

我願諸君推一步。鉢聲鼓起好青年。

遄仙領導鷺鷗緣。冊載題襟句可傳。手挽騷才告出衆。天籟吟社四十週年社慶以詞讚之

心持風教入中堅。神州已墮斯文劫。海嶠猶存大雅篇。

　　　　　　李嘯庵

小陽春氣透梅梢。捲穎軒中會故交。詩雜仙心經冊載。日舒佛手拯同胞。天香尚見飄雲外。國境能銷戰火包。此後羣賢觴詠好。無妨起鳳與騰蛟。

天籟吟社四十週年社慶敬頌長句

　　　　　　顏懋昌

早傳詩律細。時斥禮儀乖。躋路開文苑。安梯續斷崖。公門桃李階。上國鉢衣階。辛酉從頭數。壬寅剔角排。萬叢紅幾點。群雅碧連排。細想師承記。寧忘友誼偕。錦牋飛藻鏡。醇酒異茅柴。附驥相欣幸。登龍莫笑俳。

同題

　　　　　　顏懋昌

天籟之藝文活動

──介紹天籟詩獎、近年出版品

莊岳璘[*]

一、全國徵詩，天籟詩獎

　　臺北市天籟吟社成立至今將近百年，天籟不僅是騷人聚會、交流的社團，更肩負「推廣傳統詩文之創作及吟唱，並出版相關書刊及專集」之責任，除了設有常態性古典詩創作及吟唱課程，也積極邀請國內學者進行主題演講，更以民間的力量主動舉辦「天籟詩獎」。二○一八年，詩獎由天籟時任理事長姚啟甲先生帶領開辦，其後，第五屆理事長楊維仁先生持續推展、發揚，今年即將邁入第五個年頭，實乃騷壇一年一度之盛事。

　　天籟詩獎開辦之初，設有「青年組」與「社會組」兩個組別，讓青年學生及詩壇老手各有揮灑的舞臺；其中，青年組不以學籍為限制，而是以年齡作區別，凡三十歲以下之國內民眾，皆可報名、參加，如此可避免詩壇新血與年過而立的資深學子競爭，更具公平性。自第二屆開始，又增設「天籟組」，專供天籟社員參加，讓詩獎分組更為細緻。詩獎除了分組細膩，最大的特色當為徵詩主題新穎且多具鄉土性。

---

[*]　臺北市天籟吟社社員。

二、新穎主題，鄉土本色

　　常人對於古典詩的印象往往停留在「傷春悲秋」，然而，觀察天籟詩獎歷年徵詩主題便可發現，其要求的題目是相當新穎的，以近三屆青年組徵詩為例，分別選「３Ｃ產品」、「寵物」及「體育活動」為範圍。

　　以３Ｃ產品為題時，可見鍵盤、耳機、監視器等電子產品入詩，其中，首獎吳紘禎同學寫人工智能的圍棋程式〈Alphago〉：「足證凡人造物功，平心落子戰群雄。已成無欲無身累，能見爛柯局不終？」優選陳信宇則寫虛擬實境〈ＶＲ觀星〉：「鏡裡乘槎夢一般，銀屏收盡萬重山。從今誰復撈湖月？自汲天河漫指間。」能讓時代尖端的科技產品融入千年傳承的古典詩體中，跳脫歌詠風花雪月的主題，實是古典文學獎命題的一大革新。

　　以寵物為主題時亦相當精彩，首獎蘇思寧同學及優選孫翊宸同學同樣選擇〈鸚鵡〉為題，卻能道出不同旨趣，將鸚鵡的古靈精怪寫得活靈活現，在此摘錄首獎作品：「昂首金籠彩羽前。聞聲欲語更喧天。持杯笑問能言鳥，識得詩書有幾篇。」優選作品：「喙艷珊瑚碧羽新，可憐何故落凡塵；勸君如欲長邀寵，試把巧言欺主人。」其他獲獎作品中，另有青年寫渾然忘機的烏龜，也有如皇帝喜怒無常的狸奴，亦有感嘆不能化作彩蝶的蠶寶寶……，包含了天上飛、地上爬、水裡游的各類動物，讀來，無不讓人嘖嘖稱奇。

　　而以體育活動為主題時，蔡宗誠先生以〈水上芭蕾〉獲得首獎：「態擬凌波舞錦春，芙蓉艷質戲漣淪；遙瞻水面清漪在，疑是洛神羅襪塵。」優選張芷綾則以你我校園生活的共同經歷為題，寫〈大隊接力參賽有感〉：「躬體凝神蓄滿弓，槍聲急起破長風。莫將勝敗輕言定，與爾

齊心逐眾雄。」另有中國舞、馬拉松、體操等佳作,彷如一場筆上奧運,運動員的舉手投足鮮活地穿梭在平仄之間,運動家精神亦躍然紙上。

或許是徵詩主題十分貼近時下少男、少女之生活,因此大大提升了年輕人的投稿意願;同時,我們可以藉由這些詩句,一窺當代青年所見、所聞、所知、所感、所處的生活樣貌,更可見年輕一輩在古典文學展現的活力與傳承。

徵詩主題除了結合時代潮流,亦有兼容臺灣鄉土性者,例如社會組 2018~2020 年的徵詩分別選「臺灣歷史之人物或史事」、「臺灣街景」及「臺灣文學作品」為範圍;天籟組近二年則以「臺灣小吃」及「臺灣詩壇先賢」為題。

臺灣歷史之人物或史事中,有的歌詠明鄭勇將,有的追懷清朝官吏,也有割臺、抗日到光復的詠史之作,亦不乏藉由各地古蹟抒發感懷的作品。在此選錄:

首獎鄭景升先生《讀臺灣地圖史有作四首》的前二首作品。〈北港圖〉:「千載空聞海上山,只應仙境隔塵寰。秦橋漫指蒼茫外,商路頻探浩渺間。潮暗生時初邂近,煙微開處盡孱顏。形圖幸莫嫌疏簡,聊與世人窺一斑。」〈大員港市鳥瞰圖〉:「帆影相偎處,海氛初結時。孤城新入畫,遠色幻如詩。濤浪鯨爭引,潮流誰得窺。依稀聞拍岸,響徹湛波湄。」這些詩作不但承載悠悠歷史,更喚醒了臺灣人對這片土地的記憶,讓人想起祖輩「篳路藍縷以啟山林」的艱辛,無不讓人動容。

臺灣街景為題時,林勇志先生以《大稻埕街景四首》獲得首獎肯定,這邊選錄首獎的前兩首作品。〈文萌樓〉:「藝妲悲歡傳此樓,

稻埕風月忍回眸；浮雲易散煙花冷，落日難留歌舞休。杯酒淺斟千滴淚，蛾眉細畫一生愁；解憐莫笑娼家女，女子從來少自由。」〈大稻埕戲苑〉：「榮景逐風輕，金銷餘稻埕；興衰塵裡事，苦樂曲中情。且喜登臺笑，何堪落幕驚；浮生莊子蝶，戲夢悵難名。」佳作另有各地老街、「檳榔西施」、臺北橋「機車瀑布」等，有細膩的描寫，亦不乏今昔之嘆，情景交融，各有風采，若細細欣賞這些文字所勾勒的街景，那份莫名的熟悉感，總能讓你我會心一笑。

臺灣文學作品中，李玉璽先生以「白先勇《台北人》讀後」等四首榮獲首獎，〈白先勇《台北人》讀後〉摘錄如下：「舊時王謝景難存，台北羈留愴客魂。往事談休惟被酒，新亭泣罷且遊園。神州匡復應無望，寶島流離未有根。何必經年悲逝水，他鄉日久是桃源。」優勝廖振富先生則寫〈選注《林幼春集》讀後〉：「櫟社鍾靈秀，資修獨佔先。衰軀藏彩筆，傲骨鬥強權。懷古春秋句，傷時月旦篇。景薰樓尚在，何處覓詩仙。」其他獲獎作品還包含殖民文學、原住民文學及客家文學等主題，一展臺灣文學的多元風貌。

而臺灣小吃徵詩，徵得燒肉粽、棺材板、貢丸湯、四神湯等滿滿美食，在此特別分享首獎及優勝作品。首獎鄭景升先生寫〈紅豆車輪餅〉：「雪色烘成月一輪，嫣然溫厚軟綿身。休嫌淡素深餘味，自有清香不膩人。惹我相思是紅豆，當年初識正青春。誰憐到老曾無悔，為爾甜心涉市塵。」優選陳文識先生則寫〈廣東粥〉：「海錯山珍薈一堂，細熬新米玉盈光。顏如琥珀三春美，味賽龍肝八寶芳。漫撒胡椒辛撲鼻，輕沾炸檜韻迴腸。天涯客寄魂飛苦，夢寐依依老粥坊。」作品有吃有喝，色、香、味俱全，彷彿置身夜市之中，足以讓讀者讀到垂涎三尺。

　　以臺灣詩壇先賢為題時，首獎洪淑珍女史寫〈林占梅〉：「和靖家風素自將，潛園才藻煥芬芳。養梅為伴琴書趣，邀會時飄茗酒香。一幟奇勳平禍亂，八廚高節惠邦鄉。胸懷曠達詩清越，獨立典型譽海疆。」優勝陳文識先生則寫〈張作梅〉：「招賢立苑壯文翰，喚月呼風李杜壇。四海新聲添錦繡，三臺彩筆競波瀾。詩鐘示範詞流遠，瑣稿攄懷藝境寬。豪傑天生擔大任，功成盡瘁幾辛酸？」另有人歌詠海東文獻初祖沈光文，也有人緬懷其恩師張國裕夫子、陳文華老師等；字裡行間可見對臺灣詩壇先賢的敬仰及深情。

　　一連串以「臺灣」為主題的徵詩，結合了創作者的生活環境，不但能發揚本土特色，也可以見證臺灣歷史演進，同時緬懷先人，讓臺灣的美好被優雅地收錄於絕律之中，亦使作品乘載了更為深刻的歷史價值。

　　詩獎的三個組別中，除了主題多變、新潮，各組對體裁的要求也有所不同，例如青年組即要求作七言絕句一首；天籟組要求作七言律詩一首；社會組的要求則是七言律詩、五言律詩、七言絕句、五言絕句各一首，讓各類體裁在都不被偏廢，也考驗詩人是否能熟嫻地應用各類詩體。

三、頒獎典禮，天籟吟風

　　各項競賽中，最怕遇到「黑箱作業」或「內定名次」。天籟詩獎的評選方式，採嚴謹的三階段評選，分別由不同評審進行初審、複審及決審，如此高的規格，當是民間古典文學獎少有的；而評審來源，除了聘請具學術專業的大學學者，也會邀請德高望重的民間詩人，讓評選觀點更加豐富。經過層層篩選的作品，加上評審多元觀點的討論，

除了可以維護詩獎的品質，使詩獎具有更高的公平性、公正性和公信力，也能避免佳作因單一評審偏見而不幸落為遺珠。

　　天籟詩獎的頒獎典禮不只是一場致贈獎座與獎金的典禮，更可謂為騷壇一大慶典。第一屆頒獎典禮在新莊典華飯店的愛丁堡廳舉辦，席開將近二十桌，大宴國內學者、詩人，當年更邀請顏崑陽教授主講《古典詩如何表現「現代感」與「在地感」》，也邀集文幸福教授、李知灝教授、李啟嘉老師、楊維仁老師等座談《當代的古典詩創作》；第二屆及第三屆典禮則分別在臺北巴赫廳及青少年發展中心之國際會議廳舉辦，現場皆座無虛席，熱鬧非凡。

　　詩學講座以外，頒獎典禮 2018~2021 年邀請學生詩社——東吳大學停雲詩社、輔仁大學東籬詩社和淡江大學驚聲詩社共襄盛舉，三社學生身著華麗漢服，或持精緻道具，或擺柔美身段，或伴悠揚國樂，輪番登臺吟唱古典詩、詞、曲，曲調來源有的來自古譜，有的來自今人譜曲，這些節目為典禮增添不少活力與色彩。

　　除了大專詩社的吟唱展演，天籟吟社也會邀集社員，用傳統河洛漢音吟唱詩詞。第二屆詩獎開始，更會在頒獎後吟唱首獎作品；第三屆頒獎典禮則結合《天籟清詠：臺北市天籟吟社二零一六至二零二零社員作品集》新書發表會，會中精選書中佳作吟詠，全場一邊品讀雋永的詩句，一邊聆聽清雅的吟唱，讓人深深地陶醉其中。學生與天籟社員的吟唱，可謂詩壇老、中、青三代的交流，能在一場頒獎典禮中觀摩、欣賞如此多元的吟唱展演，實屬難得。

　　所有入圍詩獎的詩人，都必須到頒獎時才能知道自己的實際名次，在名次宣布前，評審也會一一講評，讓在場的學子、詩人開心領獎之

餘，也能有更為深刻的學習與進步。典禮最後則安排全場合唱天籟名曲——〈春江花月夜〉，張若虛一詩在天籟調的詮釋下，顯得更為婉轉、動人，吟畢，那悠揚的旋律往往能長久迴盪於與會賓客的心中。

天籟詩獎是全國性的文學獎，自開辦以來，有賴天籟吟社姚啟甲名譽理事長及陳碧霞夫人所主持的「臺灣三千藝文推廣協會」大力贊助。姚啟甲先生曾言：「希望藉由這項活動，鼓勵更多的朋友一同參與古典詩的創作及吟唱，從而對古典詩的推廣，產生更大的助益。」這三屆詩獎的獲獎者，來自臺灣各地，從事各行各業，小有正值荳蔻年華的國中學生，亦有年屆杖朝之年的騷壇前輩，投稿者有男有女、有長有少，正符合了姚理事長最初對於詩獎的期許。這樣成功的文學獎，相信可以成為推動臺灣古典詩學的一大助力，並為臺灣詩壇持續發掘濟濟人才。

四、吟唱瑰寶，天籟元音

今人僅知古人會吟詩、能唱詞，卻往往不曉得當時吟唱的旋律為何，僅有極為少數古譜的流傳，可為後人略窺一二。天籟吟社長期秉持「推廣傳統藝術之創作及發表，並出版相關書刊及專輯」理念，近年來穩定出版諸多古典詩詞書刊，積極實踐社團任務，隨著科技日新月異，專業的錄音設備問世以後，天籟除了積極收錄社員的詩文作品，也積極錄製吟唱音檔，保存「天籟元音」。

天籟眾多出版品中，有聲的吟唱專輯包含：《大雅天籟：莫月娥古典詩吟唱專輯》、《天籟元音：天籟吟社先賢吟唱專輯》、《天籟吟風：葉世榮古典詩詞吟唱專輯》，書中兼附光碟，收錄超過百首吟唱音檔，皆由楊維仁先生負責主編。

莫月娥老師師承黃笑園先生，畢生致力推廣吟唱，教唱足跡遍布全臺，吟蹤更擴及海峽兩岸，享譽騷壇，有「臺灣吟詩冠冕」之美譽。莫老師吟唱蒼勁而高雅，在年近古稀時錄製了《大雅天籟：莫月娥古典詩吟唱專輯》，專輯除了收錄音檔，也收錄莫老師的吟唱經驗談，是天籟社員首次發布的「天籟調」吟唱專輯。

天籟調最早傳承自林述三先生，當為臺灣流傳最廣，影響力極深的吟詩方式，《天籟元音：天籟吟社先賢吟唱專輯》收錄天籟先賢的吟唱音檔，包含林錫牙先生、凌淨嫆女史（真珠姑）、林安邦先生等，具體而完整地保存了天籟吟調的風貌；本專輯還收錄了〈春江花月夜〉的天籟調曲譜，可助經典大曲長遠流傳，亦是學習天籟調的最佳教材。雖然先賢早已遠去，然而先賢吟唱之聲仍可透過光碟，傳揚四海，永垂千古，並供後人學習，可謂相當珍貴的文化資產。

第三部作品《天籟吟風：葉世榮古典詩詞吟唱專輯》則收錄天籟耆老葉世榮先生的吟唱示範，葉老師自一九五〇年加入天籟吟社，吟唱天籟吟調迄今超過七十年，是天籟當前最為資深的顧問，更是臺灣詩壇國寶。

五、積極出版，文風鼎盛

楊維仁先生曾感嘆：「文學出版品原本即已日趨『小眾』，而古典詩詞文集尤屬『小眾中的小眾』，不但實體書店罕見展售，甚至在網路書店也不易購得。」隨著時代風氣改變，書商接連倒閉，出版品銳減，文學類的書籍當是受衝擊最甚者；就詩集的市場「能見度」而言，相較於現代詩，古典詩集又更顯珍稀。

　　民間詩社的刊物，往往僅自尋影印店刊印、膠裝，或甚至簡單地釘上釘騎馬釘便直接發布。雖然出版環境日趨蕭條，天籟吟社仍不懈地編纂詩集，並與出版社合作，積極發行古典詩刊物，為詩壇注入源源活水；而如此正式的出版刊物，亦屬臺灣民間詩社相當少見者。天籟近年出版品中，收錄社員作品者有：《天籟新聲》、《天籟吟社九十週年紀念集》、《天籟清吟：天籟吟社九十五週年紀念詩集》及《天籟清詠：臺北市天籟吟社二零一六至二零二零社員作品集》，書中之作品主要可分為例會佳作與社員自選作品。

　　天籟每年按時令舉辦春、夏、秋、冬四次例會，例會又分首唱及次唱，分別為例會前預寫之作及例會中即席之作，例會往往限體、限題、限韻、限時，大大考驗社員是否有敏捷的才思，會後則由左、右詞宗評選佳作，並供詩友相互觀摩。由出版品中的大量作品可知社員平時創作不輟，舉社文風鼎盛，亦可見天籟多年來運作穩定且不失活力。

　　天籟吟社近百年來匯集並培育大量妙筆生花的詩人，累積作品更是不可勝數，幸有張國裕先生、楊維仁先生、張富鈞先生等有志之士共同努力，努力收錄社員作品、製作吟唱光碟，並集結成冊、積極出版，為社史及文化保存無私地奉獻，避免無數珍貴文化資產淪落亡佚之命運。因天籟吟社擁有豐富的出版品，相信百年以後，世人亦可透過這些詩集一覽天籟吟社歷久不衰的風采。天籟亦將持續為文化推廣盡最大心力，帶著傳承使命，邁向下一個輝煌的一百年。

天籟先賢詩人剪影

林立智 *

一、已故社長

（一）林述三（1887-1956）

　　林纘，字述三，以字行。號怪癡、怪星、唐山客，亦署蓬瀛、蓬瀛一逸、蓬萊一逸夫、苓草。福建同安人，光緒十三年（1887）生。先生幼學於廈門玉屏書院，十三歲返臺。廿六歲繼承父親主持之書院，並易名為「礪心齋」。大正四年（1915）與黃水沛、張純甫、杜仰山、駱香林、歐劍窗、李騰嶽等人於礪心齋合創「研社」，大正六年（1917）研社改組為「星社」；大正十一年（1922）礪心齋門下共組「天籟吟社」，推先生為首任社長；大正十三年（1924）與星社同志共創臺灣首份詩刊《臺灣詩報》，並任執筆；民國四十一年（1952）榮獲臺灣省主席吳國楨頒發「風勵儒林」匾。民國六十六年（1977），《中國詩文之友》推舉廿五年來「詩教有功獎」十二位，此時先生已過世廿年，仍被列為得獎人[1]，足見其詩教影響深遠，廣受詩壇稱頌與緬懷。著有《礪心齋詩集》、《礪心齋詩話》、小說《玉壺冰》傳世。

　　先生性恬靜，好禪坐，工詩，筆力清雅，多有禪趣，下錄其〈嗅梅詩〉：

* 　臺北市天籟吟社社員。
1 　《中國詩文之友》第六卷第三期，1977 年 8 月，頁 77。

一枝香是下瑤臺，卻入銅瓶次第開。清處自通人肺腑，靜時可結佛胞胎。玉溫風悟堂中定，魂遠冰分鼻底來。觸法欲參禪意味，天心應許問聞哉。

美人我已挹高風，妙處都從淡裡通。撲鼻地逢能靜外，會心天感不言中。挾冰本愛奇香動，嗅麝終嫌俗氣攻。為有襟懷餘墨瀋，強人消受悟真空。

索笑終知氣味投，妙香枝外本清幽。天隨神意吟三拱，地著仙風悟一流。不許微塵為佛障，可甘分寸應人求。玉堂更覺虛靈甚，都在形骸忘處遊。

觀先生諸作，有清雅高妙者，也有能通世俗者，其人亦莊亦諧，吟詠不拘一格，造語多新，亦能寫作現代題材，援古入今渾然無礙，不見晦澀，試錄其〈電話〉二首：

不須縮地授壺公，愛汝西洋德律風。安得天河牽一線，好教牛女話情衷。

神機巧妙奪天工，客思閨情好互通。兩地一時相對語，可人無異在家中。

又如其〈竹枝詞〉（原作計卅五首，摘錄十九首）：

〈共進會竹枝辭就純甫兄題〉
層層衙閣入雲霄，萃盡多方品物饒。此日官民同勸業，一日熱鬧起喧囂。

一望迴廊座似雲，酒樓茶位兩平分。隨人休憩文明甚，香水無錢任爾熏。

流榔機設最高層，十個人堪枰上乘。少婦也思開眼界，竟同阿

母望臺升。

賣煙少婦白衣裳，故作宜人淺淡妝。博得十錢供買料，教他顧客意揚揚。

度量衡欄欄外分，遊人錯過自紛紛。美人含笑登洋磅，身子年來減二斤。

絡繹遊人數十家，涼陰夕照正西斜。風亭坐椅無餘位，茶店人來喚喫茶。

迎賓館裡好迎賓，酌女殷勤最可人。成禮一矸金露酒，教君半醉好抽身。

栩栩飛船出樹梢，空中盤舞炸彈拋。看他地上人爭拾，封裡丹丸每一包。

機械館中機械精，可憐瓦特倡文明。汽螺吹徹嘈人耳，第一教人怕此聲。

萬千電火似星攢，屋上門頭池王欄。報說黃昏時候到，一齊燦爛耀瞻觀。

六街三市燃金釭，啟盡樓頭硝子窗。賽過上元天不夜，翻風旗葉各雙雙。

十圓商店大當籤，生意門前幾倍添。俗子妄思抽特等，拚將十角採新縑。

黑赤蕃人不著衫，啁啾蕃語似呢喃。成群愛買花紅布，特派蕃山警察監。

佛教門鄰是耶穌，牧師和尚各分途。任人聽講不同道，善意歡迎坐位鋪。

許多演藝鬥機靈，洋樂叮叮奏不停。男女摩肩多所怪，火中訝見美人形。

丁丁敲響古銅鑼，惹動群趨竹檻過。圍內叫看人面馬，二錢摸

出老阿婆。

來往圓山自動車，追風逐電滾塵沙。嫣紅姹紫添春色，碧玉今時鬥麗華。

愛看圓山動物園，園中虎豹各雄蹲。一聲怒吼威風起，落盡憑欄蕃婦魂。

開臺盛會震東南，韻事燈謎出再三。閨閣一時思獲賞，京都森永畫中探。

先生聰敏長才，不惟精通國學，又能兼擅小說[2]、謎語[3]，其人亦通音韻，其吟詩曲調傳唱至今，世人譽為「天籟調」。於礪心齋設帳教授漢學，創立「天籟吟社」，平生致力騷壇，及門多俊彥，有〈紅米店[4]〉（用王漁洋秋柳原韻），自述其志：

銷盡東方曼倩魂，高懸入德仲尼門。源源頗具書香氣，滴滴長留飯粒痕。乞糧人來楓葉市，勸耕路入杏花村。一年薪俸憑升斗，朱子而今且莫論。

禿頭筆器愧青霜，腐浸胭脂水一塘。陳朽半冬餘萬秭，糶新五月滿囊箱。父兄更比青精飯，童子偏逢赤大王。輸與街頭人賣黑，神仙來自碧雞坊。

冬烘誤卻當朱衣，五載箕裘覺已非。拾字生涯供普度，注文大

2　潘玉蘭《天籟吟社研究》，頁 183。

3　一九一六年舊曆上元夜及十六、十七日三天，稻江乾元藥行開設「懸賞燈謎」，聘張純甫、鄭天鑒、林述三主稿。（參見黃美娥編〈張純甫先生年表〉，《張純甫全集》，新竹市：新竹市立文化中心出版，一九九八年，頁 204~235。）又，一九三四年，甲戌元宵，臺灣新民報總編輯林呈祿先生，獲知臺南謝星樓有來北之訊，因謝氏為該報中堅份子，亦擅謎語，乃投其所好，託林述三先生準備謎稿。（參見黃文虎〈臺北謎學史〉，《臺北文物》四卷四期，一九五六年二月，頁 111～128。）。

4　即私塾，本省（臺灣）國文書房俗稱「紅米店」，亦稱「子曰店」。

計總依稀。黃粱悟徹邯鄲夢，丹雀空銜洙泗飛。鍾阜念他周處士，交關無那欲相違。

赤田赤穀迥相憐，任守高風杳若煙。但對白魚餐似玉，那知黃雀軟於綿。在陳見笑拾塵日，去魯應愁接淅年。縱協升恆豐獲益，頭顱換盡絳帷邊。

先生弟子曾笑雲、林笑巖、黃笑園合稱「天籟三笑」，極富騷壇盛名；又，日治時期閨秀詩人甚稀少，蓋因早年民風保守，女子較少參與詩社，惟先生打破成見，廣納女弟子，實屬當代詩壇極其罕見之現象。女弟子中有凌淨嫆、姚敏瑄、鄞威鳳合稱「天籟三鳳」，能作能吟，光復後有「礪心齋女子同學會」一時傳為佳話。天籟「三笑」與「三鳳」俱是騷壇名宿，知名弟子與再傳弟子眾多，而先生弘揚雅化、作育英才，一時遂有「稻江詩界通天教主」之雅譽。

（二）林錫麟（1911-1990）

林錫麟，字爾祥，號尚睡軒夫子，居室曰銅臭齋。明治四十四年（1911）生，為天籟首任社長林述三先生之長子。昭和十一年（1936），年廿五，代課訓童蒙；十三年（1938），主持礪心齋，週為一課，如此直至民國七十年（1981）停館，執教計四十五年，春風化雨。

先生幼承父教，不慕榮利，或曰日治晚期，政府提倡「皇民化運動」，嚴查書房教育，先生遂高臥以避之，是有「尚睡」之號[5]。觀其〈步景南世弟原韻〉[6]一詩，或可窺見其避世之心跡：

一粟貪生混大千，夢回三十值今年，舊時髮似毛錐老，此日心

---

5 潘玉蘭《天籟吟社研究》，頁214。

6 《詩報》第二三二號，昭和十五年九月十五日，頁4。

同鐵硯堅。阿堵難蒐維甫宅，駑駘莫贈繞朝鞭，凌雲有筆空藏拙，半紙人情亦悵然。

十年後，又作〈四十書懷〉[7]：

致富無從感杏壇，操持恬淡竟心安。年來世事猶餘惑，夢醒胸懷尚耐寒。長懶讓輸人一步，晏眠自笑日三竿，傸然身外多兒子，肩擔何時得放寬。

先生執教書房，藏拙數十載，卻自嘲其居室曰「銅臭」，家庭的重擔可想而之，更益顯其性格之堅毅。先生率性自然，世間一切榮華不曾入眼，所作多關花鳥風物，今試舉二首，分列如下：

〈秋山〉
千峰紅樹老，萬壑白雲殘。野曠青螺染，谷危翠黛寒。蟬聲吟落月，雁字過層巒。五嶽登高返，攜筇不再看。[8]

〈白梅花〉
雪中烟外費相尋，月下窗前試小吟。翦玉一枝塵不染，玉壺省識美人心。[9]

秋山者，全詩無煙火氣，野曠間窺見天地之至雅；而白梅花，雖不似春、夏諸花熱鬧欣人，卻也管領一季，清冷高標的象徵更直抒先生一塵不染之襟懷，令人心嚮往之。先生一生致力詩教，弟子眾多，有張國裕、葉世榮、林安邦、施勝隆、鄞強等人，後來紛紛成為天籟吟社與臺灣詩壇之重要人物。惜先生所作大多散見各處，無有專集傳世。

7　錄於《天籟詩集》，臺北市：天籟吟社出版。1988.10，頁5。
8　錄於《風月報》昭和十二年八月十日，第四十六號，頁25。
9　1929.1. 南瀛佛教 7:1

（三）林錫牙（1913-1996）

　　林錫牙，字爾崇。大正二年（1913）生，為天籟首任社長林述三先生之次子。受父兄薰陶，昭和七年（1932），時年十九，入天籟吟社；民國六十五年（1976），「臺灣詩人聯合會」（中華民國詩社聯合社）改組為「中華民國傳統詩學會」，獲推為第一屆副理事長，民國六十八年（1979），任該會第二屆理事長，第三屆亦獲蟬聯，自第四屆起，始轉任名譽理事長；曾任「中華學術院詩學研究所」顧問、中國文藝界聯誼會名譽副會長，詩文之友社顧問、臺北詩社聯合社顧問、礪心齋書院同學會長，全國詩人聯吟大會顧問等，儼然騷壇領袖。有《讀父書樓詩集》傳世。

　　先生少時，文學聰敏，嘗奉父命赴福建廈門大學投考文系，詎料遭遇兵戈，一時時局緊張，學業受挫，回臺後為求生計，遂棄學從商，荒廢吟詠長達廿年[10]。其詩〈廢吟〉曰：「商界奔馳利欲驅，年來絕口一詩無；風騷畢竟難為飯，煮字當時愧老蘇。」老蘇即稱蘇洵，蘇氏父子一門三傑，文名震動天下。先生自言從商以後，為利益驅，荒廢學業，愧對老父，由是可窺其畢生遺憾。

　　日治時期，先生因任《風月報》編輯，作品常見於該刊，所作體裁繁複，有詩、賦、通俗小說、散文等[11]。生平為詩多讀少作，據傳有兩千餘首，惟大多散佚，其《讀父書樓詩集》僅錄日治至光復後逾三百首，以應酬、擊缽為多。其餘作品，散見各處，偶有感懷人事，傷時傷情之作，試錄二首如下：

10　潘玉蘭《天籟吟社研究》，頁 216。
11　潘玉蘭《天籟吟社研究》，頁 216。

〈溪聲〉

側耳潺湲徹夜鳴，詩心一片玉壺清。可憐虛枕嘈嘈外，淘盡韶
光是此聲。[12]

〈稻江月〉

一輪斜掛淡江天，讀父書樓月正圓。八十年來吾亦老，羨娘不
減舊嬋娟。[13]

嘈聲未止，詩人已老，感慨益深。先生父子情篤，齋號「讀父書樓」，
遙想衰翁望斷月圓，令人悵然。先生雖然學業受阻，所幸家學淵源，
吟詠未廢，遺音收入《天籟元音》，又因擔任中華民國傳統詩學會副
理事長與理事長，得詩壇人脈，引介大批詩人加入天籟吟社，亦功在
勤勉。

（四）高墀元（1918-1998）

高墀元，字策軒。大正七年（1918）生；受業於初代社長林述三
先生門下，與前任社長有同窗之情[14]，在三代社長林錫牙先生去世後，
以輩分、資歷最高，由張國裕等人推為社長，實未接任社務，兩年後
與世長辭。

先生性慷慨，壯懷激烈，能吟善飲，為天籟吟社之酒豪。與妻子
高碧姿攜手詩壇，同為天籟吟社社員。先生畢生所作散見各處，作品
無專集，試錄其〈新荷〉[15] 二首如下：

---

12 《臺灣擊缽詩選‧第三冊》，頁 425。
13 《中國詩文之友》448 期，1992.5
14 〈哭林公錫牙社長千古〉：望風淚灑稻江隈，欲獻蕪詞費剪裁。天籟同修盟白馬，
芸窗記讀契青梅。人間無計留君住，華表深期化鶴來。從此不煩身外事，可悲撒手
赴泉臺。《台灣古典詩擊缽雙月刊》第 10 期 1996.10，頁 15。
15 1966 年天籟吟社主辦丙午夏季北市詩人聯吟大會，大會次唱。

〈新荷〉其一

冉冉柔枝水面臨，塵埃半點不相親。他時莫怪臨波美，出得頭
來便苦心。

〈新荷〉其二

柔枝點水費沉吟，濯出淤泥葉未森。我願來時多結蕊，待供南
海坐觀音。

先生此二首寫作獨特，初觀新荷清美，時人皆目其臨波似仙，獨先生
道破其拔出淤泥的成長之苦。詠物者，或抒己志。住世之君子，以根
基志業為重，其願大哉。

（五）張國裕（1928-2010）

張國裕，字天倪。昭和三年（1928）生；民國三十四年（1945）
受業於林錫麟先生門下，亦為林述三先生之再傳；民國六十六年
（1955），當選「台北市詩人聯吟會」副會長；民國六十八年（1979），
以理事身分兼任第二屆「中華民國傳統詩學會」秘書長、第三屆轉任
常務理事兼副理事長；民國七十六年（1987）獲教育部「弘揚詩教」
獎；民國八十年（1991）獲大成至聖先師奉祀官、考試院長孔德成先
生題贈「管領騷壇」，同年當選第六屆「中華民國傳統詩學會」理事長、
第七屆復連任，至任期屆滿，始讓其會座。先生長期參與「中華民國
傳統詩學會」，曾任秘書長、兩任理事長，亦曾多次代表我國出席世
界詩人大會，為臺灣古典詩壇領袖人物。民國八十七年（1998）天籟
吟社第四任社長高墀元先生去世後，接任第五任社長；民國九十三年
（2004）重振社務，再新社員會籍，引進大批學生與後進，奠定今日
天籟之規模。民國九十九年（2010）謙讓社長一職予歐陽開代先生，

轉膺名譽社長，同年仙逝；遺集有《張國裕先生詩集》傳世。

先生詩才凌厲，嘗作〈柳絮〉[16]詩，詩云：「訝雪垂枝颺嫩風，柔情眷戀館娃宮。纏綿別有銷魂樹，無著浮心一夢中。」曾被太老師林述三先生評為「特上」。其人為詩，謹守六義，尤尚「情」、「意」，嘗言道：「學者為詩，切莫為啞詩。然則疊字絢麗，用典幽深，句非己出，鋪排敷衍，此為無情之詩；描述極致，寫景如繪，風湧雲飛，卻盡褒美，此無意之作。無情之詩，無意之作，文字遊戲而已。此非「啞詩」而何耶！」[17]，如是詩教，觀其〈秋興〉[18]二首可知：

〈秋興〉其一
一角登樓望，天高肅氣橫。籬邊黃菊艷，浦上白蘋生。琴弄雙行淚，砧催萬里情。回看窮目處，渺渺火雲平。

〈秋興〉其二
身世猶為客，雄圖負白頭。清詩吟野月，殘夢醒孤舟。聊對一樽酒，能消幾斛愁。飄然如斷梗，碧海感沙鷗。

秋興登高，雄圖未遂，客情悵懷如許。黃菊白蘋、琴聲砧聲，更添亂緒紛紛。在一片渺渺火雲之中，歷歷如繪，又在無可奈何之間，寂靜收束，直是愁人。

二、天籟「三笑」、「三鳳」與再傳弟子

16 《張國裕先生詩集》，頁21。
17 唐羽〈天籟吟社張夫子天倪先生傳略〉，《張國裕先生詩集》，頁52。
18 《張國裕先生詩集》，頁157。

（一）三笑其一：林笑巖（1903-1977）

林錦堂，號笑巖，又號逸齋。明治三十六年（1903）生。林述三先生之弟子。民國六十六年（1977）辭世。作品散見各處，無有專集。

先生性溫文，詩思縝密，少時入礪心齋，師事林述三先生研習詩文，一時亦頗有詩名，嘗作〈苦吟〉云：

> 一字沉思豈易探，辛中有味自喃喃。髭鬚撚斷無佳句，費盡詩心嘔再三。

另有名作〈春眠〉[19]於逸社擊缽獲得左元：

> 借得遊仙枕，片時好夢遙。春深楊柳媚，睡足海棠嬌。化蝶飛千里，啼鵑鬧一宵。醒來花事了，暫覺鬢毛焦。

吟詠生涯結識「二笑」，更傳為騷壇佳話。惟而後經營米行、商行，百務叢脞，高懷逸致遂減，吟詠漸稀。黃笑園〈戲贈天籟吟社諸詞友〉[20]一詩述其：「惟本諄柔每克雄。三思慎重有誰同。鐵心百鍊商場戰。賭米生涯拜下風。」既屬之先生騷壇生涯始末，亦略有物傷其類、兔死狐悲之憾，令人唏噓。

（二）三笑其二：曾笑雲（1904-1981）

曾朝枝（有作潮機），字笑雲，以字行。明治三十七年（1904）生。林述三先生門下，亦曾參加瀛社、和社、登瀛吟社。善作詩，詩名顯著，詩作多刊於《詩報》、《風月報》、《南方詩集》。嘗擇臺灣各地擊缽詩優選者，分七律七絕，依平水韻分目纂集《東寧擊缽吟集》共三

---

19 《詩文之友》24：3（1966.7.）
20 《南瀛新報》第270號，昭和八年十二月九日，頁14。

集[21]，付梓後，風行壇坫，為日治時期臺灣詩壇之重要參考書。民國
七十年（1981）辭世。

先生詩才橫溢，與林笑巖、黃笑園合稱「天籟三笑」，一時名動
全島。先生一生著意詩場，無心兒女之情，黃笑園〈戲贈天籟吟社諸
詞友〉[22]詩云：「角逐騷壇負盛名。藍橋無夢及雲英。如今著意東寧集。
拋卻風流樂半生。」似有所指。

先生詩風多變，有慷慨爽健者，如〈春日書懷〉：

元氣葆培愛早晨，金剛百煉煅心身。中流擊楫思征士，大雅扶
輪望眾人。鶯燕有情仍嚦囀，文章無價合安貧。鑑湖乞隱能知
願，長羨當年賀季真。

亦有雄渾高古，任俠奇氣者，如〈圓山遠眺〉：

太古巢前景，憑高滯短筇。紅看銜落日，青未了諸峰。出寺鐘
搖韵，沉潭劍歛鋒。遙遙北城市，四顧暮雲封。

另有一作〈眼鏡〉[23]：

任教作色分青白，自愛生光辨濁清。眼界幾人空一切，明明看
透世間情。

暮日登高遠眺，落日垂紅一片，諸峰青翠依稀。入耳寺鐘微響，
極目劍潭歛波，四顧暮雲壓城，是斯人見微於天地，亦是斯人雄視於

21　《東寧擊缽吟集》共三集，前集於一九三四年四月發行，後集於一九三六年五月發
　　行，三集僅見刊於《詩文之友》，並未付梓。

22　《南瀛新報》第 270 號，昭和八年十二月九日，頁 14。

23　《東寧擊缽集》前集，頁 243。

雲間。而觀其〈眼鏡〉詩,藉物取譬,暗書性情,更是令人拍案叫絕。先生寫景書懷之作如斯,詠物之作亦如斯,案頭想像其人,何其豪也。

(三)三笑其三:黃笑園(1906-1958)

黃文生,號笑園,又號少頑、捲籟軒。明治三十九年(1906)生,林述三先生弟子。昭和元年(1926),時年弱冠,即設立「捲籟軒」書房,教授漢學,並創立「捲籟軒吟社」,門下不計其數,佼佼者如:陳雪峰、黃雪岩、黃篤生、莫月娥等,皆享譽詩壇;曾任《昭和新報》編輯。民國四十七年(1958)辭世。笑園遺集由天籟吟社現任社長楊維仁先生輯成《捲籟軒黃笑園詩集》傳世。

先生工詩,少時所作多抑鬱,嘗作〈網珊吟〉以自傷:

> 可憐珊瑚樹,生長屆深淵。越王稱烽火,夜燦光欲然。釣竿難拂起,取之偏賴船。枝條高七尺,鐵網待三年。有時逢識主,出水曲而堅。製磨為珍寶,留與古今傳。文章無知音,漂泊困天邊。人亦難相比,抱才幾萬千。

自受業於礪心齋林述三先生門下後,結識曾笑雲、林笑巖二人[24],一時文星會遇,風雲席捲騷壇,人稱「天籟三笑」,名動臺島。同窗之情,惺惺相惜,三人情感甚篤,詩作中常見唱和往來。[25]而後風格大開,其〈大觀閣〉八首蒙業師林述三先生評為:「寫景寄情,灑落

---

24 按:參照《捲籟軒黃笑園詩集》卷一,笑園與笑雲相交之年,約在昭和二年,有〈贈笑雲詞兄〉為證,詩云:「問君緣底事,邀我到君堂。甘心陪末席,聽談涉世方。深宵蟲語唧,隔院機聲揚。秋風何瀟灑,吹動垂堤楊。感君雞黍約,情契興何長。」其業師林述三先生評語:「友愛情逾切,聽談涉世方。以斯輔仁,其益有三。二生勉旃!」語見《南瀛佛教會報》第六卷第一期。

25 參見《捲籟軒黃笑園詩集》,和笑雲者計有 5 首、和笑巖者有 5 首,吟詠提及笑巖者又 1 首。

可喜，笑園得意之作。」[26]，今試錄一首如下：

> 新築大觀高閣雄，夕陽斜照豔粧紅。遠看滬尾連滄海，回顧稻
> 江架彩虹。景好未輸清暑殿，雲閑不鎖廣寒宮。梵鐘渡水凌雲
> 寺，正入詩人感慨中。

先生亦能詞，有〈遊淡江詞〉，調寄滿江紅：

> 九曲長江，飛白鷺、晚風無力。回首望、梁成輿馬，往來人密。
> 一角西山懸落日，津頭依舊空遺跡。到夜闌、明月照江干，清
> 寒溢。
>
> 秋已盡，飄蘆荻。人易老，鬢眉白。感繁華如夢，富貧難易。
> 滄海桑田多變幻，人情冷暖頻相逆。聽水流、添我恨愁生，思
> 潮急。

　　自先生設帳「捲籟軒」書房，弟子門人不計其數，於《詩報》、《中
華詩苑》、《詩文之友》中經常可見該社之擊缽詩作。先生逝世後隔
年，淡北吟社秋季例會並開社友黃文生先生逝世一週年紀念，其門生
陳雪峰作〈過捲籟軒〉，詩云：「蕭齋鬥韻已經春，此日重來倍愴神。
回憶吟聲猶在耳，更教何處見詩人。」「捲籟軒」書房後來由其公子
黃少園主持，惜今已無運作。[27]

---

26 《南瀛佛教會報》第六卷第三期。
27 潘玉蘭《天籟吟社研究》，頁 280-281。

（四）三鳳其一：鄞威鳳（1909-1996）

鄞好款，字威鳳，以字行。明治四十二年（1909）生；林述三先生弟子；光復初期；在婦女合作社理會計職；民國六十年（1971）左右退休，夜間於臺北覺修宮及自家設教，闡釋經文佛典、授四書、古文觀止、唐詩等，知名詩人莊幼岳先生曾譽其為「女宗師」[28]；民國八十五年（1996）辭世。

覺修宮為感念其貢獻，以女史生日元月廿日為開課日，其忌日十月二十三日為秋祭，並將其名列於先賢牌位[29]。女史雖早在日治時期即參與天籟吟社，亦有詩名，惜所作皆散佚，作品無有專集。

女史二八年華即入礪心齋門下，師事林述三先生研習漢學，求學甚刻，深得四書五經之精微，好古文，認為讀聖賢書，乃是為了知行有常。女史工詩，才情不讓鬚眉，與凌淨嫆、姚敏瑄合稱「天籟三鳳」。當年「天籟三鳳」詩名亦頗盛，《詩報》第 277 號[30] 曾刊〈風片〉，三人同題而有作，試錄之：

> 凌淨嫆〈風片〉
> 暑裁爽颯滿春梢，彷彿如屏憶二嶠。蕉葉無心憑展卷，花英有感惜吹拋。掠翻燕剪斜空谷，輕颭螢囊度遠郊。縐碧池塘楓落冷，帆橫篷背帶烟敲。

> 姚敏瑄〈風片〉
> 十里香塵影浪拋，玲瓏面面掠春梢。斜飄絲雨穿芳徑，斷颸烟

---

28 莊幼岳〈威鳳姊六十〉：「孝悌聲名早歲馳，孤芳況守雪霜姿。得薪奉母貧能樂，設帳授徒晚自怡。積德應徵無量壽，登堂爭拜女宗師。欣逢花甲初周日，朗朗嫦星照酒卮。」

29 參見潘玉蘭《天籟吟社研究》，頁 234-235。

30 《詩報》第 277 號，昭和十七年八月五號，頁 15。

綃過碧郊。落葉拂簾鈎細戞，飛花散帶珮輕敲。薄寒扇取薰蘭氣，卷展芭蕉綠錦梢

鄞威鳳〈風片〉

剪落群英散滿郊，牋天錦字颳紅旒。銅烏響動屏垂障，鐵馬鳴懸簾捲捎。易水蕭蕭歌羽轉，蘭臺颯颯賦章拋。有時吹面堪當扇，人力無勞陣陣敲。

「天籟三鳳」情誼深厚，亦感念業師林述三先生傳經之恩，某年於礪心齋中舉辦師生同學會後，女史有詩如下：

〈礪心齋同學會感作〉

道是春風座裡迎，杏壇桃李各心傾；聖門垂範留文跡，禮教揚徽入雅聲。詩賦朗吟同得意，琴書細論共研情；筵開今夜團如月，敬祝師尊福壽盈。

礪心齋內師生團聚，桃李滿座領受師恩，如沐春風。眾人或賦詩、或鳴琴，自是得意欣欣。女史不忘師恩，其門人亦終不忘女史，天衍教化，豈無應乎！

（五）三鳳其二：凌淨嫆（1914-1979）

凌水岸，一名真珠（姑）[31]，字淨嫆，以字行。大正三年（1914）生；林述三先生弟子；昭和十年（1935）芳名曾列「臺北名花」[32]；民國六十八年（1979）因積勞成疾，仙逝而去。其遺詩共計五十八首，由摯友姚敏瑄女史及其門生輯為《淨嫆遺詩》。遺音則收入《天籟元音》。

---

31 「真珠姑」乃社內晚輩對凌女史之尊稱，如張國裕、葉世榮二位先生，因女史與二人之業師林錫麟先生為同輩，故尊稱女史為「真珠姑」。

32 〈臺北名花芳名錄〉，《風月》第三十七號，昭和十年十二月二十九日，頁3。

　　女史幼時聰敏好學，性情溫柔，長成以後，風姿高尚，詩學造詣益深。當時師事林述三先生門下，尤擅「天籟調」，與姚敏瑄、鄞威鳳合稱「天籟三鳳」。

　　女史早年為藝旦出身，堪稱臺灣詩壇之「吟唱女神」，出道未久，嫁為人婦，婚後甚少吟咏，晚年依女為生，並設帳授徒以自娛[33]。觀女史諸作，大多為綺年之作，內容多屬課題、擊鉢，偶有詠史抒懷之作，如下列二首：

　　〈薛濤牋〉

　　松花小彩出成都，十色供吟對影孤。一自韋郎拋去後，淚痕染紙認模糊。[34]

　　〈董小宛〉

　　邂逅秦淮柳似絲，迎來鈿轂紫驪隨。傷心兵馬揚州路，遂使鶼鰜賦別離。[35]

詩頌薛濤、董小宛，此二女俱是薄命紅顏。才女與名妓的雙重身分，並沒有為其命途加分，反而多受厭棄亂離之苦。此二首悽切憂傷，對於才命相違之女子流露無限同情。除詠史抒懷之外，亦另有感時傷逝、直抒胸臆之作，如：

　　〈晚春〉

　　年華似水怯餘春，花事匆匆感夢塵。隔院殘鶯啼不住，聲聲愁煞倚欄人。[36]

33　參見莊幼岳〈淨嫆遺詩序〉，《淨嫆遺詩》，一九七九年。

34　《淨嫆遺詩》，一九七九年。

35　《淨嫆遺詩》，一九七九年。

36　《淨嫆遺詩》，一九七九年。

年華似水一去不返，暮春花事匆匆，往日餘塵過眼，縱鶯燕嬌啼不住，
只是愁人。卻看女史餘卷，入目是「願君早脫無情世，收取殘紅管是
誰」[37]、「泥我愁腸幾回轉，西窗薄曲影初勻」[38] 句句無奈。斯人已逝、
深情猶在，想像天中，惟願安息。

（六）三鳳其三：姚敏瑄（1915-1991）

　　姚敏瑄，大正四年（1915）生；林述三先生弟子；日治時期獲聘
為《臺灣民報》記者，直至民國三十六年（1947），228 事件爆發，
臺北多間報社被查封，終結束記者生涯；民國四十年（1951），《臺
灣詩壇》出刊，任社務委員；曾任臺北市婦女紡織合作社理事長，亦
大力呼籲當時社會養女問題。女史一生為時事爭鳴，不願婚配，又致
力詩教，獎掖後進，其外甥歐陽開代、內姪姚啟甲二位先生入盟天籟
吟社後，亦先後曆任天籟吟社社長。名家之後，絕學傳承，信是女史
之遺澤，亦是天籟吟社之幸甚。

　　女史自少聰敏，行事朗健，應答敏捷，深懷民族之大義。幼時曾
入公學校，卻不學、不說日語，只因其父告之：「中國人要說漢語」；
一生著唐衫（旗袍），也只因「這是中國的衣服」。[39] 後轉進礪心齋
門下研習經史，參與天籟吟社例會擊缽屢獲佳績，與凌淨嫆、鄞威鳳
合稱「天籟三鳳」。以下試錄其〈青眉〉[40] 詩：

> 双蛾彷彿訝新蟾，宮樣粧成翠黛添。春色遠山明似畫，嬌姿細
> 柳態猶纖。

---

37 〈拾花片〉，《淨嫆遺詩》，一九七九年。

38 〈疏簾〉，《淨嫆遺詩》，一九七九年。

39 參見潘玉蘭《天籟吟社研究》，頁 231-232。

40 《詩報》第 273 期，昭和 17 年 6 月 5 日，頁 15。

女史文字洗鍊，喻女子淡妝之眉形如鉤似月，又分明如春天之山水，別見細膩。又一首〈礪心齋同學會感作〉[41]：

> 新詩共賞且談心，此日聯歡得意吟。明月照人留皓影，好風到處是清音。琴書逸趣開三徑，蘭蕙餘香度一林。韻事千秋師友誼，高山流水契偏深。

吟詩聯歡，師友情暢，琴書之趣，韻味悠長，又如高山流水，知己交心最樂！惜光復後女史因百務叢脞，少有詩作，作品亦無專集。晚年埋首經文，設帳傳經，安享天年。

（七）莫月娥（1934-2017）

莫月娥，昭和九年（1934）生於臺北；師事黃笑園先生，為林述三先生之再傳弟子。民國五十年（1961），加入天籟吟社；民國六十二年（1973），「中華民國詩社聯合社」創立總會，當選理事；民國八十六年（1997），當選「中華民國傳統詩學會」第八屆理事、第九屆亦連任、第十屆轉任副理事長、第十一、十二、十三、十四屆復又連任；民國一百零二年（2013），臺北市天籟吟社正式立案，聘女史為顧問。張國裕先生譽其為「臺灣吟詩冠冕」，女史遺作輯成《莫月娥先生詩集》，元音則收錄於《大雅天籟》。

女史少時，曾受日本公學校教育，五年級時因聯軍轟炸臺灣而停止。光復後，入捲籟軒書齋，隨「天籟三笑」之黃笑園先生學習詩律及吟唱，初隸淡北吟社。民國四十六年，《詩文之友》以〈光復一唱〉，徵詠詩鐘，女史以「光含鹿窟千秋鏡，復活龍潭百尺泉」一聯掄元，所撰氣象宏開，初試啼聲，遂一鳴驚人，從此浸淫詩學，奔走騷壇，

41　見陳鐵厚編《天籟吟社集》一九五一年。

樂此不疲[42]。女史盡得其師黃笑園詩法真傳，俟其歿後，自署「捲籟軒」傳人，弦歌不輟。

女史善吟唱，尤擅「天籟調」，清鳴盛於當世，乃得學術界之關注，邱燮友教授嘗收錄女史元音於《唐詩朗誦》專輯。如今「天籟調」得以踏出臺灣詩壇，馳名於各大學校院之間，全功俱仰仗女史也。

女史性恬淡，品氣高雅，亦善作詩，所作散見各處，後由天籟吟社現任社長楊維仁先生埋首書塵，檢點臺灣各大詩刊，起自民國四十五年，迄至民國一百零五年，終得詩聯七百餘首，輯成《莫月娥先生詩集》。今試錄如下：

〈蝴蝶蘭〉
渾如蕙草美人情，空谷幽香過一生。翠葉露根纏古樹，黃鬚粉翅茁新莖。難教變態莊周夢，不聽傷時孔子聲。處世清高秋佩感，誤他謝逸作詩評。[43]

本詩作於民國四十四年淡北吟社三十五週年紀念大會。「蝴蝶蘭」固是擊缽詩題，女史卻能藉物起興，直抒襟懷，又連用「香草美人」、「莊周夢蝶」、「君子傷時」、「謝胡蝶」數個典故，舉手投足間毫無凝滯，字裡行間足見博才風雅。又有一首：

〈佚題〉
故國飄零事已非，舊時王謝見應稀。月明漢水初無影，雪滿梁園尚未歸。柳絮池塘春入夢，梨花庭院冷侵衣。趙家姊妹多相妒，莫向昭陽殿裡飛。[44]

---

42 參見林文龍〈莫月娥先生詩集序〉《莫月娥先生詩集》，頁4。
43 《莫月娥先生詩集》，頁44。
44 《莫月娥先生詩集》，頁221。

本題已佚，詩意未明，端是藉古傷今之作。女史用典自是渾然無礙，寫景佈局卻尤其精妙，讀到「柳絮池塘春入夢，梨花庭院冷侵衣」二句，出入虛實，恍然間見精魂蕭索，此非性情中人，何以為之。

編後記

　　百年荏苒，臺灣漢詩在這百年來經歷多次的摧折仍然維續，全賴民間詩社先賢的大力推廣與傳承。最初由於日本殖民統治的壓迫，教授漢學的傳統書房被迫轉型為詩社，持續肩負維持漢文化的傳授。林述三先生也在此時將礪心齋書房改組為天籟吟社，桃李滿門，為臺灣漢詩發展開啟新頁。繼而左翼思想傳入臺灣，大眾文藝的思維逐漸成為主流，臺語白話文、華語白話文、羅馬字或是日文作品成為年輕知識份子競相學習、創作的體裁。更有激進者高舉「現代」的大纛，將文化生硬操作成「新／舊」對立，對臺灣漢詩進行猛烈的抨擊。戰後的國語運動獨尊國語及其白話文，不只壓迫了其他語言的發展，也無益於漢詩的推廣。臺灣詩社的先賢在這樣的時代變局下，仍堅持靠自身的力量結成社群，以詩社作為教授漢詩、創作漢詩與保存文獻的機構，為文化鋪奠深厚的基石。

　　臺灣文學進入教育體制二十餘年，臺灣漢詩一直是臺灣文學研究的重要領域，從早期零星文獻的發現到學位論文、學術專書的產生，到大型計劃《全臺詩》的推動，都讓社會看到臺灣漢詩蓬勃的創作能量。在這段期間，民間詩社與學術界也從彼此陌生轉而親近，最終促成這次研討會的舉辦。

　　「天籟吟社百年紀念研討會」不僅紀念天籟吟社百年社慶，更標誌民間詩社與學界可以通力合作，為推廣、研討臺灣漢詩貢獻心力。期待漢詩創作、詩社運作與傳統吟調，這些文化傳統能再傳承百年，最終成為臺灣、乃至於全世界珍貴的無形文化資產。

李知灝 作於「壯齋」
國立中正大學台灣文學與創意應用研究所副教授兼所長

百年高詠－天籟吟社百年紀念學術研討會議程

【舉辦日期、舉辦時間】111 年 11 月 19 日 08:30 至 17:00
【舉辦地點】臺北市集思台大會議中心洛克廳
【主辦單位】臺北市天籟吟社、
　　　　　　國立中正大學台灣文學與創意應用研究所
【合辦單位】國立臺灣文學館
【協辦單位】國家科學及技術委員會人文社會科學研究中心

場次	時間	主持人	主講人	講題	評論人
報到	08:30-08:50				
開幕式	08:50-09:10	臺北市天籟吟社 姚啟甲名譽理事長 臺北市天籟吟社 楊維仁理事長 國立中正大學台灣文學與創意應用研究所教授兼國藝中心主任 江寶釵主任			
專題演講	09:10-10:10	廖振富（國立中興大學台灣文學與跨國文化研究所兼任教授）		從天籟先賢詩選管窺臺灣詩壇百年之發展	
中場休息	10:10-10:30	中 場 休 息 時 間			

第一場：林述三先生與天籟吟社的發展	10:30-12:10	周益忠（明道大學中華文化與傳播學系講座教授）	翁聖峯（國立臺北教育大學台灣文化研究所教授兼圖書館館長）	論林述三應世與宗教的詩歌展現	余美玲（逢甲大學中國文學系教授兼系主任）
			莊怡文（國立虎尾科技大學通識教育中心助理教授）	林述三與天籟吟社的傳統性與現代性：以孔道宣講會與臺灣博覽會為例	普義南（淡江大學中國文學系助理教授）
			梁鈞筌（國立中正大學台灣文學與創意應用研究所兼任助理教授）	林述三與日治時期儒教活動——以天籟吟社、孔道宣講團、《臺灣聖教報》為核心	余育婷（輔仁大學中國文學系副教授）
午餐時間	12:10-13:10	午 餐 時 間			

			林仁昱 （國立中興大學中國文學系教授）	臺灣傳統吟詩調的現代傳播與應用探究以天籟調為探究的核心	陳茂仁 （國立嘉義大學中國文學系教授兼人文藝術學院院長）
第二場：天籟吟調與當代傳衍	13:10-14:20	黃美娥 （國立台灣大學台灣文學研究所教授）	施瑞樓 （國立成功大學台灣文學研究所博士候選人）	試論天籟吟社與文開詩社傳統古典詩吟唱特色與比較──以許志呈、莫月娥為例	洪瓊芳 （實踐大學應用中文學系副教授）
中場休息	14:20-14:40	中 場 休 息 時 間			

			賴恆毅（廣西百色學院副教授）	李神義《襟天樓詩集》中的地景書寫	詹雅能（東南科技大學通識教育中心副教授）
第三場：天籟前賢的多元面向	14:40-16:20	李知灝（國立中正大學台灣文學與創意應用研究所副教授兼所長）	何維剛（國立臺灣師範大學國文學系助理教授）	詩壇脈絡與文化意義：論《藻香文藝》的接受、傳播與編纂	林以衡（佛光大學中國文學與應用學系副教授）
			魏亦均（國立臺灣大學臺灣文學研究所博士生）	林錫牙《讀父書樓詩集》的建制與天籟吟社之承衍與定位	葉連鵬（國立彰化師範大學台灣文學研究所副教授）
閉幕式	16:20-16:40	臺北市天籟吟社　姚啟甲名譽理事長 臺北市天籟吟社　楊維仁理事長 國立中正大學台灣文學與創意應用研究所副教授兼所長　李知灝所長			
賦歸	16:40-17:00				

文學研究叢書·古典詩學叢刊 0804027

天籟吟社百年紀念學術研討會論文集

製　　作　楊維仁
主　　編　李知灝
編　　輯　張瑋珊
封面設計　徐上婷
臺北市天籟吟社

發 行 人　林慶彰
總 經 理　梁錦興
總 編 輯　張晏瑞
編 輯 所　萬卷樓圖書股份有限公司
　　　　　臺北市羅斯福路二段 41 號 6 樓之 3
　　　　　電話 (02)23216565
　　　　　傳真 (02)23218698
發　　行　萬卷樓圖書股份有限公司
　　　　　臺北市羅斯福路二段 41 號 6 樓之 3
　　　　　電話 (02)23216565
　　　　　傳真 (02)23218698
　　　　　電郵 SERVICE@WANJUAN.COM.TW
香港經銷　香港聯合書刊物流有限公司
　　　　　電話 (852)21502100
　　　　　傳真 (852)23560735

ISBN 978-986-478-834-7
2023 年 5 月初版
定價：新臺幣 420 元

如何購買本書：

1. 劃撥購書，請透過以下郵政劃撥帳號：
　　帳號：15624015
　　戶名：萬卷樓圖書股份有限公司
2. 轉帳購書，請透過以下帳戶
　　合作金庫銀行 古亭分行
　　戶名：萬卷樓圖書股份有限公司
　　帳號：0877717092596
3. 網路購書，請透過萬卷樓網站
　　網址 WWW.WANJUAN.COM.TW
大量購書，請直接聯繫我們，將有專人為您
服務。客服：(02)23216565 分機 610

如有缺頁、破損或裝訂錯誤，請寄回更換
版權所有·翻印必究

國家圖書館出版品預行編目資料

天籟吟社百年紀念學術研討會論文集/李知灝
主編.-- 初版.-- 臺北市：萬卷樓圖書股份有
限公司, 2023.05
　　面；　　公分.--(天籟吟社百年紀念叢書)(文
學研究叢書. 古典詩學叢刊 ; 804027)
ISBN 978-986-478-834-7(平裝)

1.CST: 臺北市天籟吟社 2.CST: 臺灣詩 3.CST:
詩評 4.CST: 文集

863.5107　　　　　　　　　　　　112006057